MOSSE

Daniel Löw ist einer der vielen armen Juden, die von keiner Obrigkeit einen Schutzbrief erhalten. Nach dem Dreißigjährigen Krieg fristen diese Menschen ihr Leben auf der Straße. Um dem verhassten Leibzoll zu entgehen, den jeder Jude bei Grenzüberquerungen zahlen muss, benutzen sie so genannte Judenwege. Diese Schleichwege führen an Städten und Dörfern vorbei. Da Juden weder Land besitzen noch Handwerksberufe ausüben dürfen, bleibt ihnen nur das Hausieren, der Vieh- und Pferdehandel und – der oberen Schicht – das Geldgeschäft. Die Armen sind zum Betteln gezwungen, viele werden kriminell.

Nach bitteren Erfahrungen trotzt Daniel der Gesellschaft, die ihm und seinesgleichen das Menschsein abspricht: Er gründet eine Chawrusse.

Ruth Weiss, 1924 in Fürth geboren, konnte mit ihrer Familie 1936 nach Südafrika emigrieren. Anfang der 1960er Jahre begann sie in Johannesburg ihre Karriere als Journalistin. 1966 verließ sie das Land und berichtete aus Südrhodesien für *The Guardian, Financial Times, BBC* und *Deutsche Welle.* Weil sie gegen das Apartheidsystem schrieb, durfte sie lange Zeit nicht nach Südafrika einreisen. Nach einem mehrjährigen Aufenthalt auf der Isle of Wight lebt sie seit 2002 im Münsterland. In Deutschland wurde Ruth Weiss vor allem durch ihre Autobiographie „Wege im harten Gras" und ihren Roman „Meine Schwester Sara" bekannt.

Ruth Weiss

Der Judenweg

Roman

Mosse Verlag

Deutsche Erstausgabe Herbst 2004
Mosse Verlag
by Jüdische Presse, Berlin

Bibliographische Informationen der Deutschen Bibliothek
Die Deutsche Bibliothek verzeichnet diese Publikation in der Deutschen
Nationalbibliographie; detaillierte bibliographische Daten sind
im Internet über http://dnb.ddb.de abrufbar.

Herausgeber: Elmar Balster
Lektorat: Tobias Kühn
Fotos: Bettina Keller, Paolo Tosi / Artothek
Umschlag: Ausschnitte aus „Der Wasserverkäufer von Sevilla" (um 1620)
von Diego Velázquez und der Karte
„Fränkischer Reichskreis" (um 1700) von Johann Baptist Homann,
Staatsbibliothek zu Berlin – Preußischer Kulturbesitz
Gestaltung und Satz: Birgit Lukowski
Druck: GGP Media GmbH, Pößneck

Gedruckt auf säurefreiem, holzfrei gebleichtem Papier.
Gesetzt in Berling Roman.

Printed in Germany
ISBN 3-935097-04-2

www.Mosse.de

Meiner Cousine Nitza in Haifa
und meinem Cousin Uzi in Tel Aviv

Seh ich meine Juden an,
hab ich wenig Freud daran.
Fallen mir die andern ein,
möcht ich lieber Jude sein.

Albert Einstein

Es regnete. Rötlich schimmerten die grob behauenen Steine der Scheune im letzten Tageslicht. Wasser lief vom Strohdach an den Mauern herab und vermischte sich mit dem Blut, das im Innern des Gebäudes von einem Kadaver tropfte. Dicht daneben stand ein ärmliches Holzhaus, in dem eine Frau geschäftig hantierte. Das Anwesen lag am Ende einer sich windenden Straße hinter einigen Bäumen, zehn Minuten Weges entfernt von dem fränkischen Dorf Neustein, zu dem es gehörte. Es war bewusst abgesondert wegen des Gestanks der Misthaufen, gesammelt von mehreren Wiesen, auf denen Vieh weidete, das aus anderen Ländern eingeführt worden war. Vierzehn Tage mussten die Tiere dort bleiben, ehe die Händler sie zum Markt treiben durften. Man hatte Angst vor Krankheiten, die fremdes Vieh einschleppen könnte.

Über den Bergen ballten sich Wolken zusammen, der Himmel verdunkelte sich mehr und mehr. Raoul von Westernau, ein zierlicher Mann mittleren Alters, der als erster den Fuß eines Berghangs erreicht hatte, sein Gefolge im Rücken, riss an den Zügeln seines schwarzen Hengstes und brachte den Zug zum Stehen. Er musste sich entscheiden. Wie weit wollte er noch reiten an diesem späten Nachmittag? Das Ziel war heute kaum mehr zu erreichen. Hinter sich hatte er das Murren der Landsknechte vernommen. Sie wollten nicht mehr weiterreiten. Sie und die Pferde waren erschöpft, brauchten Nahrung und Ruhe.

Der Ritter überlegte: Wie sicher war die Gegend? Noch immer herrschte überall im Land nackter Hunger und tiefe Armut. Vieles war zerstört, nicht nur in Kriegsgebieten, sondern überall, wo die Armeen durchmarschiert waren. Das Rheinland, das häufig durchquert worden war, lag nach den dreißig grausamen Kriegsjahren völlig darnieder, die Äcker brach, die Dörfer verlassen. In Preußen waren ganze Landstriche menschenleer. Vor allem dort, wo die Heere Winterquartier bezogen hatten, waren nur Schutt und Asche geblieben. Es würde Jahre dauern, bis alles aufgeräumt war. Das Ende des Krieges vor wenigen Tagen deutete einen Anfang an. Westernau war bei den endlosen Verhandlungen und beim Unterzeichnen der Friedensverträge in Münster und Osnabrück dabei gewesen. Ruhe hatte er seitdem noch nicht gefunden und würde es auch in nächster Zeit nicht. Er war mit einem wichtigen Auftrag seines Landesherrn in diese entlegene Gegend gereist. Der Fürst seines Heimatlandes wollte mit den katholischen Herren in Franken Bündnisse schließen, um die Gegenreformation zu stärken.

Der Edelmann war auf Umwegen in diese Gegend gereist. Er hatte es weitgehend vermieden, durch die Berge zu reiten. An deren steilen Hängen lagen Burgen von Adligen, die durch die schier endlosen Kriegsjahre verarmt waren. Manche Ritter, befürchtete Westernau, könnten trotz des Friedens noch immer Reisende überfallen, ausrauben, sie gegen Lösegeld festnehmen und töten, wenn die Familie oder der Lehnsherr nicht gewillt waren zu zahlen. Der Krieg hatte schlechte Gewohnheiten längst vergangener Zeiten aufgefrischt. In so mancher Schlucht könnte man in eine Falle geraten, das wusste Westernau. Die Gegend, die vor ihm lag, schien zwar nicht so verwüstet zu sein wie viele andere, durch die er in den Kriegsjahren mit seiner Truppe gekommen war. Aber überall lauerten Gefahren. Er musste mit Rotten von Vagabunden rechnen, die in den tiefen Wäldern ihr Unwesen trieben. Auf dem Weg war er mit seinen Männern täglich an Scharen elender Bettler vorbeigeritten, die auf der Landstraße umherirrten, zerlumpt, halb verhungert, stinkend. Sicher hatten sich Gauner unter sie gemischt, die konnten sich dadurch gut verstecken. Seit römischen Zeiten trieben sich fahrende Gesellen auf den Straßen umher, sie gehörten zum Alltag. Im Laufe des Krieges waren es zusehends mehr geworden.

Westernau war gut gerüstet. Der Fürst hatte ihm elf Musketiere zum Geleit mitgegeben. Die Truppe war müde, die Männer hatten einen beschwerlichen Weg hinter sich. Andere Adlige waren aus Osnabrück und Münster in ihre Heimat zurückgekehrt, doch Westernau nicht. Er sollte diesen Auftrag ausführen. Unterwegs hatte er gelegentlich Herbergen gefunden, meist konnte er sich mit seinen Männern jedoch in Höfen einquartieren. Aber er sehnte sich nach seinem eigenen Hof. Und nach Ruhe. Im Laufe der Reise hatte er gemerkt, wie schwer es seinen Männern fiel, sich mit dem Frieden anzufreunden. Sie waren es gewohnt zu furagieren, nahmen, was sie brauchten, ohne den Besitzer zu fragen. Gewalt war die Münze des Krieges. Westernau musste sein Gefolge ermahnen, alles zu bezahlen. Schließlich hatte er eine schwere Geldstange dabei, die ihm sein Herr für die Reise mitgegeben hatte. Es sollte ordentlich zugehen, denn sie ritten im Namen des Fürsten. In den Sattelsäcken trugen sie reiche Geschenke für ihre Gastgeber. Der Fürst wollte großzügig erscheinen.

Westernau fragte sich, ob es nicht ratsam sei, die Reise zu unterbrechen, um Unterkunft für die Nacht zu suchen. Er zögerte noch, als er plötzlich Laute vernahm und sein scharfes Auge eine feste Scheune erspähte. Nahe des Weges standen einige magere Kühe zusammengedrängt auf einer offenen Weide. An den langen Hörnern erkannte Westernau, dass es ungarisches Vieh war. Ein drahtiger Junge hütete die kleine Herde. Sein Hund rannte japsend um die Tiere herum, trieb sie enger zusammen. Die Kühe sollten zur Nacht in die Scheune.

Der Junge mochte etwa zehn Jahre alt sein. Er bewegte sich behände, die kalte Nässe störte ihn nicht. Im Gegenteil, er hüpfte fröhlich umher trotz der beißenden Kälte, die den Ritter erschauern ließ. Der Knabe rief den Kühen laute Worte zu, stieß vergnügte Pfiffe aus und schlug aus Übermut einen Purzelbaum, der seine braunen Beine bloßlegte und den hellen Oberkörper zeigte.

Westernau ließ die Zügel hängen, sein Mund verkniff sich, die kleinen Augen glänzten. Angelus Toma, ein Benediktinerpater, der den Zug begleitete und an Westernaus Seite ritt, folgte besorgt dem Blick des Ritters. Er wusste, warum dessen Adlernase plötzlich weiß wurde, räusperte sich und tätschelte seinen Rappen.

„Die Herberge ‚Zum Hirsch‘, sagte man in Bamberg, liege hier in der Nähe, Herr. Das Haus hat den Ruf einer guten Bierschenke", erklärte der Mönch mit heiserer Stimme. Er kannte Westernaus lüsterne Triebe. Sanft schmeichelnd fügte er hinzu: „Von dort könnte man dem Fürstbischof eine Nachricht senden mit der Bitte um Audienz, ehe der Herr aufbricht zur letzten Etappe. Der Kirchenmann würde die Reisenden gut bewirten. Vor allem, wenn sie aus Münster zuverlässige Nachricht aus erster Hand bringen." Der Mönch sprach französisch, Westernaus deutscher Dialekt war ihm fremd und dessen Latein miserabel.

„Bamberg liegt nicht auf dem Weg", bemerkte Peter von Hebelein, der neben dem Pater ritt, grimmig. „Was kümmert unseren Herrn der Fürstbischof!" Der breitschultrige Edelmann, der an Westernaus Seite in etlichen blutigen Schlachten gekämpft, in mancher Elendshütte geschlafen und ihn zu guter Letzt in die Paläste begleitet hatte, war dem Mönch nicht gut gesinnt. Er hielt ihn für einen ehrgeizigen Intriganten, einen, der zu viel fromme Reden hielt, die Westernau um seine gute Laune brachten.

Hebelein wollte Westernau, der unberechenbar und launisch war, in bester Stimmung halten. „Außerdem hat der Fürstbischof wie jeder Geistliche seine eigenen Spione zu den Verhandlungen geschickt", erklärte er hämisch. „Waren nicht viele von eurem Orden, auch aus Bamberg, beim Friedensschluss in Westfalen, selbst beim Vorfrieden mit Schweden?" Der Edelmann zog seinen linken Lederhandschuh aus, so dass ein Siegelring mit Wappen zu sehen war. Die Hand tat ihm weh, der Schmerz kam von dem Zipperlein, nicht von einer seiner Kriegsverletzungen.

„Es ist kein harter Regen, es nieselt nur", bemerkte Hebelein spöttisch. „Hier ist noch nicht mal Schnee gefallen! Wär' besser, voranzukommen. Wir könnten vielleicht noch vor der Dunkelheit das Gut der Herren von Stiebar erreichen."

Raoul von Westernau kümmerte sich nicht um das Gerede. Er war Streit unter seinen Leuten gewöhnt. Er förderte ihn sogar. Der Ritter verstand es, Männer zu führen. Wie manch anderer Herr hatte er im Krieg ein eigenes Regiment aufgestellt, gerüstet, finanziert und es dem kaiserlichen Heer gegen ein Entgelt zur Verfügung gestellt. Das Unternehmen hatte sich ausgezahlt, er hatte sein Erbe nicht verschulden müssen wie viele andere Ritter. Streitende verbünden sich nicht, hatte er gelernt. In seiner Abwesenheit sahen sich seine Männer stets gegenseitig auf die Finger. So war's ums Stehlen schlecht bestellt. Aber was Hebelein anging, war Westernau unbesorgt, denn der war kein Vasall, sondern ein Kampfgenosse, er war Oberst einer seiner Truppen gewesen. Und heilige Brüder wie Angelus Toma stahlen nicht. Jedenfalls nicht offen. Außerdem hatte der Mönch sich der Reisegesellschaft lediglich aus Sicherheitsgründen angeschlossen. Westernau erhob einen seiner behandschuhten Arme, deutete damit auf den Bach, der längs des Weges plätscherte und unter dem Peitschen des Regens kleine Wellen schlug. „Dort werden wir die Pferde tränken. Im Dorf können wir Unterkunft für die Nacht bekommen."

Der hagere Mönch hatte bereits nach Hebeleins ersten Worten seinen Rappen in Trab gesetzt und war weitergeritten. Nun kam er zurück und berichtete, was er gesehen hatte. „Herr, da steht nur ein einziges Haus im Hof! Es gehört einem Hirten, denke ich. Durch die Scheunentür sah ich, wie ein Mann Fleisch zerteilte. Es hängt ein Kadaver im Raum, und es stinkt wie die Pest! In der Hütte wird kaum Platz für uns sein."

Westernau vermied es, dem Pater ins Gesicht zu blicken. „Gut. Ihr könnt weiterreiten, gibt's einen Hirten, werden die

Bauern nicht weit weg ihr Dorf haben, dort findet ihr sicher, was ihr braucht. Auch Wasser für die Tiere, der Bach fließt an der Straße entlang. Ich bleib hier." Er zögerte, sagte knapp: „Hebelein wird mit mir reiten."

Dem wuchtigen Mann stieg erfreut die Röte ins Gesicht. Er hatte schon seit Wochen überlegt, was er tun sollte. Im Elsass geboren, hatte ihn der Krieg entwurzelt und ihm trotz des vielen Plünderns wenig gebracht. Es war nicht viel zu holen gewesen. Nun waren im Zuge des Westfälischen Friedens östliche Ländereien im Elsass an Frankreich gegangen, zusammen mit Verdun, Metz und weiteren Gebieten. Hebelein hatte nicht vor, unter einem minderjährigen König zu leben. Er hatte sich zu lange als Söldner verdingt und wollte sich lieber mit Westernau arrangieren. Die Nacht würde ihm die Gelegenheit geben, das Gespräch in diese Richtung zu lenken. Zufrieden zog er sein Pferd beiseite, um hinter Westernau im Trab über die Wiesen zu reiten.

Betrübt, aber etwas erleichtert, dass Westernau nicht allein sein würde, führte der Mönch das übrige Gefolge an. Einen Augenblick lang hatte er gezögert, wollte darauf bestehen, mit den Herren zu reiten. Doch er war müde, sein Alter machte sich in letzter Zeit bemerkbar. Wozu einen Streit beginnen? Sie waren zu zweit. Außerdem war er nach dem beschwerlichen Tagesritt erschöpft. Er beruhigte sich. Westernau hatte ein langes Gespräch mit seinem Abt geführt, er war ein Mann, den die Kirche brauchte. Warum sollte man sich Sorgen machen. Westernau wollte sich schließlich nur ausruhen, ein warmes Essen und ein Bett erbitten, bislang war jede Nacht nicht anders verlaufen.

Die Gefolgsmänner waren ebenfalls zufrieden. Es war Zeit, ein Lager zu suchen und die Pferde zu versorgen.

Der Mann, den der Mönch erblickt hatte, bemerkte mit Schrecken das Anhalten des Reiterhaufens. Er schob seine Arbeit beiseite, winkte dem Jungen durch die offene Tür hastig zu, er solle kommen. Er eilte über den Hof ins Haus, merkte nicht, dass er sein Messer noch in der Hand hielt. Flugs legte er es auf die Lehne der hölzernen Bank, die fast die Länge der Wand des kleinen balkenüberdeckten Raumes einnahm. Seine Frau hatte die Reiter ebenfalls gehört, den Topf schnell vom Feuer genommen und nach ihrem Tuch gegriffen. Beide wussten, wie viel Unheil Reiter mit sich bringen konnten. Zu oft hatten sie erlebt, dass versprengte Söldnerbanden wie Heuschrecken über Dörfer hergefallen und bei armen Leuten eingedrungen waren, um nach Wertvollem zu suchen. Selbst wenn sie etwas fanden, hatten sie dann meist alles mutwillig zertrümmert. Und sich die Frauen geholt.

Nur wenige Menschen hatten diesen Krieg unbeschadet überstanden. Das Volk hatte drei grausame Jahrzehnte hinter sich, auch die jüdischen Gemeinden in dieser Gegend zwischen der Reichsstadt Nürnberg, den zollerschen Markgrafschaften, der Oberpfalz und dem Bistum Bamberg. Nachdem Herzog Albrecht im Jahr 1553 alle Juden aus Bayern ausgewiesen hatte, waren in fränkischen und schwäbischen Dörfern eine Reihe kleiner jüdischer Niederlassungen entstanden. Natürlich gestatteten das die Obrigkeiten nicht aus purer Menschenliebe, sondern wegen der vielfältigen Zahlungen, die sie Juden auferlegen konnten.

Löw ben Simon war dreißig Jahre alt. Er verrichtete verschiedene Dienste für die kleine jüdische Gemeinde der vier benachbarten Orte im Rittergut des Ulrich von Seckeling. Unter anderem war er Mohel und Schächter. Sein Schreck über die Reiter war nicht grundlos, mit derartigen Besuchern hatte er schlechte Erfahrungen gemacht. Löw kannte nichts anderes als Krieg. Schon vor seiner Hochzeit mit Esther, der Tochter des Schnaittacher Hausierers Gideon, hatte er genau gewusst, wo man sich am besten im Wald verstecken konnte. Dort hatte er sich mit anderen Juden aus der Gegend aufgehalten, als sich kaiserliche und schwedische Truppen gegenüberstanden, der Schwedenkönig sich in Fürth einquartiert und Nürnberg belagert hatte. Ein Teil der Stadt war dem Erdboden gleichgemacht worden. Viele Judenhäuser waren zerstört, die Synagoge hatten Kroaten als Pferdestall benutzt. Wie furchtbar waren diese Kriegsjahre gewesen! Verständlich, dass viele Stadtbewohner zu jener Zeit in die Wälder geflüchtet waren.

Juden wurden in die Armeen nicht aufgenommen. Aber sie mussten Sonderabgaben für die Kriegsführung leisten. Viele Juden waren von Soldaten erschlagen worden, ihr Besitz war gestohlen, ihre Häuser geplündert und abgebrannt worden. Mehrmals waren sie von den Herren des Landes vertrieben und der Not ausgesetzt worden. Doch einige Herrschaften merkten, dass Juden nützlich waren, weil sie es verstanden, Waren aus anderen Ländern zu holen. Sie konnten sich bei ausländischen Glaubensgenossen Kredite beschaffen, Wechsel ausstellen. Trotz der unruhigen Zeiten hatten es Juden geschafft, geregelte Geschäfte mit Tieren und Textilien aus Böhmen, Korn aus Polen und selbst mit Waffen zu machen.

Der Viehhändler Nathan hatte Geld zusammengekratzt und seinem Bruder Löw einen Schutzbrief erkauft, so dass dieser heiraten durfte. Ihre Ersparnisse konnten Juden nur in Geld anlegen, Landbesitz war ihnen seit Jahrhunderten verboten. Mit der Zeit hatten immer mehr Obrigkeiten den Juden erlaubt, sich in ihren Fürstentümern wieder niederzulassen. Dieses Recht hatten sich die Herren gut bezahlen lassen. Sie ließen sich keine Gelegenheit entgehen, Juden zu besteuern.

„Frau, verschwind! Schnell!" Der Schächter brauchte nicht zu drängen, Esther war sich der Gefahr bewusst. Ihr Sohn kam aufgeregt hereingestürmt, auch er hatte die Reiter gesehen. Löw legte ihm die Hand auf die Schulter. „Geh, Daniel! Lauf mit der Mame fort! Schnell!" Der Junge, gewohnt zu gehorchen, fasste die Hand der Frau. Aber er ging nur unwillig. Gern hätte er die Pferde und die fremde Kleidung der Herren aus der Nähe gesehen. Als er aber die Angst in den Augen der Eltern sah, wurde er selbst ängstlich.

Pippin, Daniels junger Hund, angesteckt von der Furcht der Menschen, bellte nicht. Er schien zu wissen, dass sie zum Wald wollten und rannte schnurstracks darauf zu. Esther und Daniel hatten die ersten Bäume am Waldesrand kaum erreicht, da waren die Reiter bereits an der Hütte angekommen. Sie schwangen sich von ihren Pferden, banden die Zügel an den Schlagbaum und stießen dröhnend die Tür auf. Beide mussten sich bücken, um durch den niedrigen Eingang zu treten. Löw kam ihnen entgegen und verbeugte sich höflich. „Eine Ehr, die Herren, willkommen in meinem bescheidenen Haus!" Er sprach fränkisch, wenn auch mit jiddischem Tonfall, er war unter den Bauern groß geworden.

„Ein Jud, Kreuzdonnerwetter!" Verärgert betrachtete Westernau den Bart, die Schläfenlocken und den gelben Fleck am Kittel des Mannes, war erstaunt über dessen starke Figur. Löw war breit und schwer, sein Kopf stieß fast an die Balken. Die Stärke hatte sich in seiner Familie vererbt. Von seinem Großvater erzählte man sich Geschichten, die dessen Kraft und Zähigkeit rühmen. Die Legende sagte, er hätte einmal einen wütenden Stier ganz allein gebändigt, während alle Bauern auf dem Markt auseinander gestoben waren. Er hätte das Tier mit bloßen Händen an den Hörnern gefasst und es niedergerungen. Mit Kühen konnte er es leicht aufnehmen, wie nun auch seine Söhne und sein Enkel.

Hebelein erinnerte sich an den jüdischen Pferdehändler, der ihm seinen Hengst besorgt hatte, als Pferde kaum zu haben waren. „Wir werden hier übernachten, Jud! Sieh zu, dass man uns auftischt!", brummte er etwas freundlicher. Er deutete zur

Scheune, an der sie vorbeigekommen waren. „An Fleisch sollt's wohl nicht fehlen!"

„Sofort, Herr! Ich ..." Er wurde von Westernau unterbrochen, der bereits während des kurzen Ritts nach dem Jungen Ausschau gehalten und ihn nicht mehr auf dem Feld gesehen hatte. Er befand sich auch nicht in diesem Raum, der als Küche und Wohnraum diente. Ein schlecht gehobelter Eichentisch, der den meisten Platz einnahm, war bereits mit drei Tellern und Löffeln gedeckt. Westernau schritt durch das Zimmer, schlug mit dem Stiefel gegen den Verschlag, hinter dem er Strohmatten mit großer Federdecke im Dunkeln erkennen konnte. Er wusste nicht, dass Löws kleine Familie nur vorübergehend hier wohnte und eigentlich im Dorf bei Nathan lebte. Der Herr dieser Gegend, Ulrich von Seckeling, hatte Nathan erlaubt, seinen Bruder mehrere Wochen in der Hütte eines kranken Hirten unterzubringen, damit er auf die ausländischen Tiere achtgebe, ehe sie zum Markt gebracht wurden. Hier draußen durfte Löw auch schächten. Es gefiel der Familie hier, vor allem der kleine Daniel fühlte sich äußerst wohl in der ungewohnten Freiheit. Im Familienhaus im Dorf lebten wie in allen Häusern zahlreiche Menschen auf engstem Raum.

„Wo ist sie, die Frau?", schrie der kleinere der beiden Ritter wütend.

Löw erbleichte. „Ins Dorf muss sie gegangen sein", stotterte er. „Ich war in der Scheune."

„Lügenmaul!" Westernau versetzte dem Schächter einen harten Schlag ins Gesicht, so dass seine Nase zu bluten begann. „Und der Junge? Wo ist der geblieben? Wo hält er den versteckt?"

Löw hielt den Arm vor die Nase und antwortete nicht. Was wollten sie von dem Kleinen? Ihn als Diener entführen? Flüsternd erflehte er die Hilfe des Ewigen, des Einzigen.

Westernau wandte sich an seinen Begleiter. „Weit können die nicht gekommen sein. Sicher sind sie zum Wald gelaufen", sagte er bissig. „Hol sie!"

„Nein!" Löw stürzte sich auf Hebelein, umklammerte mit seinen großen Händen dessen Arm, wurde aber wie ein kleiner Hund abgeschüttelt. Hebeleins Fausthieb ließ ihn zu Boden taumeln. Der Ritter war ein erfahrenerer Kämpfer als der große Metzger. Ohne einen Blick zurückzuwerfen, verließ Hebelein das Haus, erhaschte die Zügel seines Pferdes und galoppierte zum Wald.

Der Knecht des Bauern Eisner, der am Waldrand Reisig gesammelt hatte und gerade auf einen kleinen Karren lud, drehte sich erschrocken um, als er laute Stimmen aus dem kleinen Holzhaus hörte. Er zog schnell den Karren an. Es war besser, nicht hinzugehen. Er wusste, sein Herr, der Bauer Eisner, war darüber verärgert, dass der Amtsherr dem Juden Nathan das Weide- und Tränkerecht für die Wiesen gegeben hatte. Dessen Bruder versorgte dort das auswärtige Vieh, ehe es der Händler zu den Viehmärkten trieb. Der Bauer gab vor allem Samstagabends beim Gerstenbier im Wirtshaus laut zu verstehen, dass der Jud ihn betrogen hätte. War nicht er der größte Bauer im Ort? Hatten nicht nur ansässige Bauern das Recht auf Land? Ein Jude durfte nicht mal eine Harke in die Hand nehmen! Wieso besaß der dreckige Jude Nathan das Weidrecht? Einer, der wie alle Juden den Heiland hasste!

Der Knecht war erleichtert, als er im Eisner-Hof eintraf. Der Reiter gehörte offensichtlich zu der Truppe Söldner, die gerade mit dem Bauern verhandelten, sie suchten ein Nachtquartier. Der Knecht tat, wie ihm sein Herr in barschem Ton befahl und kümmerte sich um die Pferde. Der Truppenführer, ein grobschlächtiger Schwabe, lachte dröhnend, als er abstieg. Der Knecht beeilte sich, die Anordnungen auszuführen und dachte nicht mehr an das Geschrei in der Hirtenhütte.

Löw versuchte sich aufzurichten, doch Westernau versetzte ihm einen heftigen Tritt, so dass er hilflos zusammensackte. Der Ritter traktierte ihn mit weiteren Tritten, bis einer ihn am Kopf traf und er bewusstlos zusammenbrach. Verächtlich stieß der Adlige den Mann beiseite, schritt gemächlich zum Herd und stocherte in Esthers Kochtopf herum. Er hatte gerade den Löffel an den Mund gesetzt, als Hebelein zurückkam, den zappelnden Jungen unter dem Arm. Die Frau lief jammernd hinter ihm her. Der Ritter hatte die beiden ohne Schwierigkeit eingeholt, hatte zuerst den Jungen eingefangen und zum Pferd gezerrt, worauf Esther ihm nachgerannt war. Es war ihm ein Leichtes, beide aufs Pferd zu werfen und zum Haus zu bringen.

Als Esther ihren Mann auf dem gestampften Lehmboden liegen sah, schrie sie laut auf und rannte zum Bach, um Wasser zu holen. Peter von Hebelein war sich ihrer sicher. Die würde weder Sohn noch Mann allein lassen. „Hier, die Beute!" Wie einen Ball warf er Westernau den Jungen zu.

„Gut gemacht, Hebelein!" Westernau hielt den Kleinen mit einer Hand. Als dieser schrie und sich zu befreien versuchte, ließ der Ritter den Löffel fallen und schlug dem Jungen mit der flachen Hand ins Gesicht. Grinsend betrachtete er das Kind.

Hebelein machte sich an den Topf. Esther war zurückgekehrt, hatte den Wasserkübel auf den Boden gestellt und war zu ihrem Mann geeilt. Vorsichtig benetzte sie seinen Kopf und versuchte, das Blut zu stillen. Sie hatte aufgehört zu jammern, es würde niemandem etwas nützen. „Lass ihn nicht sterben, Allmächtiger!", betete sie und beugte sich über Löw, dessen Atem kaum zu spüren war.

Während Hebelein die Rübensuppe löffelte, beobachtete er das Kind, das Westernau noch immer mit einem Arm fest umschlungen hielt. Seine Kappe hatte der Junge bereits verloren, nun wurden ihm trotz seines Widerstands das gewobene Hemd und die derbe Hose ausgezogen, bis er nackt vor den Männern stand, noch immer von eiserner Hand gehalten. „Nicht schlecht für 'ne Judenbrut!", lachte Hebelein. „Gut gewachsen! Hübsches Gesicht, die dunklen Augen passen zum Haar, was? Sieh mal, der könnt so groß werden wie der Metzger! Wird wohl schon zehn sein." Wenigstens nicht jünger, dachte er erleichtert. Er hatte wenig übrig für Westernaus Geschmack.

Raoul von Westernau antwortete nicht. Er schlang beide Arme um den Jungen und trug ihn zum Verschlag. Wenige Minuten später hörte Esther einen gellenden Schrei, gefolgt von lautem Wimmern. Sie ließ von Löw ab, sprang entsetzt auf und rannte auf den Verschlag zu.

„Lass schon gut sein, Weib!" Peter von Hebelein hielt die Frau mit einer Hand fest. Er kannte Westernaus Laster, genau wie der Mönch, auch wenn er nicht verstand, was so reizvoll sein sollte an einem zarten Jungenkörper. Er wischte sich die Lippen ab, riss die Frau an sich. Es schien ihm fast selbstverständlich, sie zu nehmen. Im Krieg war es nie anders gewesen. Esther wehrte sich, hämmerte mit ihren Fäusten auf den breit gebauten Ritter. Das reizte ihn, gern nahm er ein Weib gegen ihren Willen. Er warf sie zu Boden, konnte sofort seinen Hosenlatz öffnen, der Frau den langen Rock zerreißen und sich gierig auf sie werfen, seine Lust befriedigen. Es störte ihn nicht, als er merkte, dass sie ohnmächtig geworden war. Schwer atmend erhob er sich, ging hinaus zum Brunnen, um sich zu erfrischen, merkte, dass es noch stärker regnete. Gut, dass sie Halt gemacht hatten. Sie würden die Nacht über in der Hütte im Trockenen sein.

Löws Bewusstsein war langsam zurückgekehrt, er sah den leblosen, geschundenen Körper seiner Frau neben sich, hörte das Wimmern des Kindes. Er klammerte sich ans Tischbein und zog sich langsam in die Höhe. Da erblickte er sein Schlachtmesser auf der Bank, ergriff es in dem Moment, als Raoul von Westernau mit einem Lächeln um die schmalen Lippen aus dem Verschlag trat. Löw zögerte nicht, er warf sich auf den Adligen, wusste, wohin man zielte, um die Halsschlagader zu erwischen. Ein heller Strahl spritzte aus Westernaus Kehle, dem Ritter war nicht mehr zu helfen.

Als Hebelein eintrat, sah er, was geschehen war, zog unverzüglich seinen Dolch und stieß ihn in den Rücken des Juden, der röchelnd zusammensank.

Kopfschüttelnd betrachtete Hebelein die leblosen Gestalten. Nun war bei Westernau nichts mehr zu holen außer der Geldstange. Ehe ein anderer sie an sich nahm, steckte Hebelein sie in seine Tasche. Er verließ das Haus, band rasch die Pferde los, schwang sich in den Sattel und führte Westernaus schwarzen Hengst mit den kostbaren Gastgeschenken hinter sich her. Sicher waren sie ein Vermögen wert.

Den Weg nach Neustein nahm er nicht. Er wollte hochnäsigen Amtsherren keine Erklärungen abgeben. Sein neuer Reichtum würde ihm Ansehen und Gehör verschaffen. Dieser musste nur sicher sein! Endlich hatte er etwas aus dem Krieg errungen. Er fühlte sein Herz klopfen bei dem Gedanken, dass er nun bei der Frau als Bewerber erscheinen könnte, die er im letzten Kriegsjahr kennen gelernt hatte. Eine schöne, selbstbewusste Frau war sie, Witwe eines bayrischen Ritters. Eine teure Frau, sagte er sich. Doch nun würde er sie sich leisten können.

2

Esther kam langsam zur Besinnung. Sie versuchte sich zu bewegen, verspürte starke Stiche im Unterleib und Schmerzen im Bauch, wusste, dass sie verletzt war. Sie erinnerte sich an die Schmach, die ihr der Reiter zugefügt hatte. Es war dunkel, sie konnte nicht an sich hinabsehen. Aber sie merkte, dass ihr Rock und das Mieder zerrissen waren. Sie stöhnte laut, fühlte Scham und Verzweiflung bei dem Gedanken an das, was geschehen war, an den breiten Körper, der sich auf sie geworfen und ihr das angetan hatte. Sie erbrach sich, das Würgen schien sie fast zu ersticken, erst nach einiger Zeit beruhigte sich ihr Schlucken und sie konnte wieder leichter atmen. Es war ruhig im Raum. Zu ruhig. Die Tür war geschlossen, sie hörte Pippin jaulen und an die Tür kratzen. Waren sie fort, die Missetäter?

Esther bewegte sich, stieß an ein Tischbein, erinnerte sich an den Topf Wasser, seufzte. Es musste ihr gelingen, so weit zu kriechen, dass sie ihn erreichen und sich säubern konnte! Sie erfasste die Tischkante, erhob sich, stolperte, entdeckte eine der beiden Kerzen, die auf der Banklehne für den Schabbat aufbewahrt wurden. Das Herdfeuer glimmte noch, sie konnte die Kerze anzünden, hielt sie in die Höhe. Da erst sah sie das Entsetzliche: den blutenden Körper ihres Mannes und daneben den des Ritters.

Jetzt hatte sie nur einen Gedanken: Daniel! Wo war der Junge? Was war ihm geschehen? Sie schleppte sich zum Verschlag. Im Licht der Kerze sah sie ihren Sohn nackt auf dem Strohbett liegen, zusammengekrümmt wie im Mutterleib. Er schien leblos, das Stroh war von Blut befleckt. Vorsichtig stellte sie die Kerze ab und nahm seine kleine Hand in die ihre. Erleichtert spürte sie seinen schwachen Puls.

Wut verdrängte Scham und Angst. Langsam begann Esther, klarer zu denken. Und zu handeln. Es gelang ihr, das Kind zu bewegen. Daniel öffnete die Augen, sah seine Mutter fragend an und schloss die Augen wieder. Ermutigt kleidete sie ihn an, sie tat es schnell und geschickt. Sie verschwendete keine Zeit, riss sich voller Abscheu den beschmutzten Rock vom Leib, zog sich den anderen an, den sie nur am Schabbat und an den Feiertagen trug, und warf sich ihren Umhang über die Schultern. Die harten

Stiefel, die sie stets beim Arbeiten an ihren nackten Füßen trug, behielt sie an.

Dann blickte sie sich um, überlegte, was sie mitnehmen sollte. Sie bündelte einige Sachen zusammen: Brot und Wurst, Talglichter, ein Messer und die kleine Schatulle mit ihrem Schmuck. Werte, die leicht zu tragen waren, schätzte jeder Jude. Geld war keines in der Hütte, sie suchte nichts mehr, wollte keine Zeit verlieren, öffnete die Tür, der jaulende Hund brachte sie fast zu Fall. Sie griff auf die Fensterbank, warf ihm einige Knochen hin, die sie beiseite gelegt hatte, ehe die Männer gekommen waren. Bei dem Gedanken wurde ihr erneut übel, sie rannte zum Bach, wusch sich mit dem klaren Wasser, ehe sie einen Schlauch füllte. Sie musste Daniel retten, musste weg vom Haus, ehe andere kamen, den Ritter zu suchen, den ihr Löw umgebracht hatte. Doch wie sollte die Nachricht von Löws Tod zu ihrem Schwager Nathan gelangen, damit er den Ermordeten würde rasch beerdigen können, wie es die Tora vorschrieb. In ihrer Not betete sie zum Einzigen, nur Er konnte helfen, dass Nathan bald davon erfuhr.

Noch einmal hielt sie die Kerze hoch für einen letzten Blick, ehe sie den dicken Schafspelz über ihr Kind zog. Das Fell hatte Löw gehört, nun würde er es nicht mehr brauchen. Sie band sich das Bündel um die Hüften, nahm behutsam ihren Sohn auf den Rücken, löschte die Kerze, steckte sie ein und schritt zum Wald. Das schwache Licht des Mondes, der sich bemühte, die Wolken zu durchbrechen, half ihr. Pippin trottete voran.

Nach einiger Zeit begann es zu schneien, der Mond war nun verdeckt, die Frau musste vorsichtig sein, damit die niedrigen Äste und das Gestrüpp ihr Kind nicht verletzten. Der Hund verhielt sich ruhig, nur wenn er ein Tier witterte, bellte er kurz. Er schien zu verstehen, dass es um Leben und Tod ging. Vorsichtig schlich er sich voran, das half der Frau auf ihrem Weg. Sie erinnerte sich, wie Daniel einst gebettelt hatte, sein Vater möge doch eine Ausnahme machen und das kleine Tier behalten. Halb verhungert hatte der Welpe in der Nähe ihrer Hütte gelegen.

Esther wusste, was sie suchte, sie kannte ein Versteck, einmal hatte sie es auch dem Jungen gezeigt. Mehrmals war sie im Wald gewesen, hatte sich mit anderen aus Furcht vor umherziehenden Truppen verstecken müssen. Die hohen Herren hatten zwar um der Religion willen gekämpft, doch die schlimmen Kriegsjahre hatten ihre Vasallen und Söldner verroht und verdorben, sie hatten die göttlichen Gebote vergessen. Es schien Esther, einer einfachen Frau, als ob es neue Gebote gäbe, die befahlen, du sollst töten, du sollst stehlen und rauben, niemanden sollst du lieben, nur dich selbst. Juden zu töten und sie zu bestehlen, schien besonders lohnenswert in dieser neuen Ordnung. Esther hatte nie gehört, dass Vergehen an Juden von den Heerführern bestraft worden waren.

Das Kind auf ihrem Rücken bewegte sich, schien immer schwerer zu werden. Wie lange würde sie diese Last tragen können? Es wurde ihr schwindlig, mehrmals musste sie sich an einem Baumstamm festhalten, ihr Kopf schmerzte, mal überlief es sie heiß, dann wieder zitterte sie vor Kälte. Sie verlor den Ortssinn, wusste nicht mehr, ob sie den richtigen Pfad genommen hatte, sie konnte das Bächlein nicht hören, dem sie folgen wollte. Sie merkte, wie ihre Kräfte nachließen. Doch wenn sie jetzt anhielt, wäre sie verloren. Sie würde sich nicht mehr aufraffen können.

Stolpernd ging sie weiter, hörte ihren Hund bellen, dann Laute, die sie nicht deuten konnte. Sie blickte wild um sich, konnte in der Dunkelheit nichts erkennen, die Angst schnürte ihr den Hals zu. Sie sah, wie eine Gestalt aus dem Dickicht auf sie zutrat, ihr Herz klopfte laut, sie hielt den Jungen noch fester. Doch da stolperte sie und Daniel entglitt ihr. Sie fiel ungeschickt, ihr Kopf schlug hart gegen einen Stein, sie spürte, wie sie einen Abhang hinunterstürzte und verlor erneut das Bewusstsein.

3

Der Benediktinerpater Angelus Toma, gewohnt an die Regeln seines Ordens, stand um Mitternacht auf, das Gebet zur Matutin zu verrichten, so wie es im Kloster gehalten wurde. Das Dorf, in dem er übernachtete, war arm und hatte erst vor wenigen Wochen wieder einen Pfarrer anziehen können, einen jungen Scholaren, von dem der Pater annahm, dass er nicht lange hier in diesem vergessenen Ort bleiben würde. Jahrelang hatte das Pfarrhaus leer gestanden, war von einem Diener und dessen Frau instand gehalten worden. Ulrich von Seckeling, der Herr dieser Gegend, verstand es als seine Pflicht, kirchliches Gut ordentlich verwalten zu lassen.

Der Pfarrer hatte eine Flasche sauren Frankenwein mit dem Pater geteilt und ihm geklagt, dass täglich Bettler durchs Dorf kämen, denen Almosen gegeben werden müssen.

„Dabei haben meine eigenen Schäflein selbst kaum genug zu essen, vor allem im Winter. Sie ernähren sich von getrockneten Rüben, Fleisch bekommen sie nur einmal im Jahr, zu Kirchweih", erklärte er traurig. „Die Bauern pflügen wegen des Kriegs nur mit Ochsen, nicht mit Pferden, das ist harte Arbeit. Aber sie sagen, die Ochsen pflügen tiefer, also war es doch zum Guten. Vielleicht wird alles besser, nun, da der Krieg beendet ist."

Der Pater bezweifelte das. Er hielt es für einen Segen, dass der Krieg viele Menschen getötet hatte. Das Land konnte nicht alle ernähren, die geboren wurden. Der Frieden könnte katastrophal für die Armen werden, wenn sie weiter so viele Kinder bekämen. Der Mönch hütete sich jedoch davor, diesen Gedanken auszusprechen. Er murmelte ein Gebet, denn er wusste, dass diese These nicht im Sinne der Kirche war. Unter den Bettlerscharen, denen sie begegnet waren, hatte er Frauen gesehen, die zwei Kinder auf dem Arm und schon wieder eins im Bauch trugen. Die Fürsten würden es nicht leicht haben, ihren Untertanen ein anständiges Leben zu ermöglichen. Doch das war nicht seine Sache. Er musste sich um das Seelenheil kümmern.

Er schlief schlecht in der Nacht. Mit bleiernen Gliedern stand er auf, dankte dem Erlöser, seinem Herrn, dass es in dieser fränkischen Gegend noch katholische Regenten gab. Hatte doch der Westfälische Frieden bestimmt, dass Fürsten ihr eigenes

Bekenntnis wählen durften und ihre Untertanen sich diesem anschließen mussten. Hier in Franken waren die Herren konfessionell gespalten. Ein großer Teil war katholisch geblieben, aber in den Städten war man abtrünnig geworden.

Pater Angelus, klug, besonnen, hatte den Krieg von seinem Anfang an erlebt und begleitet. Er stammte aus einer adligen, kinderreichen Familie, die ihn als Kleinkind der Kirche übergeben hatte. Gehorsam, intelligent und zuverlässig hatte er sich einen Platz erkämpfen können, galt als ein treuer und angesehener Diener der Kirche. Sein Wissen und seine Sprachkenntnisse wurden geschätzt.

Die Kirchenfürsten mussten ihre Macht stets verteidigen. Nun war ihnen viel daran gelegen, den Frieden zu bewahren. Neue Machtverhältnisse zeichneten sich ab, es galt, sie genau zu beobachten. Die Vorgesetzten des Paters, sein Abt und der Bischof, hatten es gebilligt, dass er Westernau auf seiner Reise begleitete. Der Auftrag des Fürsten war mit beiden abgestimmt worden, auch wenn der Ritter dachte, nur er sei für die Ausführung der Anordnung verantwortlich.

Der Mönch erhob sich von den Knien und legte sich wieder auf die Matratze. Doch er schlief nicht ein, der Gedanke an den Jungen ließ ihn nicht los. Das Beichtgeheimnis war heilig, aber oft lästig, und niemand wusste besser als der Beichtvater eines Sünders, ob dieser nicht eigentlich dem weltlichen Gericht ausgeliefert werden müsste. Raoul von Westernau genoss den Beischlaf nur mit jungen Knaben. Jünglinge, die anfingen, Männer zu werden, begehrte der Ritter nicht mehr. Er liebte die sanfte Haut, die unschuldige Schönheit männlicher Kinder. Selten waren die Knaben willig. Auch das reizte ihn, wie er gebeichtet hatte.

Pater Angelus' Augenlider zuckten nervös. Er wusste, dass einige seiner Brüder in heiligen Orden ebenfalls eine Vorliebe für Knaben hatten, sie waren gerne bei Chorübungen anwesend, wenn die ungebrochenen Stimmen der Klosterschüler so herrlich Psalmen sangen. Als junger Mann hatte der Pater schwer gelitten, nachdem er etwas ähnliches empfunden hatte. Er hatte sich in einen jungen Klosterschüler verliebt, einen schönen Jüngling, achtzehn Jahre alt mit blitzenden, dunklen, fast schwarzen Augen und gutem Verstand. Seine Anmut hatte den Mönch betört.

Doch jener war ein junger Mann gewesen, kein Kind! Die Befriedigung seiner Triebe, die Westernau durch Kinder fand, war für den Mönch der abscheuliche Auswuchs des Bösen. Pater Angelus hatte sehnsüchtig die Nähe des Geliebten gesucht, hatte sich ihm aber niemals wirklich genähert, ihm seine Liebe nie gestanden. Trotzdem glaubte er, dass Jesus selbst seine eigene Herrlichkeit in dem vollkommenen Körper eines Jugendlichen offenbarte. Der Pater hatte sein Verlangen mit Fasten und Bußübungen bekämpft. Er dankte Gott, dass mit der Zeit der Saft in seinen Gliedern vertrocknet war. Seit vielen Jahren hatte ihn keine sündige Sehnsucht mehr getrieben. Sein Bestreben hatte sich verlagert, er hatte seine erheblichen Talente ganz in den Dienst der Kirchenobrigkeit gestellt, genoss den Ruf eines klugen Diplomaten, der selten von weltlichen Gegnern geschlagen wurde. Kalt und berechnend war er in der kirchlichen Hierarchie nach oben gestiegen. Diesen Weg wollte er weiter beschreiten.

Er konnte sich selbst nicht erklären, warum der dunkeläugige Junge, den er nur mit einem Blick gestreift hatte, ihn erbarmte. Erinnerte er ihn an jenen anderen, den er so oft heimlich beobachtet hatte, wenn er mit seinem Jagdhündchen spielte? Er schob den Gedanken beiseite. Jener Jüngling war längst zum Mann geworden, war eine standesgemäße Ehe eingegangen, war zum harten Heeresführer geworden und in einer Schlacht gegen die Schweden ehrenvoll gefallen. Pater Angelus hatte um den Jüngling, nicht um den Feldherrn getrauert, auch wenn er inbrünstige Gebete für letzteren verrichtete.

Noch ehe das erste Licht des Tages die Farben aus den sich erhellenden Wolken lockte, saß der Mönch auf seinem Pferd, gefolgt von einem Laienbruder, der ihm zu Diensten stand. Sie verließen das kleine Dorf mit seiner einfachen Kirche und den Häusern, hinter denen sich Misthaufen stapelten. Wie so oft schauderte es ihn bei dem Gedanken, wie armselig die Bauern lebten, von Tagelöhnern gar nicht zu sprechen. Die kleinen Holzhäuser waren eng aneinander gedrückt, manche sogar ohne Ställe, so dass die Tiere ebenfalls im Haus untergebracht waren. Der Mönch sehnte sich nach der Ruhe seines Klosters, in dessen hohe Hallen und einsame Zellen weltliche Sorgen nicht drangen.

Er verscheuchte die Gedanken und führte seinen Laiendiener Paulus auf die Landstraße, die zu der Hirtenhütte führte. In dieser Gegend hatten die Schweden im Jahr 1632 viel Schlimmes angerichtet. Und auch die kaiserlichen Truppen waren beim Furagieren nicht zimperlich gewesen. Doch in diesem Jahr hatten die Bauern anpflanzen können, und wie er gesehen hatte, gab es Vieh. Die herzhafte Suppe mit grobem Brot, die Pater Angelus am Abend zuvor gereicht worden war, hatte Rindfleischstücke enthalten. Der junge Pfarrer hatte erzählt, dass man in dieser

Gegend kaum Schweine halte. Die Bauern hier hätten ihr normales Leben wieder aufgenommen, man hoffte nun auf gute Ernten. Ritter von Seckeling besitze das Land, hatte der Pfarrer erklärt. Zum Rittergut gehören sechs Dörfer mit jeweils zwanzig Untertanen und dreißig Lehnsleuten. Auch Juden, insgesamt dreiundzwanzig Familien, leben im Umkreis der Seckelingdörfer. Die wohlhabendsten unter ihnen seien Viehhändler, einige gingen hausieren, die anderen seien zum großen Teil Verwandte, die als Diener arbeiten. Einer sei Schlächter, der lebe zur Zeit außerhalb des Dorfes.

Der Pater war erschrocken, als er das gehört hatte. War der große Mann, den er erblickt hatte, ein Jude? Möglich. Sicher schlachtete der Mann für alle Familien, überlegte sich der Pater. Juden hatten ihre eigenen Vorschriften, sie verzehrten kein Blut, deswegen hing der Kadaver dort, das Blut musste ganz aus dem Fleisch tropfen. Wie kam es aber dann, dass man sie anschuldigte, Christenblut für ihr Passahbrot zu gebrauchen? Er runzelte die Stirn bei dem Gedanken. Doch ehe er weiter nachdenken konnte, hatten sie die Hütte schon erreicht. Die Pferde der beiden Ritter waren nicht zu sehen. Das bestürzte den Pater.

Als er durch die offene Tür eintrat, erklärte sich das und noch mehr. Er bekreuzigte sich, betrachtete entsetzt die beiden Toten, deren gemeinsames Blut den Boden rot gefärbt hatte. Er kniete sich neben den Ritter und murmelte Gebete, die Seele des Toten sollte nicht verloren umherirren. Für die letzte Ölung war es zu spät, aber als sein Beichtvater musste er um die Sündenvergebung des Ritters flehen, das war seine Pflicht. Schwer atmend erhob er sich, befahl dem Bruder, den Leichnam auf sein Pferd zu binden und ihn ins Dorf zu bringen. Eine Bahre sollte in der Kirche für den Toten aufgestellt werden.

Danach untersuchte Angelus Toma den Tatort. Geschult durch die Jahre des Krieges, konnte er den Sachverhalt nachvollziehen. Der Ritter war zuerst gestorben, das blutige Messer des Metzgers lag neben ihm. Das Vergehen des Mannes, der den Ritter erstochen hatte, war mit einem Dolchstoß gerächt worden. Das muss Hebelein verrichtet haben, wer sonst? Danach war er weggeritten. Mit beiden Pferden. Dem Mönch entfuhr unwillkürlich ein Schrei des Entsetzens, als er feststellte, dass der Geldgürtel ebenfalls fehlte.

Im Verschlag fand er nur das Strohbett, zerwühlt und rot befleckt. Die Frau und der Junge waren verschwunden. Der Mönch glaubte nicht, dass sie Hebelein entführt hatte. Er suchte nach

Spuren, fand Blutstropfen entlang des Weges und Fußtritte, die sich im Matsch abzeichneten, sie führten zum Wald. Er sah, dass die Frau kleine Schritte gegangen war. Das könnte daher rühren, dass sie schwer beladen war, als sie flüchtete. Der Gedanke erleichterte seine dumpfe Trauer kaum. Sie hatte das Kind tragen müssen. Er hoffte, dass sie stark genug gewesen war und Kost und warme Kleidung auf die Flucht mitgenommen hatte.

Nein, er habe die Tragödie nicht verhindern können, sagte er sich und schlug nochmals ein Kreuz. Er verließ das Haus, dort hatte er nichts mehr zu verrichten. Die Flüchtlinge waren nicht seine Sache, entschied der Pater. Er hatte genug zu tun, musste den Leichnam des Ritters bergen und danach die Männer beschwichtigen, vor allem wegen der fehlenden Geldstange.

Im Dorf angekommen, fand er die Truppe bereits vor dem Pfarrhaus versammelt. Paulus, sein Laienbruder, ein dürrer, ängstlicher Mann, der wenig beachtet wurde und sich nun daran erfreute, dass er Wichtiges mitzuteilen hatte, beschrieb ausführlich alles, was er gesehen hatte, sowie einiges, was er sich einbildete, gesehen zu haben. Der Körper des armen Ritters sei übel zugerichtet, gewiss hatte er sich tapfer gegen den hinterlistigen Angriff verteidigt, das blutige Messer des Mörders hatte neben ihm gelegen. Der Jud war auch tot, seine Frau geflüchtet. Der Laienbruder blähte sich auf, protzte damit, dass sein Herr das Rätsel, wie die beiden umgekommen seien, lösen werde, Pater Angelus sei bekannt für seine Klugheit.

„Wo ist das Geld?", schrie Konrad, der schwäbische Anführer der Söldner.

Paulus stotterte, das wisse er nicht. Aus den Gewändern des Ritters hatte der ehrwürdige Pater keine Geldstange hervorgezogen. Konrad trat näher an den Burschen heran und fragte drohend, ob er nicht lüge und ob der Mönch nicht den Schatz in den eigenen tiefen Gewändern hat verschwinden lassen. In diesem Moment hielt Toma an.

„Nein, Konrad, das hat der Mönch nicht!", sagte der Pater mit seiner hohen Stimme. Konrad senkte den Kopf, blieb stehen, wo er war, bewegte nicht die gespreizten Beine in den hohen Stiefeln, die er auf einem Schlachtfeld erworben hatte. Wie andere Söldner hatte er sich durch die Jahre mit Federn der Gefallenen schmücken können.

„Stimmt's, Pater, dass das Geld weg ist?", fragte der Söldnerführer. Er hob den Kopf und starrte dem Geistlichen frech ins Gesicht. „Dann haben's die Juden gestohlen!"

„Ich dachte, mein Diener hat euch Bericht erstattet", sagte Angelus spöttisch. „Der Jud ist tot."

„Aber die Jüdin ist fort, hat er gesagt!", rief erhitzt ein anderer aus der Menge.

„Es gibt noch andere Juden im Dorf. Zu denen hat sie's sicher gebracht!", schrie Konrad. „Wer hat den Ritter erstochen? Und wer den Jud? Weibern ist nicht zu trauen!"

Dem Pater erschien es, als ob sich mehrere Bauern zu den Söldnern gesellt hatten: Einer schwang eine Sense, ein anderer trug eine große Gabel. Dem Pater war bewusst, wie leicht Gemüter zu erhitzen waren, er wollte verhindern, dass sich die Unruhe ausbreitete.

„Wer weiß, was dort draußen los war!", rief ein Söldner heiser, noch angespannt von einem Saufgelage der vorigen Nacht. „Juden sind doch alle Halsabschneider. Und Diebe dazu!"

„Möglich", antwortete der Mönch geduldig. „Aber Männer, es ist wichtiger, dem Fürst Meldung zu machen, dass sein Vasall tot und die Aufgabe unerledigt ist! Ich warne euch! Wehe dem Mann, der versucht, sich an den Juden zu vergehen! Der Krieg ist beendet! Selbst Juden besitzen das Recht, sich vor Gericht zu verteidigen. Es muss bewiesen werden, dass sie verantwortlich sind für das, was geschehen ist!" Er räusperte sich, erhob beschwörend die feinen Hände. „Vor allem bedenkt, dass dies die Sache der Gerichtsbarkeit ist, hier am Ort! Sie werden es euch nicht danken, wenn ihr euch an ihren Schutzjuden vergreift."

Er wandte sich an Konrad, sagte etwas leiser, er werde alle mit Kostgeld versorgen, sie sollen zurückreiten und dem Fürsten sofortige Meldung machen. „Er soll einige der Männer zurücklassen. Ich werde die brauchen, sie können mir zusammen mit dem Laienbruder behilflich sein." Gern hätte er Paulus ebenfalls weggeschickt, doch es ziemte sich nicht, einen kirchlichen Diener vor diesen rauen Männern zu erniedrigen.

Das Murren verhallte. Die Bauern gingen ihrer Wege, die Drohung hatte sie verschreckt. Keiner wollte vor dem Amtsherrn erscheinen. Konrad wählte drei Männer aus und befahl ihnen zu bleiben. Sie sollten dem Geistlichen gehorchen und ihm zu Diensten stehen.

Der Pater hatte zwar eigene Mittel in einem Beutel unter seiner Kutte versteckt, bat jedoch den Pfarrer, ihm einen ordentlichen Betrag zu leihen. Er würde ihm im Namen seiner Obrigkeit einen Schuldschein ausstellen, dieser könne bald eingelöst werden. Konrad nahm das Kostgeld des Paters entgegen und zog mit seinen Männern ab. Er selbst hätte gern Rache an den Juden genommen, auch wenn er seine Treue dem Fürsten und nicht Westernau geschworen hatte. Doch weil seine Gefolgsmänner Furcht vor den Drohungen des Paters hatten, beschloss er, dem Befehl des Mönches zu folgen.

Die drei Männer, die beim Pater blieben, waren bald zu beschäftigt, um an anderes zu denken als an die Vorbereitungen für das feierliche Begräbnis des Ritters. Es würde stattfinden, sobald die Familie und der Lehnsherr des Toten benachrichtigt worden wären. Inzwischen sah sich der Pater an, wie der Verstorbene in der Dorfkirche aufgebahrt wurde, verordnete die Anzahl der Kerzen, die ihn umgeben sollten, war zufrieden mit dem Leinentuch, in das der Leichnam gehüllt war. Der Mönch hatte bereits alle Kosten ausgerechnet, einschließlich der für einen gut gehobelten, samtbeschlagenen Sarg sowie für die Wachen, die drei Söldner und deren Bedürfnisse. Den Gottesdienst besprach er mit dem jungen Pfarrer, der sich sofort bereit erklärt hatte, alles zu tun, damit dem Toten die ihm gebührende Ehre zuteil würde. Der tote Jude ging ihn nichts an.

4

Die Nachricht eines schlimmen Vorfalls verbreitete sich schnell im Dorf. Löws älterer Bruder Nathan, Vieh- und Pferdehändler am Ort, der Kopf der Familie, stand am Seitentor seines Hauses, als er sah, wie einige Bauern, darunter der mürrische Eisner, in Richtung Kirche eilten. Erst nachdem Eisner um die Ecke verschwunden war und Nathan gerade ins Haus gehen wollte, schlich sich der Eisner-Knecht zu ihm und berichtete stockend, dass beim Löw draußen etwas passiert sei.

„Die Soldaten, die auf unserem Heuboden geschlafen haben, sind beim Pfarrer, die wissen, was los war!"

Bekümmert holte Nathan seinen Umhang und eilte zum Pfarrhaus, kam gerade noch zeitig genug, um den Ausgang der Konfrontation zwischen dem Mönch und dem Gefolge zu hören. Er stockte, entschied, dass er sich am besten nicht mit Fremden einlassen sollte, stapfte zur Hintertür und bat die verwirrte Magd, den Pfarrer sprechen zu dürfen.

Nathan war dem jüngeren Bruder recht ähnlich, er war etwas schwerer, behäbiger, sein Bart fing bereits an zu ergrauen. Er war ein angesehener Mann, man schätzte ihn wegen seiner Umsicht. Seit langem war er Parnes, ein Mitglied des Rates der ortsansässigen Judenschaft. Dank seiner vielen Reisen sprach er mehrere Sprachen, war wie die meisten Juden schriftkundig und wurde gelegentlich vom Amtsverwalter konsultiert, wenn es um Angelegenheiten der jüdischen Gemeinde ging. Nathan bewohnte mit seiner Großfamilie ein dreistöckiges Fachwerkhaus hinter der Dorfstraße. Die Seitentür, an der Nathan sich mit dem Knecht unterhalten hatte, war in einen Flügel des schweren Tors eingelassen, das zum Hof, zu den Scheunen, zum Stall und zum Wohnhaus führte. Jeder, der daran vorbeiging, war sich bewusst, dass es um den Eigentümer besser bestellt war als um einen Kleinbauern. Es wohnten jedoch zwei Familien eng zusammen – mit Löw waren es sogar drei. Denn Herr von Seckeling bestimmte, wie viele Juden in seinen Ländereien leben durften und wo. Im Vorderhaus wohnte Nathan mit seiner Frau und seinen Kindern. Jettel und er hatten zwei erwachsene Söhne, Jakob und David, die ihm im Geschäft halfen, die vierzehnjährige Tochter Naomi, für die Jettel bereits Ausschau nach einem guten Ehemann hielt, und den fünfjährigen Nachkömmling Gideon. Außerdem lebten zwei von Jettels Schwestern im Haus. Sie waren ledig und galten als Hausangestellte ebenso wie Nathans verwitweter Onkel. Im Hinterhof lebten in zwei oberen kleinen Zimmern die fünfköpfige Familie des Hausierers Aaron Fürther, der ebenfalls eine unverheiratete Schwester seiner Frau als Hausmagd anstellen durfte. Und unter ihnen lag Löws Wohnung.

Während der Kriegsjahre hatte Nathan, wie andere jüdische Händler auch, gute Geschäfte gemacht. Truppen beider Seiten mussten versorgt werden, viele Pferde fielen in den blutigen Schlachten oder kamen durch Unfälle auf den schlechten Wegen um. Oft konnten die Bauern in Kriegsgebieten wenig anbauen. Emsige Händler verdienten daran, indem sie Ware aus anderen Ländern anboten. Nathan hatte sein Geld dem Geldwechsler Joschua Rubens zur Verfügung gestellt. Dieser kannte jeden Kleinbauern und seine Nöte, er war bekannt für sein Geschick, mit Geld umzugehen. Seckeling hatte gemerkt, dass seine Bauern ohne Rubens nicht auskommen würden, der streckte ihnen vor der Ernte Geld vor. Mit der Ernte selbst durften Juden nicht handeln, jedoch verpfändeten die Bauern Vieh. Fast jeder besaß eine so genannte Judenkuh, für die er dem Geldwechsler Zinsen zahlte. Für eine Kuh konnte sich ein Kleinbauer zwölf bis fünfzehn Dukaten ausleihen. Wenn die Ernte gut war, konnte er seinen Schuldschein einlösen, wenn nicht, blieb die Schuld stehen und zog weiter Zins an. In schwierigen Fällen räumte der Geldwechsler Zahlung in Raten ein.

Die Tora verbietet das Zinsnehmen. Weil es für Juden aber kaum andere Erwerbsmöglichkeiten gab, hatten einige Rabbiner die mosaischen Gesetze so ausgelegt, dass auf Anleihen Zinsen verlangt werden dürfen. Diese Auslegung war jedoch umstritten.

Joschua Rubens erledigte auch für den adligen Herrn manches Geschäft. Nathan wusste, dass im Lauf der Kriegsjahre immer mehr Fürsten Hofjuden angestellt hatten. Diese Finanziers aus der jüdischen Oberschicht mussten den hohen Herren das nötige Geld für die Kriegsführung beschaffen. Manchmal wurde ihnen auch die Münzherstellung übertragen, ein gewinnträchtiges Unternehmen. Für die Judenschaft war diese kleine Schicht reicher Juden unentbehrlich: sie hielten ihre Hand über die Armen im Lande. Sie versuchten, die Herrscher zu überzeugen, dass es für diese von Vorteil sei, Juden Erwerbsmöglichkeiten zu geben. Die fränkische Kleinstadt Marktbreit war ein Musterbild dafür. Dort besaßen Juden dieselben Handelsrechte wie christliche Großhändler! Hier hatte sich ein blühender Markt für Tabak, Wein, Textilien und Korn entwickelt. Aber das war die Ausnahme, andere Orte weigerten sich, es dieser Stadt gleichzutun. Das Interesse der Fürsten galt vor allem dem Steuereinkommen, das sie ihrer Judenschaft aufbürden konnten. Die Steuerliste schien unendlich: Schutzgeld und Leibzoll waren nur der Anfang, dann kamen eine Reihe von Sondersteuern wie etwa eine Weinabgabe an Christen, die Stolgebühren für den Pfarrer, um ihn für ausfallende Einnahmen zu entschädigen, wenn ein Jude heiratete oder starb. Außerdem gab es die gleichen Abgaben, die auch die Bauern entrichten mussten, wie die Martini-Gans für den Burgvogt, das Michaelis-Opfergeld oder die Herbstabgaben von Käse und Früchten. Juden lieferten keine Naturalien, sondern beglichen diese Forderungen mit Geld. Die Erfindungskunst der Obrigkeit, sich neue Steuern auszudenken, war groß.

Nathan vernahm erschrocken, was der Pfarrer zu berichten hatte. In der Hirtenhütte seien zwei Menschen gewaltsam ums Leben gekommen, der edle Ritter von Westernau und der Jude Löw. Die genauen Umstände seien noch nicht geklärt, das sei Sache der Gerichtsbarkeit. Der Pfarrer fügte hinzu, dass weder die Frau des Toten noch sein Sohn im Haus aufgefunden worden seien.

Nathan beherrschte seine Gefühle, so gut er konnte. Zu Hause zerriss er den Kragen seines Hemds, wie es die Tradition vorschreibt. Es war mehr als nur zeremoniell, er hatte seinen Bruder geliebt. Doch er fasste sich, er musste handeln, musste sofort aufbrechen, zum Amtsverwalter des Herrn von Seckeling gehen und Meldung erstatten. Auf keinen Fall durfte er gegen eine Regel verstoßen, auch wenn er unter Schock stand. Nathan trauerte um seinen Bruder und war besorgt um dessen Frau und das Kind. Doch er war sich bewusst, dass er sofort alles ordentlich abwickeln musste. Er schickte seinen Sohn Jakob zu Salomon Langer, um die Glaubensbrüder zu benachrichtigen und sie um Hilfe zu bitten. „Sag ihm, ich lasse Löw nach Hause bringen, wenn der Amtsmann es erlaubt!" Die Familie musste Schiwe sitzen, sieben Tage lang würden sie den Toten betrauern.

Die Männer der Chewre Kedische trafen sofort zusammen. Sie kamen aus den drei Neusteiner Familien sowie aus den umliegenden Dörfern Walberg, Althaus und Burgheim. In diesen Ortschaften lebten dreiundzwanzig jüdische Familien, insgesamt fünfundneunzig Familienangehörige und dreißig Angestellte. Die meisten von ihnen waren Verwandte und konnten anderenorts keine Unterkunft finden. Sie alle hatten sich zu einer Kehile zusammengeschlossen.

Die Synagoge, ein einfacher Betsaal in einer großen Scheune, war vor zehn Jahren in Walberg errichtet worden, dem Ort, in dem auch der Reichsritter Seckeling wohnte. Dessen Burg war eher ein Schloss und stand mitten im Ort auf einem kleinen Hügel, umgeben von Gärten, Feldern und einer dicken Schutzmauer, die an die Dorfstraße grenzte. Vor dem einzigen großen Tor warteten stets Untertanen darauf, eingelassen zu werden.

Die Kehile mit ihren zwölf Räten, den Parnejsim, hatte sich den anderen fränkischen Gemeinden angeschlossen. Einen Rabbiner hatten sie nicht. Salomon Langer, ein Verwandter Nathans, verrichtete mehrere Dienstleistungen für die Gemeinde, er war sowohl Schammes als auch Chosen. Salomon war beliebt, er war ein bescheidener, fast schüchterner Mann, der sich jedoch beim ergebungsvollen Vortragen der Gebete verwandelte. Seine wunderschöne Stimme schlug die Gemeinde in Bann. Selbst in Fürth mit seiner großen Gemeinde war Salomons Ruf als großer Chosen bekannt. Christliche Dorfbewohner blieben öfters vor der Synagoge stehen, um Salomons Gesang zu hören. Zu Roscheschone blies Salomon das Schofarhorn, dessen Ton selbst die Christen erschauern ließ.

Salomon war Mitglied der Chewre Kedische. Er und sein Sohn Adam hatten die anderen Männer sofort benachrichtigt. Alle wussten, was zu tun war. Einige begannen, die sechs Bretter für den Sarg zusammenzuschlagen, andere begaben sich zum Friedhof, um das Grab auszuheben. Salomon ging zu Nathans Haus, um sich um den Toten zu kümmern, sobald ihn der Amtsherr aus der Hütte bringen lassen würde.

Löws tragisches Ende traf sie hart, wie alles, was andere Juden erlitten. Keiner scheute die Arbeit. Die jüdischen Weisen hatten gelehrt, dass jeder gegenüber der Gemeinde Pflichten besaß, gegenseitige Hilfe war selbstverständlich. Nur ein reines Gewissen, seine Pflichten erfüllt zu haben, konnte dem Menschen echte Freiheit verleihen.

Nathan schwitzte trotz der Kälte und des Schnees, der ihm das Gehen erschwerte. Er war zutiefst beunruhigt, es war nicht abzusehen, wie ein gewaltsamer Tod von der Obrigkeit beurteilt würde. Er eilte zur Burg nach Walberg, um sein Anliegen dem Amtsherrn Wessels vorzutragen. Die Wache musterte ihn und entsandte die Meldung, dass ein Jud um Erlaubnis bitte, beim Amtsherrn vorzusprechen. Nathan musste sich gedulden und wartete wie so oft unter dem gewölbten Toreingang, über dem das Wappen des Seckeling-Geschlechts prangte.

Er hatte Glück. Der Kutscher des Amtsherrn trat mit einem Stallknecht durchs Tor und erblickte Nathan, den er gut kannte. Er wusste, dass der Viehhändler ein ehrlicher Mann war. Sein Herr hatte manches Pferd von ihm gekauft. Er raunte ihm zu, dass man bereits Bescheid wisse. Ein Geistlicher sei vor einigen Stunden eingetroffen und säße beim Amtsherrn. Der Schlossherr selbst sei abwesend. Den Diener des Paters hatte man in einem Kellerraum neben der Küche warten lassen, dort hatte er der Dienerschaft die ganze Geschichte erzählt.

Nathan machte ein grimmiges Gesicht. Er hatte gesehen, was sich vor dem Pfarrhaus abgespielt hatte, wusste, dass der Laienbruder die Söldner mit seinem Geschwätz aufgebracht hatte. Nun plusterte er sich also auch hier auf.

Nach dem kurzen Wortwechsel mit dem Stallknecht war Nathan nicht überrascht, im Amtszimmer einen hochgewachsenen Mönch in schwarzer Kutte vorzufinden. Herr Wessels sei zur gnädigen Frau gerufen worden, sagte der Diener, der Nathan hineinführte.

„Er ist der Bruder des Metzgers und ist gekommen, um Meldung zu machen von seinem Tod?" Der Pater betrachtete den stämmigen Juden mit Erstaunen. Er hatte wenig mit Juden zu tun, war von Nathans würdiger Haltung genauso beeindruckt wie von seiner Größe. Weder diese noch der aufmerksame Ausdruck der braunen Augen stimmte überein mit dem Bild, das man sich von den diebisch verschlagenen Juden machte.

Nathan antwortete auf Französisch, der Sprache, die der Pater benutzt hatte. Er bejahte und fügte hinzu, dass er gehört habe, der ehrwürdige Pater sei Zeuge des Vorfalls gewesen.

Der Mönch, beeindruckt von der Sprachkenntnis des Juden, auch wenn seine Aussprache schlecht und die Grammatik unvollkommen war, schüttelte den Kopf. Er erklärte, er sei zwar Begleiter des hohen Herrn gewesen, hätte aber die Nacht beim Pfarrer verbracht. Er faltete die Hände. „Ich war draußen im Haus, heute früh. Er wird feststellen, dass der Leichnam seines Bruders ehrfürchtig behandelt wurde. Mein Diener hat ihn auf meinen Befehl auf einen Strohsack gelegt. Der Jude kann den Toten abholen. Es war ein Unfall. Offensichtlich hatte der Bruder sein scharfes Schlachtmesser in der Hand gehalten, als der edle Herr die Tür öffnete und wahrscheinlich zu schnell auf ihn zutrat und dadurch tödlich verletzt wurde. Der Ritter war fähig, seinen Dolch zu ziehen, ehe er starb. Er muss gedacht haben, er würde angegriffen und hatte sein Messer in das Herz des Juden gestoßen."

Nathan senkte den Kopf. Sollte er antworten? Unmöglich konnte das so abgelaufen sein! Löw war in der Mitte der Stube aufgefunden worden, hatte der Pfarrer erklärt, nicht am Eingang, sein Messer hatte dem Ritter die Gurgel aufgeschnitten. Der hätte keine Zeit gehabt, einen Dolch zu ziehen, das war klar! Es musste also ein Dritter anwesend gewesen sein. Wieso hatte Löw sein Messer überhaupt im Haus gehabt? Er war bekannt für seine Gutmütigkeit. Was hatte ihn dazu veranlasst, was hatte ihn dermaßen aufgebracht, dass er mit dem Messer auf einen Fremden zuging? Nathan war überzeugt, sein Bruder hatte gewusst, was er tat, als er den Fremden angriff. Es war kein Unfall. Wo aber waren Esther und Daniel?

Nathan richtete sich auf. Sein durchdringender Blick begegnete dem des Mönches. Seine Augen blieben forschend auf das schmale Gesicht gerichtet, musterten die scharfen Züge und die hohe Stirn. Warum hatte der Geistliche eine Lügengeschichte erfunden? Um weitere Untersuchungen zu vermeiden? Nathan erkannte schnell, dass es in seinem eigenen Interesse war, die Erklärung anzunehmen. Hätte der Mönch Löw des Mordes bezichtigt, wäre das der ganzen Familie, nein, der gesamten Gemeinde, zum Verhängnis geworden.

Nathan konnte nicht wissen, dass Pater Angelus sich Vorwürfe machte. Er verurteilte zwar den Mord des Raoul von Westernau, war jedoch gequält von dem Gedanken, dass er die Misshandlung des Kindes und dadurch die Todesfälle hätte verhindern können, wäre er bei dem Ritter geblieben. Als Beichtvater wusste er von den frevlerischen Taten des Ritters. Er machte sich keine Illusionen, auch nicht darüber, was geschehen würde, wenn er den toten Juden des Mordes anklagen würde: seine Familie, vielleicht alle Juden, würden vertrieben werden. Sicher, es waren nur Juden. Aber die Kirchenväter lehrten, dass die Juden nicht vernichtet werden dürften, sie müssten lebendige Zeugen der Kreuzigung Jesu bleiben.

Der Pater entschied, seinen Bericht über den Vorfall abzugeben und diesen als Unfall hinzustellen. Sein Wort würde man nicht in Frage stellen. Der Amtsherr würde kaum Interesse haben, den Fall weiter zu verfolgen. Westernau war ein Fremder. Der Benediktiner wusste, dass der Ritter in seinen eigenen Ländereien ebenfalls Kinder missbraucht hatte. Nun war durch ihn eine Judenfamilie zerstört worden. Unschuldigen Menschen wollte der Pater kein weiteres Unrecht antun.

Außerdem wollte er sich selbst nicht länger mit der Angelegenheit befassen. Er musste den Auftrag seines Abtes ausführen und die katholischen Herrscher der Gegend besuchen. Die fränkischen Niederadligen hatten sich zu einem Ritterbund, der Ganerbenschaft, zusammengeschlossen. Sie waren nicht Lehnsherren eines Fürsten, sondern unterstanden allein dem Kaiser, auch wenn sie während des Krieges den Bayern verpflichtet gewesen waren.

Der Abt hatte seinem Vertrauten eingeschärft, wie wichtig es sei, dass die Untertanen der evangelischen Ritter der römischen Kirche treu blieben. Es sei absolut dringend, die katholische Gegenreformation im Süden zu stärken, deswegen war Westernau ausgesandt worden. Nun war der Benediktiner allein verantwortlich für den diplomatischen Auftrag. Der Norden war hoffnungslos dem Protestantismus verfallen. Die Rettung lag im Süden.

„Er wird feststellen, dass der Amtsherr meine Aussage zu Protokoll gebracht hat", wandte sich der Pater an Nathan, während er seine schlanken Finger betrachtete. „Der Amtsherr nimmt an, dass die Frau und das Kind aus Furcht in den Wald gelaufen sind und sich bald wieder einfinden werden. Der Bestattung des Toten steht jedenfalls nichts im Wege. Ich denke, nach seiner Tradition wird sie schnell erfolgen."

Nathan verbeugte sich knapp. Er verstand. Man würde niemanden ausschicken, um Esther und Daniel zu suchen. Wir werden es tun, auch wenn es bedeutet, das Begräbnis hinauszuschieben, der Ewige würde es verzeihen! Den vielleicht noch Lebenden musste geholfen werden. Schaudernd dachte er an die Gefahren im Wald, an die Vagabunden, die sich dort aufhielten, die wilden Tiere. Erst vor wenigen Tagen war im Dorf die Mär von einer Bärenhöhle unweit der Waldgrenze verbreitet worden. Wir müssen die beiden suchen, sagte sich Nathan. Wir werden uns bald aufmachen, ehe es zu spät ist für sie. Traurig dachte er an Esthers gütiges Gesicht, an Daniels fröhliches Wesen. Er war sicher, dass auch sie Opfer dieses angeblichen Unfalls geworden waren.

Der Amtsmann Wessels, ein dicklicher Mann, dem das Atmen schwer fiel, war zur Herrin gerufen worden und kehrte nun geschäftig in seine Kanzlei zurück, zupfte an seiner imposanten Perücke und verkündete, dass der ehrbare Ritter und der Jude durch einen ungewöhnlichen Unfall ums Leben gekommen seien. Keiner könne mehr zur Rechnung gezogen werden, also sei der Fall abgeschlossen.

Er hatte bereits die Akten holen lassen und erklärte nun, der Schutzbrief des Schächters Löw sei damit erlöscht und dadurch ebenfalls der Schutz der Witwe und des Sohnes. Es sei ratsam, dass der Viehhändler sofort einen Antrag stelle, die beiden Verwandten in seinen Schutzbrief mit aufzunehmen und sogleich die dafür fälligen elf Dukaten zahle. Danach forderte der Amtsherr die Zahlung der üblichen Todessteuer von einem Dukaten und sagte mit wohlwollender Stimme, dass nichts einzuwenden sei gegen eine Beerdigung des Bruders.

Ehe Nathan nach Neustein zurückkehrte, stattete er dem Geldwechsler Joschua Rubens einen kurzen Besuch ab. Der Tod des Bruders würde Unkosten verursachen, Nathan benötigte kurzfristigen Kredit.

Er wurde sofort ins Kontor geführt, seit langem war er mit Joschua befreundet. Nathan bemerkte, dass Feigele, die Frau des Geldwechslers, der er im Gang flüchtig begegnete, verweinte Augen hatte. Sie war als tüchtige Geschäftsfrau bekannt, erledigte die kleineren Pfandgeschäfte. Mancher Hausierer holte sich verpfändete Tücher und alte Kleider von ihr zum Weiterverkauf. Auch Joschua Rubens, ein kleiner untersetzter Mann, besser gekleidet als Nathan, war bedrückt. Er konnte seine Stimmung nur schlecht verbergen. Das überraschte den Viehhändler nicht. Er hatte gehört, dass eines von Joschuas Dienstmädchen vor wenigen Tagen wegen unzüchtigen Benehmens ausgewiesen worden war.

Der Geldwechsler kam sofort darauf zu sprechen, noch ehe ihm Nathan sagte, warum er gekommen war. „Du hast gehört … Nun, schlimm ist die Sache. Sie ist in Fürth, die Riwka, dort wird sie das Kind bekommen! Und der Moische …!" Er drehte sich zum Fenster, rang sichtlich um Fassung. „Sie hat den Namen des Vaters beim Verhör nicht verraten. Doch soeben sagte Moische, er wolle gehen. Kann man es ihm verdenken? Moische, ein kluger Mann von vierzig, der nicht heiraten darf, weil er keinen Schutzbrief hat." Er brach ab. Was war noch zu sagen? Feigele hatte dem Mädchen geholfen, wenn auch nicht gern, denn sie war wütend gewesen wegen der Schande.

„Vielleicht gibt ihm der Markgraf einen Schutzbrief für Fürth", sagte Nathan beschwichtigend. „Moische ist ein guter Lehrer."

„Moische und ich haben Verwandte in Amsterdam. Dort wird man was tun, versuchen, das Aufenthaltsrecht für sie zu bekommen." Er äußerte sich nicht dazu, ob Moische das Kind und die Mutter zu sich nehmen würde. Nathan fragte nicht, er war sich über die Tragödie nur allzu klar. Joschua hatte Recht. Es war ein unnatürliches Leben ohne Frau! Trotzdem, es war schlimm, dass Moische das Mädchen verführt hatte, wie Joschua sagte. Was würde aus ihr werden – und aus dem Kind? Der Geldwechsler hatte Moische als Hauslehrer angestellt. Aber eigentlich unterrichtete dieser die Jungen der Kehile. Bald müssten die Parnejsim darüber sprechen, wie es weitergehen soll.

Nathan brachte sein Anliegen vor. Der Finanzier, bestürzt über das neue Unglück, das die Gemeinde befallen hatte, gab rasch seine Einwilligung für den Kredit, so dass Nathan sich schnell verabschieden konnte.

In Neustein fand er wie erwartet sein Haus voller Menschen. Die trauernde Familie und zahlreiche Mitglieder der Gemeinde hatten sich versammelt. Sie blieben zusammen in der Küche bei der behäbigen Jettel, die vom Tod des Schwagers wie benommen war. Jede der Frauen hatte Essen mitgebracht. Sie waren gut befreundet, sie befolgten zusammen die rituellen Reinigungen. Eine Mikwe gab es zwar nicht in den Dörfern, aber die Frauen gingen in kleinen Gruppen in den Wald zum Bach, wo sie sich an bestimmten Tagen untertauchten, wie es die Tora vorschreibt.

Sieben Tage lang würden die nächsten Verwandten des Toten auf niedrigen Schemeln und Bänken Schiwe sitzen, würden weder kochen noch andere Arbeiten verrichten.

Nathan bemerkte mehrere Schnorrer und Umherziehende unter den Gästen. Er kannte sie alle: Herschl und Mendel, die beliebten Geiger, die zu Hochzeiten und anderen Festen und auch auf dem Markt spielten, der Spanier Lopes, der mit Altkleidern hausierte, der lahme Levi, der nicht mehr ganz richtig im Kopf war und Jossel, der junge Jeschiwe-Bocher, der manchmal für Nathan Botendienste verrichtete, sowie Esra und Moritz, zwei jämmerlich aussehende Schnorrer, die unzertrennlich schienen. Er begrüßte sie herzlich. Innerlich seufzte er darüber, dass Obdachlose an zwei Dingen erkannt werden konnten, am starken Geruch und an den Lumpen, die sie um ihre Füße gewickelt hatten. Oft konnten sie sich lange Zeit nicht waschen, und keiner von ihnen besaß mehr als ein Gewand. Wandern war beschwerlich. In der vorigen Nacht hatten Esra und Moritz auf Nathans Heuboden geschlafen, durch sie hatte sich Löws Tod unter den Umherziehenden herumgesprochen. Juden ohne Schutzbrief durften sich nur zwei Tage an einem Ort aufhalten. Diese Ärmsten der Armen befanden sich stets in Bewegung. Sie hatten keine Wohnsitzerlaubnis, waren heimatlos. Wenn sie eine Kehile wie Fürth oder Frankfurt erreichten, konnten sie zwei Tage in der

Armenunterkunft verbringen, in den Dörfern blieben sie bei ansässigen Juden oder schliefen am Straßenrand. Den Schabbat und die heiligen Feiertage verbrachten sie bei einer Familie im Ort. Jede Gemeinde tat, was sie konnte.

Die Umherziehenden kannten bestimmte Haushalte, in denen sie regelmäßig unterkommen konnten. Löw und Esther hatten draußen in der Hütte derartigen Besuch auch bewirtet, das Ehepaar war beliebt. Oft hatten Schnorrer erlebt, wie Esther am Freitagabend ihre Hände segnend über die zwei Schabbatkerzen hielt, um den heiligen Tag willkommen zu heißen, ehe sie beteten und das Schabbatmahl verzehrten. Die Wärme des Familienlebens war allen Juden heimisch und wichtig. Lag darin nicht die Bedeutung der Religion? Die Schnorrer wussten, dass ihnen der Schächter oder seine Frau am Ausgang des heiligen Tages, ehe sie weiterzogen, etwas Essen zustecken würde. Nun waren sie gekommen, um den Toten zu betrauern. Und, verständlicherweise, um das Essen zu genießen, das gereicht werden würde.

Als Nathan mit der Nachricht eintraf, dass Esther und das Kind vermisst seien, brachen die jüngeren Männer sofort auf, um sie zu suchen. Vor allem die Schnorrer kannten verschlungene Wege, Höhlen und entlegene Verstecke im Wald. Sie teilten sich in Gruppen auf, mussten jedoch ihr Unternehmen bald aufgeben. Ihre Bemühungen waren vergeblich. Alle Rufe blieben unbeantwortet, jedes ihnen bekannte Versteck war leer. Der Einbruch der Dunkelheit und ein neuer Schneesturm zwangen sie, die Suche abzubrechen und ins Dorf zurückzukehren. Die Hoffnung war schwach, die beiden nach zwei Nächten in der zunehmenden Kälte noch lebend zu finden. Bei Tagesanbruch nahmen sie die Suche erneut auf, blieben aber wieder erfolglos.

Während sich die Gemeinde auf Löws Bestattung vorbereitete, trauerten innerlich bereits alle auch um Esther und Daniel.

5

Als Löw drei Tage nach seinem Tod zu Grabe getragen wurde, begleitete ihn zur Verwunderung der Trauernden ein Mönch. Pater Angelus, der erfahren hatte, wann sich der Leichenzug in Bewegung setzen würde, ritt hinter dem Sarg. Als sie an der schneebedeckten Wiese vorbeizogen, die er vor wenigen Tagen zum ersten Mal erblickt hatte und nun nicht mehr vergessen würde, bekreuzigte er sich. Dann stieg er vom Pferd. Die Männer folgten einer Biegung zum Wald. Alle trugen den kennzeichnenden gelben Fleck am Arm, nur bei Reisen durften sie ihn abnehmen. Der Pater schüttelte leicht den Kopf. Auch ohne den Fleck hätte man sie erkannt, dafür sorgten ihre Gesichtszüge, die graue Kleidung und vor allem die Bärte, die sie in treuer Deutung der Worte ihrer Weisen trugen. Der Pater schüttelte Nathan die Hand, nickte den anderen zu. Der Viehhändler überragte sie alle, doch auch sie waren stämmig, wie zu erwarten von Männern, die körperlich schwer arbeiteten oder stets weite Wege gingen.

Auch wenn er kein Wort darüber äußerte, war der Pater gekommen, um einem Vater, der für Frau und Kind gestorben war, seine Ehre zu erweisen. Mit Interesse betrachtete er die einfachen Holzbretter des Sarges. Er hatte gelernt, dass jeder Jude auf dieselbe Art begraben werde, um zu bezeugen, dass im Tod alle gleich seien, Bettler und Reiche, Gelehrte und Unwissende: Erde zu Erde, Asche zu Asche, Staub zu Staub.

Der Mönch blieb stehen, bis die Juden verschwunden waren. Er fragte sich, warum sie diesen Umweg nahmen. Er wusste nicht, dass Juden sich Schleichwege suchten. Bei Grenzüberquerungen, also beim Betreten von Dörfern, in denen sie kein Wohnrecht hatten, musste jeder Jude einen Leibzoll entrichten, auch Tote und deren Begleiter. Für jeden der Trauernden wären fünfzehn Kreuzer fällig gewesen. Das war die Abgabe, die jeder Hausierer täglich zahlen musste. Der Leibzoll für Schnorrer war etwas niedriger.

In einer Gegend wie dieser, die von zahlreichen Grenzen durchzogen war, mit ihren vielen, oft sehr kleinen Ritterschaften, war für Juden jeder Gang teuer. Sie versuchten, dem Leibzoll zu entgehen, indem sie Dörfer und Güter umschritten, egal wie viel länger sie deswegen gehen mussten. Im Lauf der letzten zweihundert Jahre waren aus diesen Judenwegen feste Pfade geworden, die sich zwischen Dörfern durch Wälder, entlang Flüssen und Feldern schlängelten. Durch ganz Franken erstreckte sich ein Netz von derartigen Judenwegen. Täglich bewegten sich unzählige Juden auf derartigen Pfaden – Händler, Hausierer, Bettler und Flüchtlinge, die aus judenfeindlichen Gebieten verjagt worden waren. Manche Pfade waren zusammengewachsen, ergaben nun längere Wege, die aber niemals eine Ortschaft berührten, so etwa nordöstlich von Bamberg der lange Judenweg von fast fünfzehn Kilometern. Manche Streifen waren breit genug für einen Karren, auf anderen konnten kaum zwei Menschen nebeneinander gehen, so schmal waren sie. Auch der Weg von Böhmen nach Bamberg war aus Judenwegen zusammengesetzt, wurde von vielen beschritten, vor allem von Viehhändlern. Doch auch hier konnten sie angehalten und nach dem Grenzschein gefragt werden. Jeder Schein gab genau den Ort, den Tag und die Zeit des Grenzübertritts an.

Der Gang zum Friedhof war auf der schneebedeckten Erde recht beschwerlich. Die Männer der Chewre Kedische mussten sich mehrmals mit dem Tragen des Toten abwechseln. Der jüdische Friedhof lag verborgen im Wald, etwa zwölf Kilometer entfernt von Neustein. Zwischen den Bäumen sahen sie Spuren von Wild, sicher von Rehen oder Wildschweinen. Die Jagdrechte der ritterlichen Herrschaft waren weit ausgedehnt. Nathan betete, dass die Jäger des Ritters der Gruppe helfen mögen, die nochmals ausgezogen war, um nach Esther und Daniel zu suchen.

Am Friedhof angekommen, öffnete Samuel das eiserne Tor, über dem hebräische Worte aus dem Buch Hiob standen: „Sie sind fröhlich, dass sie ein Grab bekommen haben."

Die Trauernden waren sich der Bedeutung dieser Worte bewusst. Die Toten waren eingeschrieben ins Buch des Lebens, so dass sie auferstehen werden, wenn der Messias kommt. Aber nicht jeder besaß das Privileg eines Grabes. Nicht die Erschlagenen, nicht die im Feuer Gemarterten. Ohne Grab konnten sie nicht eingeschrieben werden, waren ausgeschlossen vom ewigen Leben. Ein schweres Schicksal

Jeder der Anwesenden kannte die Geschichte der Juden dieser Gegend, denn sie war die Geschichte ihrer eigenen Familien, eine Geschichte von Pogromen, Vertreibungen und Neuansiedelungen. Die Vorfahren der Seckelinger Kehile waren in den Pestjahren aus Nürnberg verjagt worden, sie entkamen dem Scheiterhaufen und fanden in den umliegenden Dörfern Zuflucht. Bald kehrten einige jüdische Familien nach Nürnberg zurück, doch im Jahr 1498 erlebten sie eine ähnliche Tragödie.

Später gewährte Markgräfin Anna den Juden im Aischgrund Aufenthaltsrechte. Und auch die freien fränkischen Reichsritter bewilligten einigen Familien für begrenzte Zeit Schutzbriefe, die immer wieder neu ausgehandelt werden mussten. Juden waren eine gute Geldquelle. Da sie kein Land erwerben durften, legten sie Wert auf Geldbesitz, auch wenn dieser von der Obrigkeit besteuert und ausgeliehen wurde. So waren in der Aischgrundgegend und im Seebachgrund mehrere kleine jüdische Dorfgemeinden entstanden, wobei sich jede Familie ihrer schwierigen Lage bewusst war.

Die Männer des Trauerzuges murmelten auf Hebräisch den befohlenen Segen, als sie den Boden des Friedhofs betraten: „Gelobt seist du, Ewiger, Einziger, der mit Gerechtigkeit euch erschaffen, ernährt und erhalten hat und in seiner Gerechtigkeit euch hat sterben lassen."

Schweigend gingen die Männer ins Taharahaus. Dort richteten sie den Toten auf, um ihn mit Wasser zu übergießen, zu waschen und ihn in sein Totenhemd zu hüllen. Das weiße Gewand hatte er jedes Jahr an Jom Kippur getragen.

Nathan blickte auf die Wunde. Er hatte erfahren, dass Löw rücklings erstochen worden war. Noch immer fragte er sich, was den Pater dazu bewogen hatte, ein Lügenmärchen zu erfinden. Er muss wohl versucht haben, sein Gewissen damit ins Reine zu bringen, sagte er sich und schickte sich an, nach der Reinigung das Kaddisch für seinen Bruder zu sprechen.

Nachdem die Männer Löws Leichnam in die Erde hinabgelassen hatten und das Grab zugeschaufelt war, verstreuten sie sich auf dem Friedhof, gingen hin zu den Gräbern ihrer Lieben. Dort legten sie kleine Steine nieder, wie es Sitte war. Nathan wischte sich die Tränen aus den Augen. Er erinnerte sich daran, wie ihn der kleine Daniel einst nach der Bedeutung dieses Brauchs gefragt hatte. Der Überlieferung nach sollte es zur Erinnerung an die bitteren Jahre in der Wüste sein. – Wahrscheinlich würde der Junge ihm niemals wieder eine Frage stellen.

Schweigend schritten sie den langen Weg zurück zum Dorf und gingen durch das Tor in den Hof des Viehhändlers. Ein Blick auf die Gruppe, die nach Esther und Daniel gesucht hatte, bestätigte Nathans Befürchtung. Mit kalten, geröteten Gesichtern kratzten sich die Männer, die soeben zurückgekehrt waren, die Schuhe ab. Lopes blickte ihn betrübt an. Wieder waren sie ohne

Erfolg aus dem Wald zurückgekehrt. Die Vermissten waren nicht gefunden worden. Bald musste Nathan jede Hoffnung aufgeben. Er zwang sich, an etwas anderes zu denken. Sie dürften keine Zeit verlieren, sondern mussten geschwind einen Antrag für einen neuen Schutzbrief stellen. Dem Amtsherr sollte keine Verzögerung als Grund für eine Ablehnung dienen können. Nathan überlegte, wer von den Unverheirateten, die gezwungen waren, bei den Eltern zu leben, weil sie keinen Schutzbrief besaßen, am ehesten in Frage käme. Die Gemeinde sollte es bestimmen. Wahrscheinlich würden sie sich für Adam, Salomons ältesten Sohn, entscheiden, der bereits sechsunddreißig Jahre alt war und wie Moische nicht heiraten konnte, weil er dann das Wohnrecht im Elternhaus verloren hätte. Adam war ein ruhiger Mann, zuverlässig und fleißig. Er wäre ein guter Ehemann für Esther, wenn sie noch lebte.

Erschöpft ließ Nathan sich auf einem Schemel nieder. Der Schutzbriefantrag würde zwar bald gestellt sein, aber die Zustimmung wird, wie immer, auf sich warten lassen. Der Umgang mit den Obrigkeiten war nicht einfach. Geduld hat man uns beigebracht, dachte er verbittert, Geduld und die Kunst, vor den anderen zu verbergen, was man tief im Herzen verspürt. Er betete. Nur das Vertrauen in den Einzigen gab dem Leben einen Sinn, auch wenn Er seine Kinder so stark prüfte.

6

Esther öffnete die Augen. Sie war auf einen Strohsack gebettet, ihr Kopf lag auf einem Kissen. Was vorgefallen war, wusste sie nicht. Sie tastete neben sich nach Löw, berührte aber stattdessen den kalten Erdboden. Sie stieß einen Laut aus, zu schwach war sie, um zu schreien. Jemand erfasste ihren Arm, sie vernahm die Stimme eines Mannes, der fränkisch sprach, nicht jiddisch.

„Frau, ihr seid wach!" Im Dunkeln sah Esther eine verhüllte Gestalt neben sich hocken. Ihr Gedächtnis kehrte in Bruchstücken zurück: Sie erinnerte sich an die Flucht, an Pippins Bellen und an den Abgrund. Sie war in den Wald gelaufen! Die Erinnerung durchzuckte sie, ihre Hände verkrampften sich. Löw war tot! Und sie hatte ihn liegen lassen, war mit dem Kind geflüchtet. Hatte es Nathan erfahren, konnte er sich um den Verstorbenen kümmern? Es wäre ihre Pflicht gewesen, das zu tun! Esther wimmerte leise.

„Daniel?", flüsterte sie ängstlich. „Wo ist der Bub?"

„Daniel heißt er? Der schläft sich aus", lachte der Mann. „Ihr seid uns auf den Kopf gefallen!" Esther konnte die Lücken zwischen seinen Zähnen sehen. Er deutete nach oben. „Wir haben dort ein Guckloch, gut versteckt zwischen Zweigen." Er blickte sie mitleidig an, er wusste, dass sie sich ein Bein gebrochen hatte und starke Schmerzen litt.

„Warum seid ihr in den Wald gelaufen?", fragte er sanft. „Was ist passiert, Frau?"

Esthers Atem ging schwer. Sie versuchte zu antworten, musste aber stark husten. Flinke Hände reichten aus der Dunkelheit einen Schlauch und halfen ihr, den Kopf zu heben. Dankbar schluckte sie das Wasser. Ihr linkes Bein brannte, sie versuchte es zu bewegen, biss die Zähne zusammen vor Schmerz.

Der Mann lachte heiser. „Aus eurem Schlauch, Frau. Das habt ihr gut gemacht. Vom Käse hat der Daniel was bekommen, viel wollt' er nicht. Das Fleisch haben wir geteilt, der Hund hat auch was gekriegt, ohne den hätten wir den Buben nicht gefunden. Gebellt hat der wie verrückt, als ihr gefallen seid. Gehört haben wir euch schon vorher. Wir dachten, vielleicht sind es Bären, die dort oben trampeln. Es soll viele geben."

Er sah, dass sie die Augen schloss. „Ich heiße Sepp", sagte er sanft. „Ich habe den Jungen gefunden, gemeinsam mit Franzl."

Sepp Unruh war einer der vielen, die der Krieg erfasst und wie Spreu umhergestreut hatte. Wie die meisten in der achtköpfigen Bande, die er anführte, war er ein Bauernsohn, dessen Dorf von Söldnern überfallen, ausgeplündert und niedergebrannt worden war. Sein Vater hatte versucht zu protestieren, woraufhin die Söldner ihn zwangen zuzusehen, wie sie seine Frau vergewaltigten und seine kleinen Kinder erschlugen, ehe sie ihn selbst ermordeten. Sepp war entkommen, hatte sich in die Wälder geschlagen. Andere hatten sich zu ihm gesellt und hörten willig auf ihn. Er war ein harter, entschlossener Mann, der sich jedoch auf andere einstellen konnte. Diese Gabe machte ihn zum natürlichen Anführer.

Sepps Bande hauste in einer großen Kalksteinhöhle in einem Abhang nahe eines Baches. Bereits in der Antike hatten hier Menschen gelebt. Sie hatten geschickt einen engen Gang ausgehöhlt, der zum Wasser führte. Dazu hatte die Bande noch ein Loch in die Decke gebohrt, so dass die Höhle drei Ausgänge hatte und den Männern nicht zu einer Falle werden konnte. Durch dieses Loch war Esther gefallen. Seit sechzehn Monaten wohnte die Bande hier, lebte vom Wildern und von Überfällen. Sie betraten ein Dorf oder eine Stadt nur nachts, auch in der nahen Herberge kehrten sie erst ein, nachdem sie geschlossen war.

Fahrendes Volk – Bettler, Musikanten, Zirkusleute, Scholaren und wer sich sonst noch auf den Straßen herumtrieb – war ungern gesehen, Vagabunden waren Freiwild. Nur August, einer der ehemaligen Söldner in der Bande, der einen Arm und ein Auge verloren hatte, ging in die Städte, um zu betteln und für Sepp auszukundschaften – zu baldowern, wie sie es in der Gaunersprache nannten –, welche Räubereien sich lohnen würden. Seine Dienste waren für die Bande unentbehrlich.

Esthers Augen gewöhnten sich langsam an die Dunkelheit. Sie hörte dumpfe Laute, verstand, dass sie sich in einer Höhle befand. Sie erinnerte sich, dass Löw ihr einst erzählt hatte, die größten Höhlen lägen tief in den geheimnisvollen steilen Felsen. Das Volk würde sich nicht trauen, hineinzugehen. Die Menschen dachten, dort trieben Kobolde ihr Unwesen, Unholde, die in der vorchristlichen Zeit gebannt worden waren, als man die alten Götter und böse Geister austrieb. Esther hatte ihren Mann einmal gefragt, ob es den Juden damals besser gegangen sei. Löw hatte darauf keine Antwort gewusst und lediglich gesagt, dass vor tausend Jahren viele heidnische Völker durch die Wälder gezogen seien.

„Wer seid ihr, Frau?", fragte Sepp.

„Ich heiße Esther." Sie sprach fränkisch mit jiddischem Tonfall. Dass sie eine Jüdin sei, hatte er sich schon gedacht, denn sie ging nicht barfuß wie eine Bäuerin und war auch nicht wie eine feine Städterin gekleidet. Einen gelben Fleck hatte er aber nicht gesehen. Ihre Kleider hatte er nicht näher betrachtet, die Schatulle mit dem Schmuck, die sie bei sich getragen hatte, aber umso genauer. Die war einen guten Batzen Geld wert. Der Diamantenhändler Mordechai in der Bamberger Judengasse, dem sie allen erbeuteten Schmuck verkauften, hatte sich gefreut, als er ihn sah. „Schönes Zeug", hatte Mordechai gemeint, natürlich ohne zu fragen, woher es kam. Hehler stellen keine Fragen.

Sepp war besorgt um die Frau. Sie gefiel ihm, er mochte füllige Frauen. Sie tat ihm leid. Er sah ihre Blässe, bemerkte, dass sie schwer atmete. Es hatte sie auf der Lunge erwischt, er hatte so etwas schon oft gesehen. „Wollt ihr noch einen Schluck, Frau Esther?", fragte er. „Legt euch am besten wieder hin. Das Kind schläft am Feuer, dem geht's gut."

Besser als euch, Frau, hätte er beinahe gesagt. Esther wusste nicht, dass sie bereits den dritten Tag auf dem Sack lag. Sepp umsorgte sie und Daniel. Warum, wusste er nicht. Als Esther in die Höhle gestürzt war, hatte er einfach gehandelt. Dann hatten sie den bellenden Hund gesucht und das Kind gefunden. Die Frau blieb lange bewusstlos. Es gelang ihnen nicht, sie zu wecken. Die war zu hart aufgeschlagen, dachte Sepp. Und nun hatte sie diesen Husten! Die Wände der Höhle waren nasskalt trotz eines großen Feuers, das die Männer in der Mitte des Raumes angezündet hatten. Sepp war schon vielen Dahinsiechenden begegnet. Er hatte die Frau stöhnen hören und ihrem Gestammel entnommen, dass sie offenbar vor jemandem geflüchtet war. Etwas Schreckliches schien ihr zugestoßen zu sein. Er glaubte nicht, dass sie wieder zu Kräften kommen würde. Pierre, einer der Männer aus Sepps Bande, verstand sich auf Krankheiten. Er hatte gemeint, der Frau sei nicht mehr zu helfen.

Vor wenigen Tagen hatte August eine Reitergruppe auf der Landstraße beobachtet, die in Richtung Neustein galoppiert war. Wahrscheinlich hatten die im Haus dieser Jüdin gewütet. Der Junge war auch krank. Ihm hatte Pierre mit seinem Heiltrank aber helfen können, und langsam erholte er sich. Nur wenn er schlief, schrie er. Wie eine Wildkatze hatte er sich benommen, als er nach der ersten Nacht aufgewacht war und Franzl ihn aufheben wollte. Kein Wort hatte er gesprochen, hatte um sich geschlagen und Franzl schwer gekratzt. Nur seinen Hund wollte er bei sich haben. Erst nachdem er die Mutter gesehen hatte, war er etwas zur Ruhe gekommen. Aber auch dann hatte es noch eine Weile gedauert, ehe er sich endlich herangeschlichen hatte an das Brot und den Käse, die Sepp hoch auf einen Stein gelegt hatte, damit der Hund nicht dem Kind zuvorkommen würde. Er hatte noch immer nicht gesprochen, manchmal bewegte er lautlos die Lippen, hauchte etwas Unverständliches. Dann sprang sofort der Hund winselnd an ihm hoch und leckte ihm die Hände, als ob er verstand, dass der Bub Trost benötigte.

„Dem muss etwas Schreckliches passiert sein", hatte Sepp zu den anderen gesagt. „Wir müssen abwarten, bis er spricht!"
Der Junge hatte sich geweigert, auch nur irgendetwas zu tun oder zu sagen. Stundenlang hatte er neben der Mutter gekauert und war nur hinausgelaufen, um seine Notdurft zu verrichten. Gegessen hatte er zwar, war dabei aber nie bei den Männern geblieben. Immer hatte er sich weit weg von den anderen gesetzt, stets den Hund an seiner Seite. Nachdem er eingeschlafen war, hatte Sepp befohlen, man solle ihn ans Feuer tragen. Dort hatte er dann jede Nacht geschlafen. Sepp konnte nicht wissen, dass der Junge in seinen Träumen immer wieder die Hände und den Körper des Ritters spürte, der ihm Grauenvolles zugefügt hatte. Ehe ihm ein Fausthieb das Bewusstsein geraubt hatte, war er festgehalten worden von einem anderen Mann. Dessen Namen hatte er sich gemerkt: von Hebelein.

„Der Junge", fragte Sepp leise, „ist er stumm? Kann er nicht sprechen?"

Verständnislos schüttelte Esther den Kopf. Daniel stumm? Wo sie dauernd zu ihm sagen muss, er solle nicht so sprudeln mit seinen Worten. Gescheit ist der Bub, ein richtiger Chochem, hatte Nathan oft gesagt, der wird es weit bringen. Daniel wird uns eines Tages Ehre machen, er ist klug und begabt. – Stumm? Was meint er nur, der Mann?

Esther bekam erneut einen Hustenanfall, wollte den Mann bitten, ihr Kind zu holen, war aber zu schwach zum Sprechen. Behutsam deckte Sepp sie zu. „Ist es weich, das Stroh, die Federn?", fragte er sie. „Der Franzl hat das gut raus. Der weiß, wie man die Vögel rupft, die wir jagen, die Feldhühner, Enten, Auerhähne und so was!" Am liebsten hätte er gesagt: „Das andere, den Schmuck, das müsst ihr verstehen, Frau, den hat Mordechai. Geschäft ist Geschäft. Aber dafür werden wir gut für euch sorgen." Es wäre dumm gewesen und nutzlos. Die Augen der Frau waren wieder zugefallen. Sepp legte sanft seine schwielige Hand auf Esthers Stirn, spürte, wie heiß sie war, glühend heiß. Dann sah er, wie ihr Körper von einem Schüttelfrost erfasst wurde. Lange würde sie nicht mehr leben. Bekümmert sah er zu ihr hinab. Sie litt starke Schmerzen.

Inzwischen war Daniel aufgewacht. Er hatte gehört, wie der Fremde mit der Mutter sprach, wollte zu ihr, zögerte, hielt sich abseits, er vertraute keinem Mann mehr. Er war froh, als der Fremde endlich zu den anderen zurückging. Da huschte er zur Mutter, die sofort die Augen öffnete, als sie seine kleine Hand spürte.

Esther wusste, wie es um sie stand. Sie hatte Daniel in Sicherheit gebracht. Aber der Preis, den sie für die Flucht bezahlt hatte, war hoch. Dass sie Daniel retten konnte, war ein Wunder. Ihr Körper schmerzte unsäglich, ihr Kopf war benommen, sie spürte, wie ihre Kräfte sie verließen. Die Brust war wie zugeschnürt, sie musste sich anstrengen, um atmen zu können. Was würde aus Daniel werden? Der Junge war neben ihr auf den Boden gesunken. Sie zog ihn an sich. „Daniel, ein guter und gescheiter Junge bist du", flüsterte sie heiser. „Daniel, versprich mir, du wirst bleiben wie du bist, ein braver Junge. Und wirst nie verlieren dein Vertrauen in Ihn, wenn ich weg bin! Versprich's!"

„Nicht weggehen!", schrie er laut. „Du darfst nicht weg!"

„Versprich's, Daniel! Die Männer …" Ihre Stimme versagte. Sepp hatte die beiden beobachtet, hörte die verzweifelten Schreie, die ersten Laute aus dem Munde des Jungen, sah, wie die Frau kämpfte, um bei Besinnung zu bleiben. Er trat zu ihr und half ihr sich aufzurichten. Sie erfasste seine derbe Hand und legte sie in die des Jungen, der zum ersten Mal nicht nach dem Mann schlug.

„Die Ketten und Ringe, nehmt alles, Herr Sepp", stöhnte sie. „Bringt den Buben zu seinem Onkel. Er wird's euch gut zahlen." Sie blickte Daniel an, wiederholte: „Daniel, versprich's mir, du wirst dich halten an die Gebote?"

„Nein!" Daniel versuchte, sich auf die Mutter zu stürzen, doch Sepp hielt seine Hand fest.

„Daniel, nimm ihre Hand, sag ihr, du versprichst, was sie möchte!"

„Mame, ich versprech's!", stammelte Daniel schluchzend. „Ich werde Vertrauen haben in den Ewigen!"

Sepp zog ihn weg von der Frau. Es ist nicht gut für ein Kind, den Tod der Mutter zu erleben.

Daniel, der oft genug gesehen hatte, wie ein Tier starb, war außer sich vor Angst. Er rannte aus der Höhle. Sepp gab Pierre einen Wink, dem Jungen zu folgen. Er selbst hockte sich neben die Frau. „Ich werde Daniel zu seinem Onkel bringen, Frau Esther", flüsterte er. „Ich versprech's."

Er sah, wie sich ihre Augen erhellten. Sie sprach nicht mehr, und kurz darauf verlor sie erneut ihr Bewusstsein. Sepp blieb sitzen. Er sah, dass Pierre den schluchzenden Jungen zurückgebracht und am Feuer schützend einen Arm um seine Schultern gelegt hatte. Daniel wehrte sich nicht. Eine Stunde später sah Sepp im Schein des Feuers, wie sich das Gesicht der Sterbenden plötzlich veränderte. Ihr Mund erschlaffte, die Augen öffneten sich zum letzten Mal und erfüllten sich mit Leere.

Am folgenden Tag fand ein Förster den leblosen Körper einer Frau in einer Lichtung im Wald. Er brachte sie zum Dorf, wo sie als die Witwe des toten Juden Löw erkannt wurde. Es schien unerklärlich, dass sie nicht früher gefunden, dass die Leiche nicht von Tieren angefressen worden war. Doch die Obrigkeit war nicht daran interessiert, den Todesfall der Jüdin zu erforschen. Nur Pater Angelus, der noch beim Burgherrn weilte, fragte sich, ob Hebelein die Frau und ihr Kind doch mitgenommen und irgendwo versteckt gehalten hatte. Nathan vermutete ähnliches. Er wusste, dass außer seinem Bruder und dem Ritter noch ein Dritter im Haus gewesen war: der Mann, der Löw ermordet hatte.

So kam es, dass Nathan und seine Familie ein zweites Mal innerhalb kurzer Zeit über den Judenweg einen Sarg zum Friedhof trugen, wo Esther ihren Platz neben Löw fand. Daniel blieb verschwunden. Und da keiner glaubte, dass er noch lebte, beteten sie auch für ihn das Kaddisch.

7

Nathan hatte wieder begonnen zu arbeiten. Eines Tages betrat er nach der Beendigung seiner Geschäfte auf dem Viehmarkt das Haus des Juwelenhändlers Mordechai in der Bamberger Judengasse. Die kleinen Häuser – es waren nur etwa vierundzwanzig, mehr erlaubte der Bischof nicht – waren dicht aneinander gedrückt, viele Menschen hausten dort zusammen, es war noch enger als in den überfüllten Judenhäusern auf dem Land. Die Gebäude waren ineinander verschachtelt und ausgebaut. Keine Ecke blieb ungenutzt. In jedem Haus wohnten mindestens zehn Menschen.

Mordechai war der reichste unter den Bamberger Juden, er bewohnte den Keller eines Eckhauses. Er besaß Beziehungen zu den Diamantenjuden in Amsterdam. Von ihnen hatte er als Junge das Juwelierhandwerk gelernt. Amsterdam war seit langem Zentrum des Diamantenhandels. Juden hatten sich dort als Händler, Schleifer und Juweliere niedergelassen. Es war das einzige Handwerk ohne Zunftzwang. Seit ein Jude vor fast zweihundert Jahren dem burgundischen König einen Diamanten geschliffen und eingesetzt hatte, war das Diamantengeschäft fast ausschließlich in jüdischen Händen. Ohne Schwierigkeit hätte Mordechai das ganze Haus mieten können, doch das ließ die Obrigkeit nicht zu.

Mordechai war Nathan empfohlen worden. Der Viehhändler wollte seiner Jettel zu Chanukka eine Brosche schenken. Denn man sollte Freude im Leben haben, so wollte es der Ewige.

Mordechai warf einen flüchtigen Blick auf die Riesengestalt des Pferdehändlers, dessen Umhang Stallgeruch verströmte. Er verbeugte sich und hielt ihm sogleich einen teuren Diamantring entgegen. Mordechai, ein hässlicher, dicker Mann, trug ein farbiges Wams und dazu passende Beinkleider sowie eine Perücke mit langen braunen Haaren. Die Erscheinung befremdete Nathan. Derartige Kleidung verbaten sowohl die Behörde als auch die jüdische Gemeinde. Es ziemte Juden nicht, sich auffällig zu kleiden. Offensichtlich trotzte der Juwelier dem Verbot und versuchte, seine Unansehnlichkeit auszugleichen.

Nathan wusste nicht, dass man dem Juwelier nachsagte, jeden Reichen und jeden Schurken der Umgebung zu kennen. Er war unbeeindruckt, als Mordechai ihm voller Entzücken einen Ring zeigte. So etwas würde der verehrte Herr nirgendwo sonst zu diesem Preis kaufen können, versicherte der Juwelenhändler und pries die Vorzüge eines Rings. Nathan wehrte sich mit aller Bestimmtheit. Er wollte keinen Ring, er wollte eine Brosche.

Mordechai hatte gedacht, einem ungehobelten Viehhändler könne er mit Leichtigkeit einen fehlerhaften Stein andrehen. Es fiel ihm schwer, seine Enttäuschung zu verbergen. Schließlich holte er einen Teller hervor, auf dem mehrere Broschen lagen. Nathan beugte sich über den Schmuck. Plötzlich ergriff er eine kleine Brosche. „Woher kommt die?", fragte er scharf.

„Von der Messe in Leipzig", antwortete der Hehler ohne Zögern, wütend, dass er nicht daran gedacht hatte, alles wegzulegen, was aus der Gegend stammte.

Nathan schäumte vor Wut, sprang auf und hielt den Juwelier an seinem seidenen Wams fest. „Ihr lügt! Diesen Rubin habe ich in Frankfurt selber ausgesucht, habe ihn setzen lassen für Estherle, die Braut von meinem Bruder selig! Es ist nicht lange her, da haben wir sie zum Grab getragen, mag sie ruhen in Frieden! Ich frage noch einmal: wo kommt sie her, die Brosche?"

Mordechai wurde schlecht vor Angst, der Viehhändler könne ihn beim Bejs Din anzeigen. Die jüdischen Gerichte waren in die öffentliche Gerichtsbarkeit eingebaut und gingen mit jüdischen Gaunern nicht zimperlich um. Mit Geldstrafen war nicht immer alles abgetan. Noch schlimmer, der Mann sah aus, als ob er ihn mit Leichtigkeit zusammenschlagen könnte. Mordechai stammelte die Wahrheit. Wenigstens einen Teil der Wahrheit.

„Noch nie hab' ich den Kerl vorher gesehen", stotterte Mordechai. „Der kam nachts, sagte, er hätte das Ding von einem Musketier gekauft in einem Dorf, das die Kaiserlichen abgebrannt hatten, in der Pfalz, er hätt's schon lange gehabt, er hat's eben mitgenommen damals. Wie sollte ich denken, dass er lügt? Er war doch selber vom Krieg beschädigt, ein Söldner war er!" Nathan hielt den Juwelier noch immer fest. „Wie hat er ausgesehen, der Kerl?", fragte er barsch. „Wie war er angezogen?"

„Angezogen? Zerlumpt war er, wie alle heute! Im Krieg hat er ein Bein verloren." Das würde den Fahndern wenig helfen, überlegte Mordechai. Es gab zu viele Krüppel, überall sah man sie herumhocken mit Krücken und schmutzigen Verbänden. Außerdem fehlte dem Gauner August kein Bein. Mordechai zeterte, Nathan solle ihn loslassen. Er würde ihn wegen Beleidigung anklagen, er könne nichts dafür, wenn man ihm Ware anbot, die nicht in Ordnung war. Zuletzt schrie er, Nathan könne die Brosche umsonst haben.

Der Viehhändler ließ das Wams los. Bleich sank der Juwelier auf seinen Stuhl. Nathan starrte auf das Schmuckstück. Fast hätte er gesagt, dass ihm die Brosche sowieso gehöre. Aber da fiel ihm ein, dass eigentlich Daniel ihr Besitzer war. Wenn er noch lebte. Die Brosche, sie war das erste Zeichen von diesem dritten Mann, der im Haus gewesen sein muss, als Löw und der Ritter starben. Jener Einbeinige wusste vielleicht, was mit dem Jungen geschehen war.

Der Amtsherr würde ihm helfen, dachte Nathan. Herr Wessels würde seinen Kollegen in Bamberg Bescheid geben über den Einbeinigen. Jede Gerichtsbarkeit war scharf darauf, Ganoven zu fassen. Auf dem Weg in die Stadt war er an mehreren Galgen vorbeigekommen, an denen die Körper noch baumelten. Es gab zahlreiche Gauner, der Krieg hatte Schlimmes angerichtet. Aber leicht würde es nicht sein, den Einbeinigen zu finden, denn es trieben sich viele Krüppel herum nach dem grausamen Krieg. Nathan war trotzdem fest entschlossen: dieser Kerl musste gefunden werden.

Verächtlich blickte er den Juwelier an. Er hasste Glaubensgenossen, die durch schiefe Geschäfte alle in Gefahr brachten. Wenn ein Goj etwas angestellt hatte, sagten sie „der Verbrecher". War es ein Jude, sprach man nur noch von „dem Jud", und sofort wurden alle mit hineingezogen. Unbehaglich wurde ihm bei dem Gedanken, dass die Not dieser Tage auch manchen Juden zum Verbrecher machte. „Kann man's ihnen verdenken?", hatte Joschua Rubens von Moische gesagt. Ja, sagte sich Nathan, man kann. Denn die Tora sagt: „Du sollst nicht stehlen". Nur die Tora gab dem Leben Sinn! Was würde übrig bleiben, wenn man sie missachtete?

Nathan fiel ein, dass Esther noch anderen Schmuck besessen hatte. In der Hütte, in der nun ein neuer Hirt lebte, war keiner gefunden worden. Esther war geflüchtet, vermutlich hatte sie ihre Sachen mitgenommen. War der Einbeinige, der den Schmuck verkauft hatte, der Mörder? Hatte er die Frau und den Jungen doch entführt? Der Juwelier hatte von einem Söldner geredet. Vielleicht war der Einbeinige derselbe, der mit dem Ritter im Haus gewesen war.

„Was hat er sonst noch gebracht, der Einbeinige?", schrie Nathan. „Soll ich alles hier zerschlagen, bis ich was find?"

Mordechai traute Nathan zu, dass er die Drohung wahr machen würde, stand auf und holte den Schmuck, den er noch nicht verkauft hatte: eine Perlenkette, einen Brillantring und eine silberne Kette.

Nathan steckte alles ein, erklärte, das sei nicht das letzte Wort, das darüber gesprochen worden sei, ging ohne Gruß auf die Treppe zu und stieg hinauf zur Straße.

8

In der Silvesternacht läuteten die Kirchenglocken das neue Jahr
ein und riefen auch in Neustein alle Christen zur Mitternachts-
messe. Die Juden, versteckt hinter ihren Mauern, nahmen den
Jahreswechsel nur am Rande zur Kenntnis. Sie hatten das Neu-
jahrsfest bereits im Herbst gefeiert. Ihre Zeitrechnung beginnt
mit der Erschaffung der Welt.

Für mehrere Menschen in Neustein und Umgebung fing das
Jahr nicht gut an. Pater Angelus, der sich noch in der Gegend aufhielt, war beunruhigt. Seit einigen Wochen bewohnte er in einem
Seitenflügel der Burg zwei schöne Zimmer mit Blick auf den
Ziergarten. Paulus, der Laienbruder, war bei der Dienerschaft untergebracht. Mit seinem Anliegen war der Pater noch nicht weit
gekommen. Herr von Seckeling zeigte sich zwar als guter Katho-
lik, war aber ein noch besserer Politiker. Bekannt für seine Offenheit, vermied er lange diplomatische Auseinandersetzungen,
denn er empfand sie als Heuchelei. Er hatte dem Benediktiner
erklärt, er könne den evangelischen Rittern seiner Gegend nicht
mit gutem Gewissen zureden, ihre katholischen Lehnsleute und
Untertanen zu verpflichten, bei der wahren Lehre zu bleiben.
Denn er hatte ihnen sein Ehrenwort gegeben. „Es ist die Sache
jeder Obrigkeit", hatte er dem Pater ungeduldig erklärt. „Es ist so
abgemacht: Wenn jemand bei einem Evangelen bleiben will,
muss er auch dessen Glauben annehmen. Sonst muss er dorthin
gehen, wo es einen katholischen Herrn gibt." Aber das war es ja,
woran die Sache scheiterte. Die Menschen waren an den Boden
gebunden, an ihre langjährige Pacht, ihren Schwur und die Ver-
pflichtung gegenüber dem Lehnsherrn. Sie konnten nicht einfach
wegziehen.

„Hat der edle Herr Platz, um Gläubige aufzunehmen?", hatte Angelus Toma ohne viel Hoffnung gefragt. Seckeling hatte nur
mit den Schultern gezuckt. „Da muss der Pater den Amtsmann
fragen, wie viele Neusiedler er angenommen hat seit Ende des
Krieges." Damit war das Gespräch beendet.

In einer durchwachten Novembernacht war dem Pater eine
Erleuchtung gekommen. Vor hundert Jahren, im März 1549, war
ein Kleinkind in der Gegend vermisst worden. Etwas später wurde es in einem kleinen Teich tot aufgefunden. Man hatte zuerst

angenommen, es sei aus dem Hof entwischt, ins Wasser gestolpert und ertrunken. Doch dann erinnerte der damalige Walberger Pfarrer daran, dass das jüdische Pessachfest anstünde. Kaum hatte er darauf hingewiesen, waren die Eltern des Kindes mit anderen Dorfbewohnern aufgebrochen, um die ansässigen Juden zur Rechnung zu ziehen. Wusste nicht jeder, dass die Juden das Blut unschuldiger Christenkinder benutzten, um ihr Pessachbrot zu backen? Zwar konnte der ritterliche Herr nach einigen Tagen die Ruhe wieder herstellen, indem er erklärte, Juden sei der Genuss von Blut verboten. Doch da waren bereits mehrere Juden ermordet und ihre Häuser in Brand gesteckt worden.

Der Papst sprach das Kind später heilig. Seine Gebeine wurden in einem Schrein im Zisterzienserinnenkloster Altendorf aufbewahrt. Das Kloster lag in der Fränkischen Alb in der Grundherrschaft des Ritters Roland von Dettel.

Pater Angelus hatte um eine Audienz bei Herrn von Seckeling gebeten und ihm vorgeschlagen, den Reliquienschrein aus jenem Kloster in die Walberger Kirche bringen zu lassen. Das würde das Ansehen des Ortes beträchtlich erhöhen. Die Gläubigen würden ins Dorf strömen. Es sei ja bekannt, dass von Gebeten an Reliquienschreinen eine besondere Kraft ausging.

„Ein vortrefflicher Plan!", sagte Ulrich von Seckeling bewundernd. „Ich verstehe, man wird glauben, dass die Reliquien des Märtyrers Wunder vollbringen können. Die Medizin kann nicht immer heilen, also vielleicht Gebete? Gut. Sicher werden viele an anderen Orten, die sich vielleicht zu einem anderen Glauben bekennen wollten oder es bereits taten, durch die Hoffnung auf Heilung ihrer Krankheit bewogen werden, doch lieber beim alten Glauben zu bleiben."

Pater Angelus hatte sich stumm verbeugt. „Die Idee ist genial", hatte Seckeling gerufen und dabei trocken gelacht. „Der Pater soll sehen, ob die Sache machbar ist." Der Mönch hatte sich bedankt und den Ritter eilig verlassen. Er fand Seckeling wenig zuvorkommend. Zu verschlossen. Auch wenn er gläubig und fromm war.

Der Pater hatte alles darangesetzt, sein Vorhaben zu verwirklichen. Er hatte sofort einen sorgfältig ausgearbeiteten Brief an seinen Abt entworfen und Paulus geschickt, ihn zu überbringen. Auch anderen Zuständigen hatte er sein Anliegen unterbreitet, war bei verschiedenen hohen Instanzen vorstellig geworden, bis er endlich einen Brief aus Rom erhalten hatte, der das geplante Unternehmen genehmigte. Nun konnte er bei der Äbtissin in Altendorf vorsprechen.

Das Kloster lag eingeschlossen in den Bergen, umgeben von hohen Felsen, deren Zacken sich gegen den Himmel abzeichneten. Die Ordensfrauen waren vollkommen abgeschnitten von der Welt. Pater Angelus hatte vor seiner Ankunft mehrmals stehen bleiben müssen, um sein Herzklopfen zu beruhigen. Dabei hatte er die herrliche Gegend betrachtet. Dem Kloster gegenüber lag an einer Bergspitze eine kleine Burg. Dort schien Ritter von Dettel zu wohnen.

Die Äbtissin hatte den Pater empfangen. Sie war dem hohen Gast jedoch nicht gut gesinnt und zeigte keine Freude darüber, dass ihre heilige Reliquie nun dem Volk zugänglich gemacht werden sollte. Als keusches Kind ins Kloster aufgenommen, hatte sie Demut erlernt, doch ein unausgesprochenes Verlangen nach Mutterschaft hatte ihr das gemarterte Kind ans Herz gebunden. Oft war sie nachts aufgestanden, um mit dem Heiligen Zwiegespräche zu halten. Wie oft hatte sie bemerkt, dass er schützende Hände um sie legte! Und nun sollte er ihr entrissen werden. Sie wäre am liebsten aufgebraust, war aber schon zu lange gewohnt, Freundlichkeit und Demut an den Tag zu legen. Ihr Leben gehörte dem Dienst Gottes. Der war verbunden mit Gehorsam gegenüber der Obrigkeit. Schweren Herzens und mit säuerlichem Lächeln fügte sie sich.

Die Äbtissin konnte sich damit trösten, dass ihr Kloster eine große Entschädigung erhielt, wovon sie das an den Klostergarten grenzende Waldstück kaufen und roden lassen würde. Herr von Dettel hatte sich lange geweigert, dem Kloster dieses Stück Land zu überlassen. Das neue Angebot der Äbtissin wäre jedoch so hoch, dass er es nicht ausschlagen könnte. Der Krieg hatte viel Unheil angerichtet und Dettels Dörfer verwüstet. Der Ritter brauchte dringend Geld.

Der Weg stand nun offen für die Auslieferung der Reliquie an den Bischof, der Ulrich von Seckeling huldvoll mitteilte, dass er für würdig befunden sei, den Schrein zu betreuen.

In der letzten Nacht des Jahres betete Pater Angelus inbrünstig, dass sein Anliegen erfolgreich zu Ende geführt werden möge und er bis Ostern die Gebeine des Märtyrers nach Walberg begleiten könne.

Nicht nur der Pater war besorgt in jener Neujahrsnacht. Andere hatten ebenfalls Sorgen. Die Frau des Sattlermeisters Knoll hatte vor acht Wochen beim Besuch einer Reitertruppe wieder sehr wegen ihre Tochter Lisa geweint. Die hatte am Abend im Wirtshaus mit den Soldaten getrunken und war in der

Nacht nicht zurückgekehrt. Der Sattler hatte zu seiner Frau gesagt, sie solle aufhören mit ihrem blöden Gejammer, es sei ja kaum das erste Mal, dass Lisa so etwas tat. Er hatte vorgeschlagen, Lisa endlich vor die Tür zu setzen. Daraufhin hatte die Frau ihre Tränen getrocknet: sie liebte die Tochter, trotz allem. Das Mädchen war gut gewachsen, ihr hübsches Aussehen mit den flammend roten Haaren und der weißen Haut sowie eine beträchtliche Aussteuer hätten ihr eigentlich einen guten Mann bescheren sollen. Aber Lisa war das, was ihr beschämter Vater mannstoll schimpfte.

Schon mit zwölf Jahren war sie keine Jungfrau mehr. Nachts um drei hatte die Frau des Sattlermeisters ihre Tochter auf dem Heuboden erwischt, wie sie mit dem neuen Gesellen herumtollte. Halb nackt war sie weggelaufen aus Furcht vor Schlägen. Wo genau sie sich danach aufgehalten hatte, erfuhr der Sattler nie. Doch seine Frau vermutete, dass der junge Eisner es ihr hätte verraten können. Die Felder seiner Familie lagen draußen am Hang des Hügels, dort war das Heu damals bereits gebündelt. Die Mutter wollte nicht wissen, wollte nicht fragen, ob nicht auch der Eisner Lisas Rock hatte heben dürfen.

Der Geselle war verjagt worden. Er hatte eine Tracht Prügel gekriegt und war innerhalb einer Stunde zur hämischen Freude der Einheimischen mit seinem Bündel auf die Landstraße gehinkt. Nach drei Tagen war Lisa ängstlich wieder erschienen und von der Mutter geschützt worden. Der Geselle hätte sie verführt, hatte die Frau geklagt und ihren Mann schließlich überredet, seine Tochter nicht zu verstoßen. Lisa war ja noch ein Kind, sie wäre doch erst in zwei Jahren heiratsfähig. Die Sache hatte sich allerdings schnell herumgesprochen, und das Vorhaben der Mutter, einen stattlichen und angesehenen Mann für ihre Lisa zu bekommen, wurde vereitelt.

„Nicht richtig im Kopf ist sie, dem Sattler seine Lisa. Die weiß gar nicht, was sie da tut", hieß es unter den Leuten, die sie hinter vorgehaltener Hand eine Hure nannten. Die Mutter war anderer Ansicht. „Das Mädel ist zu gutmütig, die kann nicht nein sagen, wenn einer sie fragt. Wenn's einem Mannsbild nicht gut geht zu Haus, oder ein Witwer so allein ist, tut er ihr eben leid ..."

Der Pfarrer hatte ebenfalls seine Schwierigkeiten mit der jungen Frau. Er konnte Lisa beim Beichten nicht zu der Einsicht bewegen, dass ihr Leben lasterhaft sei. Lisa war in der Tat gutmütig, wie ihre Mutter behauptete, aber auch einfältig, wie die Leute meinten. Es sei eben schön, bei einem Mann zu liegen, sagte

Lisa offen zum Pfarrer, der ihr seufzend lange Gebete als Strafe auftrug, die sie mit heiterer Miene verrichtete und danach ihr Leben wie zuvor weiterführte.

Doch am ersten Tag des neuen Jahres war sie etwas weniger fröhlich als sonst. Seit mehreren Monaten, schon vor dem Eintreffen der Reitertruppe, hatte sie ihre Blutung nicht mehr bekommen. Sie hatte sich wenig darum gekümmert, sondern war eigentlich froh gewesen, keine schmutzigen Lappen mehr tragen und waschen zu müssen. Doch an diesem Neujahrstag hatte sie gemerkt, dass sich etwas in ihrem Bauch bewegte. Außerdem gelang es ihr kaum mehr, das Mieder zu schließen, und ihre Brüste waren schwer geworden. Seufzend weitete sie den Bund ihres Rockes, schlang sich ihr größtes Tuch um die Hüften und begann mit der Hausarbeit, die ihr von der Mutter gern überlassen wurde.

Auch der Bandenführer Sepp hatte Gründe zur Beunruhigung. Er war um Daniel besorgt, wusste nicht, was mit ihm geschehen sollte. In den ersten Tagen hatte er gespürt, dass einige seiner Männer den Jungen kalt machen wollten und es getan hätten, wenn sie nicht vor ihm, dem Anführer, Angst gehabt hätten. Sie glaubten, das Kind sei eine Gefahr für sie. Inzwischen hatte sich das geändert.

Sepp wusste nicht, dass Daniel zu Hause ein lebendiges, aufgewecktes Kind gewesen war, mit offenem Gemüt und großem Zutrauen, mutig und furchtlos. Ein Goldkind, hatte Esther gesagt. Sie war glücklich, dass Daniel nicht von den Blattern erfasst worden war wie ihre beiden älteren Kinder, die an der furchtbaren Seuche im frühen Alter gestorben waren. Daniel war stark, stets guter Laune, er balgte sich gern mit den großen Vettern und spielte fröhlich mit den kleineren. Jakob, ein freundlicher junger Mann, der immer Zeit für die Jüngeren hatte, war Daniels Lieblingsvetter gewesen.

Alle Jungen gingen zu Moische, dem Hauslehrer der Familie Rubens, in die Walberger Synagoge zum Unterricht. Sie lernten bis zu ihrem dreizehnten Lebensjahr nicht nur Hebräisch, sondern auch deutsch lesen und schreiben sowie rechnen. Die christlichen Dorfkinder gingen nur einige Jahre im Winter zur Schule, während der restlichen Monate halfen sie den Eltern. Ihre Lehrer waren umherziehende Geistliche oder junge Männer, die ihr Studium abgebrochen hatten. Nur selten spielten die Judenkinder mit den Dorfjungen. Doch Daniel hatte sich mehrmals mit dem jüngsten Sohn des Bauern Eisner getroffen. Von ihm hatte er einiges gelernt, wie etwa Fallen zu stellen für Hasen. Wie man saftige Äpfel oder Birnen stahl, brauchte ihm keiner zu zeigen.

In der Höhle war Daniel ein anderer Junge geworden. Den kindlichen Übermut hatte er verloren, nach allem, was ihm zugestoßen war. Er litt stark unter dem Tod seiner Mutter. Er war kein Kind mehr, war reifer geworden, ernst und misstrauisch. Trotzdem löste sich langsam die Verkrampftheit der ersten Tage. Er wusste genau, was der Ritter ihm angetan hatte. Schließlich war er im Dorf aufgewachsen, er verstand, wie Tiere sich paarten. Außerdem lebten zu viele Menschen zusammen in Nathans Haus, als dass er nicht erfahren hätte, dass Menschen Ähnliches miteinander taten. Doch das, wozu ihn der Fremde gezwungen hatte, der Anblick des großen Gliedes und der Schmerz hatten Daniel mit Abscheu erfüllt. Er konnte die Erinnerung nicht verbannen. Es war, als ob er keine Gefühle mehr verspüren könne. Er benahm sich, als wäre nichts geschehen. Aber er ahnte, dass das Unbeschreibliche, das ihm angetan worden war, ihn nie mehr loslassen würde.

Daniel lernte, seine Gefühle vor anderen zu verbergen. Er trauerte nicht offen um die Eltern und um das verlorene Zuhause. Als Sepp ihm erzählte, dass sein Vater und ein Ritter tot aufgefunden worden seien, fragte Daniel nach dem Namen des Ritters. „Westermann oder so ähnlich", antwortete Sepp. Daniel presste seine Lippen zusammen. „Der andere, von Hebelein, lebt also", dachte er.

Daniel war ein Kind seines Volkes und besaß dessen Anpassungsvermögen. Das Leben der Bande begann das seine zu werden. Er beobachtete die Männer, lernte jeden einzelnen kennen. Zu Sepp, dem starken, schweigsamen Mann, der ihn freundlich behandelte, fasste er langsam Vertrauen. Sepp mochte den Jungen, den er Dani nannte. Daniel vertraute auch Franzl, denn dieser war Sepps Freund. Franz, ein hagerer Mann, der sein Dasein als Tagelöhner gefristet hatte, war während des Krieges zu den Gaunern gestoßen. Vor seiner Aufnahme in Sepps Bande hatte er sich nie richtig satt essen können, jetzt ging es ihm besser als je zuvor. Augusts unheimliches Aussehen hatte Daniel zu Beginn große Angst eingeflößt. Eines seiner Augen stand nie still, es rollte manchmal nach hinten, so dass nur das Weiße zu sehen war. Als der Junge aber merkte, wie August mit seinem einen Arm geschickter hantieren konnte als manch anderer mit zweien, respektierte er ihn und fing an, sich mit ihm zu unterhalten. Den langen Hannes bedauerte Daniel. Hannes hinkte stark und konnte nur langsam denken. Er war am Kopf verletzt worden, als ihn ein Musketier mit einer Flinte niedergeschlagen hatte. Seine

Eltern waren beide ermordet worden. Sepp hatte ihn aufgefunden und zur Bande gebracht.

Pierre, ein kleiner, behänder Mann aus dem Rheinland, war ein geschickter Taschendieb, ein Halsabschneider, der auf den Märkten sein Unwesen trieb. Er hatte sich von Anfang an um Daniel gekümmert. Er trug stets eine Kappe, denn er besaß nur ein Ohr: das andere war ihm in Frankfurt wegen Diebstahls abgeschnitten worden. Als er sah, wie Daniel ihn beobachtete, während er seine täglichen Fingerübungen machte, ärgerte er sich zuerst. Doch als Daniel die Gesten geschickt nachahmte, lachte Pierre schallend und zeigte ihm sofort einige Griffe, die man fürs Diebeshandwerk brauchte. „Siehst du, schnell muss es gehen", lobte er den Jungen. „Wie Zauberei muss es aussehen!" Es machte ihm Spaß zu sehen, wie eifrig der Kleine übte, wie er sich bemühte, alles schnell zu lernen. Er ging auch mit Daniel klettern, zeigte ihm, wie man selbst an steilen Wänden Fußhalt finden konnte. Pierre wusste aus Erfahrung, dass man Geschicklichkeit am besten in frühen Jahren erlernt. Er zeigte Daniel, wie man Angeln aus geschmeidigen Ästen anfertigt, wies ihn an, im Bach auf Fischfang zu gehen, war stolz auf Daniels Gelehrigkeit.

Die wortkargen Zwillinge Jochen und Jürg waren grobe Männer, beide älter als Sepp und fast so stark wie er. Sie waren die Schläger der Bande. Bei Überfällen auf Reisende gingen sie mit Knüppeln und Fäusten zu Werk, während Franzl Ausschau hielt und die anderen die Beute sicher stellten. Die Brüder hielten stets zusammen und blieben etwas abseits von den anderen. Mit dem Judenjungen wollten sie nichts zu tun haben. Daniel spürte ihre Abneigung und hütete sich davor, den Brüdern nahe zu kommen.

Der Älteste in der Bande war Karl, einst ein Nürnberger Schreinergeselle. Er hatte das schlaffe Gesicht und den dicken Bauch eines Trunkenboldes. Vor jeder Aktion erteilte Sepp den strengen Befehl, Karl nicht in die Herberge „Zum Hirsch" gehen zu lassen. Er trank alles, selbst das schlechteste Bier, und er liebte den Branntwein, ein abscheuliches Gebräu aus Korn und Weinhefe. Im nüchternen Zustand war er schlagfertig und spielte gern die Rolle eines Bettlers, der sich auf der Straße um einen verletzten Gefährten – meistens war es Pierre – bemühte, um damit eine Kutsche zum Anhalten zu zwingen. Sobald der Kutscher die Zügel angezogen hatte, war es um ihn geschehen, die Kumpanen tauchten aus dem Gebüsch auf, Karl zückte eine

Flinte, und Pierre sprang eilig ins Innere der Kutsche, um die Reisenden von Gepäck und Wertsachen zu befreien.

Sepp hatte nicht vor, den Jungen bei der Bande zu behalten. Er gehörte zu seinen Leuten. Es war nicht schwer gewesen auszukundschaften, wer Daniels Onkel war. Die ganze Gegend sprach vom Tod des Ritters und des Juden, vom Verschwinden der Frau und dem Auffinden ihres Leichnams. Es war Sepp klar, dass er Daniel nicht in der Nähe von Neustein würde aussetzen können. Die Männer hatten Recht, auch wenn sie ihm die Augen verbinden würden, könnte er Fahnder zur Höhle führen. Und noch gefährlicher war, dass er jedes Mitglied der Bande hätte beschreiben können.

Dazu gesellte sich eine andere Sorge. Der hinkende Hannes war als Landstreicher festgenommen und in Walberg verhört worden. Er hatte zwar nichts ausgesagt und man ließ ihn nach drei Tagen wieder laufen. Aber er war peinlichst nach Esthers Schmuck befragt worden. „Die hatten genaue Beschreibungen von einigen Stücken", berichtete er stockend. Mordechai war nicht zu Hause gewesen, als August ihn zur Rede stellen wollte. Sepp entschied, einen anderen Hehler zu suchen, aber das war nicht leicht. Er befahl August, vorerst nicht mehr nach Bamberg zu gehen. Er überlegte, ob es nicht angebracht sei, nicht nur eine andere Unterkunft zu suchen, sondern ganz aus der Gegend zu verschwinden. Aber das war nicht einfach! Hier kannten sie sich aus, im Wald konnten sie wildern, die Förster hatten nie ihre Spuren gefunden. Außerdem verfügte die Bande in der Gegend über Kontakte.

Die Herberge „Zum Hirsch" und ihr Wirt Holzer waren Sepp gut bekannt. Das Gasthaus lag am Waldrand und war sehr beliebt. Holzer besaß einen gut geführten Stall, in dem die Reisenden ihre Pferde unterstellen und umspannen konnten. Sein Bier war geschätzt, bei Einheimischen wie bei Fremden. Wichtig für Sepp war ein Stallknecht, der ihm für ein paar Kreuzer Auskünfte über die eingekehrten Gäste gab. Der Wirt erhielt ebenfalls seinen Teil, er wusste, wie man sich blind und taub stellte. Also war es schwer für Sepp, eine Entscheidung zu treffen.

Er verscheuchte die trüben Gedanken. Schließlich lauteten bald die Glocken zu Mitternacht! Im Dorf würde dann jeder zur Messe gehen: eine günstige Gelegenheit, die Sepp nicht ungenutzt lassen wollte. Er hatte einen Plan ausgearbeitet. Die Bande sollte den größeren Häusern Besuche abstatten: in der Schmiede, in der Mühle und auch beim Pfarrer sollten sie vorbeischauen.

Sepp hatte genaue Anweisungen gegeben, seine Informanten waren zuverlässig. Aus jedem Haus würden die gesamte Herrschaft und alle Diener in der Messe sein. Zuletzt wies er Pierre an, nicht zu vergessen, beim Sattler Knoll einzukehren: Lisa hatte eine fette Gans gebraten, die würde einen guten Schmaus für die Bande abgeben! Sepp kannte Lisa recht gut – hatten sie sich nicht oft zusammen im Wald vergnügt, seitdem er ihr im Frühjahr begegnet war? Es hatte nicht lange gedauert, bis sie das taten, was Lisa für die natürlichste Sache auf Erden hielt. Danach war sie öfter in den Wald gegangen, um den Mann mit den verwegenen Augen zu treffen. Sie fragte ihn nie, wer er sei. Es genügte ihr, dass er gut lieben konnte und sie sich in seinen festen Armen wohl fühlte. Schmunzelnd dachte Sepp an Lisa.

Nathan ben Simon war ebenfalls unruhig. Mit Abscheu erinnerte er sich an Mordechai. Der Juwelenhändler hatte Bamberg kurz nach dem Besuch des Viehhändlers verlassen. Seine Diener behaupteten, er sei auf Geschäftsreise in Leipzig. Möglich war das. Es reisten viele Kaufleute aus der Gegend zur Messe. Einen verdächtigen Krüppel hatte man nicht gefunden, obwohl mehrere einbeinige ehemalige Soldaten in Bamberg wie auf den Landstraßen aufgegriffen und verhört worden waren.

Doch war es nicht der verlogene Juwelier, der Nathan beunruhigte. Auf seinem Heuboden waren zur Zeit mehr Menschen untergebracht als je zuvor: zwölf Männer und Frauen lagen dort eng zusammengepfercht. Sie kamen aus Polen und hatten einen weiten Weg hinter sich. Ihre Geschichten bestätigten die schrecklichen Ereignisse, von denen Nathan vor Monaten gehört hatte. Erst jetzt, durch die Berichte dieser Flüchtlinge, begriff er das Ausmaß der Katastrophe, die sich in Polen abgespielt hatte.

Die Bauern hatten ihre Wut auf die Obrigkeit an den Juden ausgelassen, gemeinsam mit Kosakenbanden zahlreiche Synagogen niedergebrannt und Tausende Frauen, Männer und Kinder getötet. „Über dreihundert Gemeinden sind zerstört, fast hunderttausend Menschen wurden ermordet", hatte Rabbi Chaim Hirsch, einer der Flüchtlinge, mit zitternder Stimme erzählt.

„Ich bin mit den Überlebenden meiner Gemeinde nach Posen gegangen. Andere schafften es nach Schlesien, manche nach Böhmen. Nur wenige haben dort eine Bleibe gefunden." Er und Nathan hatten sich lange unterhalten, aber es war ihnen kaum aufgefallen, dass sie unterschiedliche jiddische Dialekte sprachen.

„Bei uns werdet ihr auch nicht haben viel Glück", hatte Nathan bekümmert erklärt. „Ohne Geld kann niemand einen

Schutzbrief und damit das Wohnrecht kaufen. Und selbst mit Geld geht's schlecht." Ihm fiel ein, dass die Sache mit einem Nachfolger für Löws Schutzbrief noch immer nicht geregelt war. Der Amtsherr zog die Angelegenheit in die Länge. Immer wieder schickte er alle Antragsteller weg, immer wieder fand er, dass eine Unterlage fehlte, die er meinte zu brauchen, ehe er eine Entscheidung treffen könne.

Nathan dachte nach. Die meisten Flüchtlinge würden als Schnorrer umherziehen müssen. Chaim Hirsch aber könnte er als Talmudlehrer im eigenen Haus anstellen, der Rabbi würde das kaum ablehnen. Moische, der bisherige Lehrer, wohnte zwar noch bei Joschua Rubens, er gab aber keinen Unterricht mehr, denn in wenigen Tagen würde er wegziehen müssen. Es war Nathan eine Ehre, dem Rabbi Unterkunft zu gewähren, und es war auch eine Mizwe. Chaim Hirsch war ein bekannter Rabbiner, er würde eine Zierde der kleinen Gemeinde werden.

Nathan trauerte noch immer um seinen Neffen Daniel. Er erinnerte sich, dass Joschuas hübsche schwarzäugige Tochter Judith, die in Daniels Alter war, ebenfalls an Moisches Unterricht teilgenommen hatte. Eigentlich war dies einem Mädchen nicht erlaubt, aber der Geldwechsler hatte es durchgesetzt, er war der einflussreichste Jude am Ort. Einmal hatte sich Daniel mit Judith gezankt. Er hatte gerade mit ihrem Bruder Aaron gelernt, da mischte sie sich ein und erklärte den beiden Jungen, sie würden den Text völlig falsch übersetzen. Wie eine kleine Furie hätte sie sich benommen, hatte Jettel von Feigele Rubens gehört. Die hatte geschmunzelt und berichtet, Daniel hätte zu Judith gesagt, wenn sie sich nicht besser benähme, würde sie keinen Mann kriegen! Dann würde er sie vielleicht heiraten müssen, wenn kein anderer sie nahm. Darauf hätte Judith Daniel fast die Augen ausgekratzt.

Ich wünschte, er wäre hier und die Kinder könnten sich weiter zanken, dachte Nathan bekümmert. Es kam ihm der Gedanke, dass er den Parnejsim vorschlagen sollte, einen Antrag nicht nur für den Rabbiner sondern auch für eine Judenherberge zu stellen. Es zogen immer mehr Schnorrer durch die Dörfer. Sie brachten Unruhe und schleppten auch Krankheiten ein. Und, man konnte es nicht leugnen, es waren nicht nur ehrliche Leute unter ihnen. Da gab es einige, die behaupteten, der Hausierer Lopes hätte so manches getan, was nicht ganz koscher sei. Aber konnte man es ihm verdenken – mit drei Kindern und einer kranken Frau? Beim letzten Schabattessen hatte Lopes geklagt, dass er kaum den täglichen Leibzoll zahlen könne. Doch was sollte er machen, er musste seine Waren in die entlegensten Weiler bringen, sonst würde er niemals ein Geschäft machen. Hausierer waren arme Schlucker. Trotzdem, wenn sie unehrlich waren, schadete es allen Juden.

Man musste mit dem Leben fertig werden, so wie es war. Deswegen half jede Gemeinde den Umherziehenden, so gut sie konnte. Nur – mit der Zeit wurde es zu viel. Wäre es nicht besser, Salomon, der Schammes, würde eine Herberge aufmachen, fragte sich Nathan. Die Abgaben verwaltete er sowieso. Um die christlichen Armen kümmerten sich die Kirchen oder Stadträte. Die Juden versorgten ihre Armen selbst. In einer Judenherberge könnte gekocht werden, und auch die Kranken wären besser versorgt. Die Gemeinde würde einige der Flüchtlinge dort anstellen, damit wäre für ihren Lebensunterhalt gesorgt. Jeder, nicht nur Reiche wie Joschua Rubens, hatten Verwandte und andere als Diener angestellt. Jettel hatte bereits zugesagt, einige der Flüchtlingsfrauen mit ihren Kindern aufzunehmen, wenn die Obrigkeit es zuließe.

Nathan hatte zu viel erlebt, um nicht zu wissen, dass die Neuankömmlinge Unruhe unter den Bauern verursachen würden. Es würde Aufsehen erregen, wenn zu viele Juden umherzogen, auch wenn sie sich auf Judenwegen bewegten und nachts an der Straße ihre Lager errichteten. Und wenn die oberen Herren – oder die Bauern, wie in Polen – ihren Unwillen zeigen wollten, war es ihnen egal, ob diejenige, die sie angriffen, hiesige oder fremde Juden waren. Ein Jude war ein Jude.

Das polnische Problem betraf alle Juden. Überall. Das war immer so gewesen: ob es damals die Vertriebenen aus Spanien waren oder nun die aus Polen. Die Ankunft von Flüchtlingen hatte Folgen für Ansässige. Nathan beschloss, sich mit Joschua Rubens und den anderen Parnejsim zu besprechen. Der Geldwechsler hatte Verwandte in Amsterdam erwähnt. Vielleicht könnten sie helfen.

Ächzend stand Nathan auf und zog sich an. Nein, gut hatte es nicht begonnen, das neue Jahr der Christen.

9

Als der Frühling anbrach, befand sich Daniel noch immer bei der Bande. Die Männer waren nicht in eine andere Gegend gezogen. Es hatte großes Geschrei und Gezeter im Dorf gegeben, als die Silvesternachteinbrüche entdeckt worden waren. Der Schmied vermisste seine Ersparnisse sowie einiges Werkzeug. Aus der Mühle waren Mehlsäcke und Geld verschwunden, und im Pfarrhaus fehlten alle Vorräte aus dem Keller. Pierre war empört, als er hörte, wie jeder seinen Verlust übertrieb. „Wichtigtuer, Angeber!", schimpfte er, denn zu seinem Leidwesen hatte er doch etliche schöne Sachen, wie den silbernen Leuchter beim Pfarrer, nicht mitgenommen, weil ihnen noch immer ein Hehler fehlte.

Sepp jedenfalls war mit der nächtlichen Arbeit zufrieden gewesen. So auch Holzer, der Wirt der Herberge „Zum Hirsch", der noch in derselben Nacht seine Vorratskammer hatte günstig auffüllen können.

Es war beim Verzehren der Gans, als Daniel die Bande verblüffte. Sie saßen auf Steinen um den Tisch, den Karl gezimmert hatte. Darauf lag der Geldstrumpf des Schmieds zusammen mit den Ersparnissen des Müllers. Pierre brüstete sich damit, dass er sechsundvierzig Dukaten gestohlen hätte und meinte, das sei so viel, wie der Säckelmeister einer Stadt im Jahr zusammenbrächte. „Pierre, das stimmt nicht", ertönte da die hohe Jungenstimme, „Ralensburg hat über dreihundert Dukaten im Jahr!"

Sofort trat Stille ein. Der Junge hatte sie verstanden! Wo sie sich doch wie immer, wenn sie etwas geheim halten wollten, in ihrer verschlüsselten Gaunersprache, dem Rotwelsch, unterhalten hatten! Alle blickten Daniel an, der zufrieden an einem Knochen nagte, ehe er diesen seinem Hund hinwarf. Daniel war es nicht schwer gefallen, das Rotwelsch der Männer zu verstehen, denn es war gespickt mit zahlreichen jiddischen Ausdrücken. Er blickte sich um, Pippin war nicht an seiner Seite. „Pippin!", rief er ängstlich. „Wo ist der Kelef?" Er blickte sie an, benutzte einen ähnlichen Ausdruck, sagte „Habt ihr gesehen den Kieloff?" Das brach das Schweigen. Kieloff war ihr Wort für Hund! Sie lachten, und Sepp antwortete in Rotwelsch, dass Pippin auf seinen Füßen schliefe. Weder er noch Daniel wussten, dass in den langen Jahren, in denen sich Schnorrer, Talmudstudenten, Hausierer und das christliche fahrende Volk begegneten, zahlreiche jiddische Wörter ins Rotwelsch eingeflossen waren.

„Was weißt du vom Einkommen der Residenzstadt?", fragte Sepp.

„Onkel Nathan geht oft dahin", antwortete Daniel. „Er hat gesagt, die haben einmal zweihundert Dukaten mehr Schulden gehabt als die dreihundert, die sie eingenommen haben."

Pierre fragte schnippisch, ob der Säckelmeister sich das Geld vom Herrn Onkel ausgeliehen habe, worauf Daniel den Kopf schüttelte. Nein, das hätte die Stadt von Herrn Rubens bekommen. Unerwartet musste der Junge an Judith denken. Nach dem großen Streit, bei dem sie beide wütend geworden waren, hatten sie sich öfters gesehen. Er mochte Judith, sie war nicht wie die anderen Mädchen. Seine Base Naomi hätte sich niemals gewagt, einen Jungen anzugreifen. Und hübscher als Naomi war Judith auch. Um seine Gedanken zu verdrängen, sagte er rasch, Pierre hätte sich verzählt, auf dem Tisch lägen achtundfünfzig Dukaten. Die Männer begannen erneut, die Silbermünzen zu zählen, bis Pierre zugeben musste, dass Daniel Recht hatte.

Danach überlegte sich Sepp, den Jungen vorerst nicht zu seinen Leuten zurückzuschicken. Daniel war nützlich für die Bande, denn von den Männern konnte nur Pierre etwas lesen und schreiben. Noch behielt Sepp seine Idee für sich. Erst musste er das Problem lösen, ob die Bande wegziehen sollte, und wenn ja, wohin. Bis zum letzten Märztag hatte er trotz verzweifelten Überlegens keine Lösung gefunden.

10

Es war am Abend jenes Tages, als Lisa in einer Lichtung im Wald ihr totes Kind, ein Mädchen, zur Welt brachte. Sie hatte einen ganzen Tag und eine lange Nacht allein im Wald gelegen, hatte das Kind unter heftigsten Schmerzen aus ihrem Leib gepresst. Am Tag zuvor war sie in den Wald gelaufen, um Sepp zu suchen. Sie wusste, dass er kein solides Leben führte und tief im Wald mit anderen Vagabunden hauste. Vielleicht könnte sie bei ihm bleiben. Lisa war verzweifelt. Sie war anders als die meisten, das wusste sie. Sie war nicht sehr klug, und bis jetzt hatte sie sich noch keine Gedanken über ihre Zukunft gemacht.

Nun fragte sie sich, was mit ihr, was mit dem Kind werden sollte. Sie war sich sicher gewesen, ihr Vater würde sie verjagen, sobald er erfuhr, dass sie ein Kind erwartete. Hatte er nicht oft damit gedroht? Ein Wunder, dass Lisas Mutter die Schwangerschaft nicht bemerkt hatte. Sie war krank geworden nach der Sache mit der Gans. Die Hände hatte sie über dem Kopf zusammengeschlagen, hatte sich benommen, als ob das ganze Haus abgebrannt wäre! „Das kommt davon, das ist die Strafe!", hatte sie geschrieen. „Streunst herum, Kind, gehst mit Gott weiß wem!" Immer wieder hatte sie angefangen zu heulen.

Das Gejammer war Lisa unheimlich vorgekommen. Es war, als ob die Mutter wüsste, dass Lisa dem Sepp von der Gans im Backofen erzählt hatte. Danach hatte die Mutter sich schwer erkältet, war zu früh aufgestanden, hatte einen Schwächeanfall bekommen und war hingefallen, wobei sie sich das Bein verletzt hatte und wochenlang liegen musste. Seit einer Woche war sie wieder auf den Beinen und hatte schon angefangen, sich über Lisas schlampige Hausarbeit zu beschweren. „Hast nichts anderes gemacht, als dich dick angefressen!", hatte sie geschimpft, worauf Lisa es mit der Angst zu tun bekam und in den Wald gelaufen war.

Sie richtete sich auf, durchtrennte die Nabelschnur und betrachtete das tote Kind. Was sollte sie nun tun? Nach einer Weile fühlte sie sich stark genug um aufzustehen. Sie wankte zum Bach, wusch sich und kehrte zurück zu dem Kind.

Einfältig wie sie war, wollte sie es nicht zurücklassen. „Das ist nicht richtig", dachte sie, „das wird dem Pfarrer nicht gefallen."

Sie hob das tote Kind auf, wickelte die Leiche in ihren Umhang und band diesen auf ihren Rücken. Dann lief sie langsam in die Richtung, aus der sie gekommen war, zur Landstraße.

Nach einiger Zeit merkte sie, dass sie in die Nähe eines Häuschens gelangt war, sie konnte im Mondlicht die Umrisse sehen. Nun wusste sie, wo sie war: an der kleinen Waldkapelle, in der Reisende ihre Andacht verrichteten. Sie schlich näher, stockte. Im Licht der Fackeln, die von einigen Gestalten in weiten Gewändern getragen wurden, sah sie, dass vor der Kapelle eine aufgeregte Gruppe Menschen stand. Mönche. Vor denen hatte sie ohnehin Angst!

Sie erblickte eine Seitentür, streckte die Hand nach der Klinke aus und war erleichtert, als die Tür sich lautlos öffnete. Vielleicht könnte sie hier die Nacht verbringen. Am nächsten Tag würde sie den „Hirsch" aufsuchen, dort war sie auch einmal mit Sepp eingekehrt. Sie blickte sich um. Am Altar waren brennende Kerzen angesteckt, sie flackerten durch den Windzug, der von der offenen Tür kam. Die Kapelle war leer. Lisa wollte gerade niederknien, als sie bemerkte, dass vor dem Altar eine große Truhe stand. – Nein, es war keine Truhe, sondern ein kleiner wunderschön geschnitzter Sarg! Das war, was sie brauchte: einen Sarg für ihr Kind. Sie bekreuzigte sich und ging langsam auf den Kasten zu. Als sie davor stand, blickte sie sich um: Sie war allein in der Kapelle. Langsam bückte sie sich, zögerte und hob den Deckel hoch. Sie starrte auf Knochen, die auf rotem Samt gebettet waren. Vorsichtig legte sie ihr totes Kind in den Sarg und schloss den Deckel. Dann sank sie auf die Knie und blieb einige Minuten wie erstarrt.

Vor der Kapelle berieten sich die Mönche, die den Schrein begleitet und hier Halt gemacht hatten. Sie scharten sich um Pater Angelus, er war die Ursache ihrer Aufregung. Am Vormittag war er im Kloster Altendorf angekommen und hatte dort einem Gottesdienst der Schwestern beigewohnt, die ihrem Heiligen einen würdevollen Abschied bereiteten. Nun am Abend waren die zwanzig Mönche, die mit ihm den Schrein nach Walberg bringen sollten, an der Kapelle angekommen. Der Pater hatte bereits am Tag zuvor gefastet und geschworen, erst wieder Nahrung zu sich zu nehmen, wenn der Schrein in seiner neuen Heimat eingeweiht wäre. Die lange Wallfahrt hatte ihn geschwächt. Eigentlich wollte er bereits heute in Walberg ankommen, doch wegen seiner Erschöpfung war die Prozession nur langsam vorangekommen. Er sandte einen Bruder zum Bischof, um ihm mitzuteilen, dass die

Feier um einen Tag verschoben werden müsse, weil der Weg beschwerlicher sei als erwartet. Der Schrein träfe am nächsten Tag pünktlich ein, und, wie besprochen, würde man die Prozession des Bischofs am Kreuzweg zwischen Walberg, Neustein und Burgheim erwarten.

In der Walberger Dorfkirche hatte Angelus Toma eine Altarnische für den heiligen Schrein einrichten lassen, eine Prozession von Kindern durch das Dorf war geplant, und der Bischof würde eine Messe abhalten.

Zwei Mönche hatten Pater Angelus auf dem Weg stützen müssen. Erst bei Anbruch der Dunkelheit erreichten sie die Waldkapelle. Genau in dem Augenblick wurde der Pater ohnmächtig. Einige der Brüder wollten den Kranken in das nahe Dorf bringen, doch als Angelus Toma wieder zu Bewusstsein kam und ein Schluck Wasser ihn erfrischt hatte, verbot er das aufs Strengste. „Wir alle bleiben beim Schrein in der Kapelle", erklärte er. Am Morgen würde es ihm besser gehen, dann ginge er die letzten Schritte bis zum Kreuzweg, wo sie den Bischof erwarten wollten. Die Mönche fügten sich, wenn auch mit einigen Bedenken. Langsam trugen sie Pater Angelus in die Kapelle und betteten ihn vor dem Schrein auf, wo er sein Gebet verrichtete. Dann hüllte er sich in sein Gewand, schloss die Lider und schlief beruhigt ein. Seine Aufgabe war nun fast beendet.

Lisa war aufgescheucht worden, sie hatte Schritte gehört. Eilig verließ sie die Kapelle wieder durch die Seitentür und schlug den Weg zur Herberge ein. Eine halbe Stunde später erblickte sie das Gasthaus „Zum Hirsch". Es tummelten sich viele Menschen im Hof, Besucher waren gekommen, die am folgenden Tag der Überführung der heiligen Reliquie beiwohnen wollten. Die gesamte Gegend war in Aufregung darüber geraten. Viele kranke Pilger hatten sich eingefunden, sie hofften, am Schrein Heilung zu finden. Der Wirt und seine Leute waren vollauf beschäftigt. Keiner kümmerte sich um Lisa. Sie zögerte, dann überquerte sie den Hof, der Weg in den Stall war ihr bekannt. Ein Knecht sah sie, grinste und deutete auf die Leiter zum Heuboden, überzeugt, dass Lisa sich dort mit einem Gast treffen würde wie so oft. Die junge Frau hatte gerade noch die Kraft, die Leiter hinaufzuklettern, dann sank sie in eine Ecke und schlief sofort ein.

11

Das Pessachfest stand vor der Tür. Nathan freute sich darauf. Jettel war jeden Tag von früh bis abends beschäftigt, sie putzte und schrubbte, alles musste vor dem Fest gereinigt, Geschirr und Küchengerät ausgewechselt werden. Gut, dass sie die Hilfe der polnischen Frauen hatte.

Täglich wuchs der Andrang von Flüchtlingen aus Polen. Die große Zahl der umherwandernden Juden, die durch die Dörfer in der Nähe von Neustein zogen, erschreckte die Behörden und verursachte unangenehme Aufmerksamkeit. Am letzten Märztag erhielten Nathan und die anderen Parnejsim eine Vorladung vom Amtsherrn. Gewiss ging es um die Flüchtlinge.

Nachdenklich wiegte Nathan den Kopf hin und her. Pessach: da feiert man den Auszug der Israeliten aus Ägypten, man dankt dem Ewigen dafür, trinkt fröhlich auf die Freiheit und erklärt, wie glücklich man ist, von der Sklaverei erlöst zu sein. Ja, ein herrliches Fest. Aber: war die Sklaverei wirklich beendet? Lebten Juden nicht wie Sklaven in diesem Land, in dem alles von der Willkür der Obrigkeit und den Launen der Beamten abhing? Und wie verheißungsvoll das glühende Versprechen auch klang, das jeden Juden zu Pessach aufjauchzen ließ – nächstes Jahr in Jerusalem! – es war kaum einzulösen. Trotzdem glaubte Nathan fest, eines Tages, wenn der Ewige es wollte, würden sie, die Kinder Israels, zurückkehren in ihr schwer geprüftes Land, das nun schon seit über hundert Jahren von den Türken regiert wurde.

Nathan sah, wie Lisa ins Haus der Eltern huschte, bemerkte, wie zerlumpt und ungekämmt sie aussah, hörte das laute Gezeter der Mutter. Bestimmt hatte Lisa wieder bei einem ihrer Freunde Schutz gesucht. Für die Eltern war es schwer, so ein Kind zu haben. Der Viehhändler drehte sich um und wollte durch die Seitentür auf den Hof gehen, da erblickte er eine feierliche Prozession, die, angeführt vom Pfarrer, in die Dorfstraße einbog. Er erinnerte sich, davon gehört zu haben, dass eine heilige Reliquie in die Kirche des Nachbardorfes überführt werden sollte. Das war also heute. Es wunderte ihn, dass der Amtsherr die Juden an einem derart heiligen Tag zu sich bestellt hatte. Nathan konnte nicht wissen, dass die Feier verschoben worden war.

Zwei Stunden später traf Nathan in Walberg ein, eine halbe Stunde vor der erwarteten Ankunft des Bischofs – und eine Stunde nach einer fürchterlichen Entdeckung.

Der feierliche Zug der Mönche mit dem Reliquienschrein hatte inzwischen den Kreuzweg erreicht. Pater Angelus konnte, erholt durch den tiefen Schlaf, fast ohne Hilfe den Weg gehen. Er gab den Mönchen Anweisungen, wo sie sich aufstellen sollten, als einer der Brüder leicht die Schulter bewegte und der Schrein dabei etwas ins Wanken geriet, was die Aufmerksamkeit des Paters auf den Deckel lenkte. Dieser schien nicht richtig geschlossen zu sein. Er trat näher, hob den Deckel, um ihn fest zu schließen. Da fiel sein entsetzter Blick auf das Innere. Er blickte nicht auf die Gebeine des Märtyrers, sondern auf die Leiche eines neugeborenen Kindes.

Er unterdrückte einen Schrei und schloss sofort den Sarg. Blitzschnell überlegte er, was er tun sollte, befahl den verblüfften Mönchen, stehen zu bleiben. Sie hatten nichts gesehen, hatten mit gesenkten Köpfen dagestanden und waren verwundert über den leisen Ausruf des Paters. Er atmete tief, um sich zu beruhigen. „Meine Augen wurden geblendet von der heiligen Reliquie!", erklärte er und begann einen Psalm zu singen, in den die Brüder einstimmten.

Das Unglück wollte es, dass ein Dorfjunge auf einem Lindenbaum am Kreuzweg saß, um die Prozession als Erster zu sehen. Als der Pater den Schrein öffnete, hatte der Junge einen Blick auf das tote Kind erhascht und war sehr verwundert. Seine Mutter hatte von einem Gerippe gesprochen und die anderen Buben von Knochen. „Die haben nicht Recht", dachte er, „der Heilige ist ein richtiger Toter!"

Der Junge blieb, wo er war, erlebte die Ankunft des Bischofs und seines Gefolges in ihren herrlichen Gewändern, fiel vor Aufregung fast von seinem Ast, war aber klug genug, erst herunterzuklettern, als sich der aufgewirbelte Staub gelegt hatte. Dann rannte er schnell ins Dorf, er kannte ja kürzere Wege als die Landstraße, und kam vor der langsamen Prozession an, die sich am Dorfeingang dem Bischof angeschlossen hatte und der ein Priester mit einem großen Kreuz voranschritt. Auf den Stufen der Kirche wartete der Burgherr in seinem prächtigen, hell leuchtenden Gewand auf den Zug. Hinter ihm stand der Pfarrer, glücklich über den Besuch seines Bischofs und überwältigt von der Ehre, die seiner Gemeinde zuteil wurde, dass diese auserwählt war, die Reliquie des Heiligen zu behüten.

Als die Prozession zum Kirchplatz einbog, kniete das wartende Volk nieder. Und auch der Junge fiel auf die Knie neben seiner Mutter, die schon lange nach ihm Ausschau gehalten hatte und ihn nun böse ansah. „Kann nichts dafür", grinste er, „ich hab ihn bloß sehen wollen, den Heiligen! Aber der ist noch ganz! Seinen ganzen Leib hat er noch!"

„Sei still!" Der Junge duckte sich, die Mutter hatte die Hand zum Schlagen erhoben.

Alle schwiegen, als die Prozession vorbeizog und der Bischof in jede Richtung seinen Segen und Weihrauch verteilte. Endlich waren alle in die Kirche geschritten, und das Volk konnte hinterhergehen. Für viele reichte der Platz in der kleinen Kirche nicht aus, sie mussten gedrängt am Eingang stehen bleiben, darunter der Laienbruder Paulus, der zu seiner Enttäuschung nicht an der Prozession teilnehmen konnte, da ihm Pater Angelus befohlen hatte, im Schloss zu bleiben.

„Was hast du gesehen?" Andere hatten auch gehört, was der Junge gesagt hatte und seine Freunde schubsten ihn, bis er wiederholte, was er seiner Mutter zugeflüstert hatte.

„Der Heilige! Nackt ist der! Nicht mal ein Kleid haben sie dem angezogen!"

Der Bub begann Aufsehen zu erregen. Diesmal versetzte ihm seine Mutter doch eine Ohrfeige, so dass er anfing zu weinen. „Ich hab's doch gesehen!", schrie er laut. „Eine Leiche liegt drin! Eine richtige Leiche!"

Ein Murmeln lief durch die Menge. War ein Wunder geschehen? Hatte der Märtyrer erneut seine menschliche Hülle erhalten? Der Junge wurde zum Mittelpunkt, man konnte sowieso nicht sehen, was in der Kirche vor sich ging, nur der herrliche Gesang der Brüder drang nach draußen. Der Befehlshaber der bischöflichen Wache, der mit seinen Männern an der Kirchentür stand, war beunruhigt. Er befahl, den Jungen nach vorne zu bringen. Man zerrte ihn durch die Menge und stellte ihn zur Rede. Eingeschüchtert aber trotzig stotterte er, dass man ihm glauben solle. Unter Tränen erklärte er, dass er vom Baum aus gesehen hätte, wie der Heilige in seinem Sarg lag. „Ein ganzes Kind war es, keine Knochen oder so!", wiederholte er.

Eine Frau fiel in Ohnmacht, während eine andere zu kreischen begann. Das Gerücht musste sofort widerlegt werden, entschied der Soldat, er wusste, wie leicht die Massen hysterisch werden konnten. Er betrat die Kirche, merkte, dass die Messe sich ihrem Ende näherte, ging zum Bischof und flüsterte ihm eilig zu, was der Junge behauptet hatte. Der Bischof nickte, und ehe der entsetzte Pater ihn davon abhalten konnte, ging er mit würdigen Schritten auf den Reliquienschrein zu. Seine seidenen Gewänder raschelten leise. Mit der Absicht, dem Volk die heiligen Gebeine zu zeigen, hob er feierlich den Deckel. Er brauchte nur einen Spalt zu öffnen, da sah er, was darin lag, seine schweren Lider weiteten sich. Langsam schloss er den Schrein und erhob zitternd seine Stimme zum Gebet, als ob nichts vorgefallen wäre.

Zu spät. Andere hatten ebenfalls einen Blick erhascht, die Nachricht verbreitete sich wie ein wildes Feuer: Ein totes Kindlein liegt im Schrein! Unruhiges Murmeln ging durch die Menschenmenge. Das konnte nicht mit richtigen Dingen zugehen! Das war Hexerei! Der Teufel hatte seine Hand im Spiel! Oder – kaum auszudenken: es war Mord!

„Pessach!", schrie Paulus, der Laienbruder, erregt. „Das Judenfest! Seht!" Empört deutete er auf eine Gruppe jüdischer Männer, die eng zusammengedrückt vor der Burg standen. Die Judenräte waren eingetroffen.

„Was wollen die hier?", brüllte jemand gereizt. „Was haben die Juden hier zu suchen, an diesem Tag?", kreischten andere. Ein Bauer erinnerte schreiend daran, wie der Heilige ums Leben gekommen war: die Juden hatten ihn umgebracht! Ein neuer Schrei genügte: „Sie haben schon wieder ein Kind ermordet!"

Innerhalb von Minuten waren die Juden umringt. Nathan ben Simon und Salomon Langer wurden gepackt, ehe die Wache begriff, was geschah. Den zwei Unglücklichen war nicht zu helfen, Nathan und Salomon starben einen qualvollen Tod. Die anderen Parnejsim wurden von den Wachen eilig durch ein Seitentor hinausgeschoben. Wütend, dass sie die Männer nicht fassen konnten, zog die Meute zu den jüdischen Häusern, sie drangen ein und zerschlugen alles, was sie sahen, warfen Bücher und Papiere aus den Fenstern, jagten die verstörten Bewohner und Bediensteten von einem Raum in den anderen, bis sie ihrer habhaft wurden und sie heftig misshandelten. Im Hause Joschua Rubens', der gerade unterwegs war, fanden sie einen großen eisernen Geldschrank, doch dieser war eingemauert und hielt den Hieben stand. Moische, der noch immer im Haus lebte, war es gelungen, Judith auf den Arm zu nehmen und mit ihr das Versteck unter dem Dach zu erreichen, in dem er sich einst mit Riwka getroffen hatte. Er drückte eine Hand auf den Mund des Kindes, doch Judith war verständig, sie hätte keinen Laut von sich gegeben. Sie kauerten zusammen am Boden, eng aneinander

gepresst und hörten, wie unter ihnen der Pöbel alles zusammen-
schlug. Judith klammerte sich an den Hauslehrer, sie hörten erschreckte Rufe, Gelächter und Gepolter, dann gellende Schreie
gefolgt von tosendem Gebrüll.

Sie konnten nicht wissen, dass Judiths Mutter und ihr Sohn
Aaron aus dem Fenster im zweiten Stock gesprungen waren, wo-
bei Feigele tödlich verletzt und Aaron von einem betrunkenen
Bauern erstochen wurde.

Brüllend zog die Meute zur Synagoge. Salomons Sohn Adam,
der gerade den Raum putzte, gelang es, durch die Hintertür zu
fliehen und sich in den stinkenden Graben am Straßenrand zu
werfen. Die aufgebrachten Menschen drangen in das Häuschen
ein, eine Frau riss die Decke vom Vorleserpult und band sie sich
um die breiten Hüften, eine andere tat es ihr gleich mit dem
Samtvorhang des Tora-Schrankes, während ein Mann grinsend
ein großes in Leder gebundenes Buch in sein Wams steckte, da
konnte man was Schönes daraus machen. Der Tora-Schrein selbst
wurde zertrümmert, die heiligen Schriften zerrissen und auf den
Boden geschleudert, ein silberner siebenarmiger Leuchter verschwand, ebenso andere Gegenstände wie zwei Kidduschbecher
und eine Öllampe aus Bronze. Zum Schluss wurde das kleine
Gebäude in Brand gesteckt.

Adam schluchzte aus Angst und ohnmächtiger Wut. Er konnte die Flüche und Schreie hören. Er schalt sich einen Feigling,
wusste jedoch, dass er im Dreck verharren musste, wenn er am
Leben bleiben wollte. Sie würden ihn sofort wie einen räudigen
Hund totschlagen. Verzweifelt dachte er an seinen Vater, der gerade zur Burg gegangen war! Leise schluchzend betete er, dass
dem Vater nichts geschehen sein möge.

Kein jüdisches Haus im Ort entging der Plünderung. Adam
war einer der wenigen Walberger Juden, die dem Tod entkamen.
Die Blutlust war aufgepeitscht, die Meute zog auf die Landstraße, angeführt vom Bauer Eisner, der endlich seinem angestau-
ten Ärger über die Juden Luft machen konnte. Auf dem Judenweg zwischen Walberg und Burgheim trafen sie auf eine Gruppe
polnischer Flüchtlinge. Schäumend vor Wut erschlugen sie einige
der Männer und Frauen, den anderen gelang die Flucht.

Danach verteilte sich die Rotte, haltlose Männer durch-
kämmten die umliegenden Dörfer, ohne dass jemand sie aufhielt.
Jedes jüdische Haus wurde zerstört. In Neustein wies ein Kleinbauer hämisch auf Nathans Haus, es schien ihm eine gute
Gelegenheit, seine Schuldscheine auf einen Ochsen loszuwer-

den. Die Meute erstürmte das schwere Tor, trieb Nathans Tiere, die für den Markt bestimmt waren, aus dem Stall, diese liefen brüllend durch die Dorfstraße, bis sie von Bauern eingefangen und in ihre eigenen Ställe getrieben wurden.

Jemand stimmte das Landsknechtslied an „Setzt auf das Dach den Roten Hahn!" Sofort befolgte ein anderer die Anregung und warf einen Kienspan auf das Strohdach, das knisternd Feuer fing. Keinem im Vorderhaus gelang es, den schnell um sich greifenden Flammen zu entkommen. Jettel versuchte verzweifelt, mit Gideon in den Hof zu gelangen, doch ein Balken fiel herab und versperrte ihnen den Fluchtweg. Die anderen Frauen starben zusammen in der Küche, die sofort lichterloh brannte, noch ehe die Flammen die Treppen erfassten. Chaim Hirsch, der Rabbiner, und Nathans alter Onkel erstickten im Rauch, der in ihr Dachzimmer drang. Nur David überlebte mit schlimmen Brandwunden. Einige Nachbarn, darunter der Sattler, nüchtern und nicht von der Blutlust ergriffen, befürchteten, dass der Brand auf ihre Häuser übergreifen könnte und begannen, ihn mit Wassereimern zu löschen. Die Bewohner des Hinterhauses konnten dadurch gerettet werden.

Auch Jakob wurde gerettet. Er war nicht im Dorf gewesen, kam zurück, als das Haus lichterloh brannte und sah, wie Nachbarn die Flammen löschten. Er wollte durch das brennende Tor stürzen, doch der Sattler, der mit tränenden Augen das Geschehen beobachtet hatte, hinderte ihn daran, hielt ihn am Umhang fest. „Weg musst du von der Straße, Jacki!", murmelte er flehend, „die sind verrückt geworden. Den anderen kannst du nicht mehr helfen!" Er zog den jungen Mann in die Werkstatt, verrammelte die Tür und verbat der Frau zu verraten, dass sie Jakob versteckten.

Die Unruhen forderten einundzwanzig Menschenleben, zehn Männer und Frauen wurden verletzt. Lisa war mit auf der Straße, um beim Feuerlöschen zu helfen. Sie begriff nie, wodurch die Katastrophe ausgelöst worden war.

12

Nach zwei Tagen stellten Husaren endlich wieder Ruhe her. Sie fassten drei Tagelöhner, in deren Hütten sie Beutegut aus den Judenhäusern gefunden hatten. Die Männer wurden ausgepeitscht und verjagt. Den Bauern konnte jedoch nichts nachgewiesen werden, sie waren gewiefter und verfügten außerdem über mehr Stauraum.

Ulrich von Seckeling war äußerst aufgebracht über den Vorfall. Sein Ansehen war gesunken und sein Eigentum hatte an Wert verloren, da die Dörfer viel Schaden erlitten hatten. Außerdem war er erschrocken, wie seine Untertanen binnen weniger Augenblicke handgreiflich werden konnten. Das zeugte von Unzufriedenheit, die sich auch gegen die Burg hätte wenden können. Der Bischof war von seinem Gefolge schnell in Sicherheit gebracht worden. Das Gelage in der Burg, das Seckeling vorbereitet hatte und zu dem alle wichtigen Leute der Gegend eingeladen waren, hatte abgesagt werden müssen. Ein Ereignis, das Seckelings Ruf erhöhen sollte, hatte in einer Demütigung geendet.

Wutschnaubend ließ er Pater Angelus ausrichten, dass seine Gemächer benötigt würden. Der Märtyrer brauche keine weitere Unterstützung des Paters.

Erschüttert und in wenigen Stunden um Jahre gealtert, hatte Angelus Toma nur noch einen Dienst verrichten können. In der Nacht der Ausschreitungen hatte er die Leiche des toten Mädchens in einer Ecke des Friedhofes begraben. Er wollte nicht, dass andere das unschuldige Kind wie einen Hund verscharren. Der Ritter hatte angeordnet, die Mutter zu suchen, doch es wurde keine Spur gefunden.

Pater Angelus hatte nichts anderes erwartet. Keine Hebamme war bei dieser Geburt anwesend gewesen. Keine Frau würde sich selbst stellen.

Wessels war genauso wütend wie sein Herr. Da dieser ihm das Judenamt anvertraut hatte, ließ der Amtsherr die überlebenden Räte kommen und sprach sie wie üblich von einer kleinen Kanzel im Burghof an. Er erklärte den Versammelten, dass es ihre Pflicht sei, die Judenhäuser wieder in Ordnung zu bringen. Da sie aber selbst nicht in der Lage seien, Hand anzulegen, müsse er ihnen eine Steuer auferlegen, damit die Bau- und Zimmerleute unverzüglich mit der Arbeit beginnen könnten. Die Synagoge müssten die Juden auch auf eigene Kosten herstellen. Der Amtsherr weigerte sich, den Einspruch der Parnejsim gegen diese Verfügung anzuhören und meinte, dass Joschua Rubens der Gemeinde schon das nötige Geld würde vorstrecken können. Außerdem verlieh er Jakob, Nathans ältestem Sohn, großzügigerweise einen Schutzbrief – nach Zahlung der üblichen Gebühren, versteht sich. Das würde ihm erlauben, sich zu verehelichen. Sein Bruder David sei ebenfalls von dem Schutzbrief gedeckt, auch der Vetter Daniel, der auf geheimnisvolle Weise zur Familie zurückgekehrt war. Andere Anträge würden geprüft werden, kündigte der Amtsherr an. Zum Schluss drückte er kurz sein Mitleid wegen der Todesfälle aus und erinnerte an die Gebühren für Beerdigungen.

Jakob, der mit den anderen Überlebenden im beschädigten Hinterhof wohnte, war verzweifelt. Zwar wusste er, wo sich sein Vieh befand, aber er besaß keinen Stall mehr, in dem er es hätte unterbringen können, und auch das Futter war bei den Ausschreitungen verbrannt. Wie die anderen Juden lebte er von der Wohlfahrtskasse der Kehile.

Dennoch, ein Schutzbrief war ein Schutzbrief. Geldwechsler Rubens, gebeugt vor Schmerz über den Verlust seiner Frau und seines Sohnes, hatte Judith in Begleitung des Hauslehrers zu Verwandten nach Amsterdam geschickt. Er konnte sich nicht um das Mädchen kümmern, das, von den Erlebnissen verstört, tagelang in einer Wohnzimmerecke gehockt hatte. Jakob erkannte den Schlaufuchs Joschua Rubens kaum wieder, er sah vor sich einen trauernden alten Mann mit rot umränderten Augen im fahlen Gesicht. Der Geldwechsler hörte sich Jakobs Vorschlag, ihn zum stillen Teilhaber eines zukünftigen Viehhandels zu machen, an, doch er lehnte ab. Er hatte sein Interesse an neuen Geschäften verloren. Aber er half dem jungen Mann bei der Aufnahme von Krediten in Fürth.

Jakob wusste, dass der Aufbau lange dauern und viel Kraft und Geld kosten würde. Die Tage waren vorbei, in denen Händler ihre Pferde und Rinder leicht an den Mann bringen konnten, denn es herrschte große Armut unter den Bauern. Doch womit sollte Jakob sonst handeln? Zahlreiche Juden verkauften Textilien. Aber davon verstand er nichts. Er sah keinen anderen Weg als zu versuchen, das Geschäft neu aufzubauen. Sein Bruder David war schwer krank, eine große Brandwunde entstellte sein

Gesicht. Man hatte ihn nach Fürth gebracht, wo er von einem guten Arzt versorgt wurde. An eine Ehe dachte Jakob kaum. Er war nur dankbar, dass sein Vetter Daniel zurückgekehrt war. Wie es dazu gekommen war, erfuhr er nicht. Alle hielten es für ein Wunder.

13

Sepp hatte endlich den Entschluss gefasst, nach Ostern ins Rheinland zu ziehen. Der Gedanke kam ihm, nachdem Pierre von einer Reise in seine Heimat zurückgekehrt war und vom Neuaufbau am Rhein erzählt hatte. Sicher war dort etwas zu holen. Außerdem war die Bande nicht mehr dieselbe wie früher. Die Zwillingsbrüder Jochen und Jürg waren kurz nach Neujahr ohne viele Worte weggegangen. Karl war betrunken in eine Schlägerei im Wirtshaus verwickelt worden, dabei hatte ihn ein Kutscher als einen der Räuber erkannt, die ihn einst überfallen hatten. Zwar konnte Karl entkommen, aber die Gegend war für ihn seitdem nicht mehr sicher.

Die Bande stimmte Sepps Umzugsplänen zu. Sie teilten den gemeinsamen Besitz auf, und Sepp wies an, dass jeder allein den Weg nach Köln antreten solle, dort würden sie sich in einem Monat auf dem Marktplatz treffen.

Sepp selbst ging mit Daniel nach Neustein. Der Junge würde sie nicht verraten, davon war der Bandenführer fest überzeugt. Es hatte sich eine herzliche Beziehung zwischen ihm und Daniel entwickelt, der Junge mochte Sepp, der ihn fast wie einen Sohn behandelte. Man konnte beinahe von einer Freundschaft sprechen zwischen dem unbeholfenen großen Mann und dem klugen Buben. Außerdem hing der Junge auch an Pierre, schon seinetwegen würde er die Männer nicht verraten. Sepp nahm Daniel zur Seite und sagte ihm, er würde seinen Onkel bald wiedersehen. Aber nur, wenn er ganz sicher sein könne, dass Daniel niemals etwas über die Bande erzählen würde, nicht einmal im Beichtstuhl.

Daniel lachte. „Bei uns gibt es keine Beichte. Nur ein Mal im Jahr, am Versöhnungstag, erzählen wir dem Ewigen, was wir verbrochen haben."

„Sag's aber nicht laut, Dani!", lachte Sepp. „Du musst den Leuten eine Geschichte erzählen, wo du warst. Kannst sagen, was stimmt. Dass du nicht mehr viel weißt, weil du hingefallen bist …"

Fest blickte er dem Jungen in die Augen. „Der hat dir was getan, der Ritter, ja?", fragte er zum ersten Mal.

Daniel wandte sich ab. Darüber würde er nicht reden. Auch nicht mit Sepp. „Ich weiß nichts mehr", sagte er. Von Hebelein, dachte er, der Große hieß von Hebelein. Er presste seine Lippen aufeinander, es gelang ihm, seine Tränen zurückzuhalten. Weinen, das taten nur kleine Buben.

Gemeinsam dachten sie sich eine Geschichte aus. Daniel sei verletzt gewesen, er erinnerte sich, das man ihn gefunden und in einem Karren zu einer Hütte gefahren hatte, wo ihn ein altes Weib betreute. Die hätte gesagt, dass man von den Juden Geld für ihn verlangen sollte. Nach einiger Zeit hatte er sich erholt, sei von ihr geflohen und tagelang unterwegs gewesen.

Daniel war stolz, dass Sepp ihm vertraute. Er verstand, dass er nichts von seinen Erlebnissen erzählen durfte, jedenfalls nichts, was Fahnder auf die Spur der Bande bringen könnte.

„Ich verrat nichts", versprach er fast schluchzend. Er war aufgeregt. Natürlich wollte er zurück zur Familie, gleichzeitig schluckte er einige Tränen hinunter, er würde Sepp und Pierre vermissen.

Sepp, der seine Männer kannte, machte aus Daniels Versprechen eine Zeremonie. Er versammelte alle im Kreis, stellte Daniel in die Mitte auf einen Stein und befahl ihm, einen Eid auf den Gott Abrahams, Isaaks und Jakobs zu schwören, niemals die Geheimnisse der Bande preiszugeben.

Überwältigt von dem Ernst der Männer und der Feierlichkeit des Augenblicks, legte Daniel den Schwur ab. Zuletzt sprach er das Schma Israel, das machte selbst auf Karl großen Eindruck.

August und Pierre blieben bei Sepp, während die anderen innerhalb der nächsten Tage aufbrachen. Es war am Tag der Ausschreitungen, als August am späten Nachmittag ins Wirtshaus „Zum Hirsch" ging. Er wollte zwar wie die anderen als Bettler reisen, aber Sepp hatte befohlen, jeder müsse genug Brot und Käse für mehrere Tage bei sich haben. August fand alles in heller Aufregung, man hatte zuerst von einem der kranken Pilger gehört, was vorgefallen war. Dieser war in der Kirche gewesen, hatte den Aufruhr gehört, war mit den anderen Kranken, die vor dem Schrein gewartet hatten, im Gebäude festgehalten worden. Erst nach Stunden war er befreit worden und konnte in einer Kutsche zurück in die Herberge fahren.

August beeilte sich, so schnell in die Höhle zurückzugehen, wie sein Gebrechen es erlaubte. Er flüsterte Sepp zu, was er erfahren hatte. Die Plünderung der Judenhäuser interessierte ihn natürlich mehr als der Bericht, dass man eine Leiche im Reliquienschrein entdeckt hatte. Schade, dass sie nicht dabei waren!

Sepp nickte, dachte, dass es keine bessere Gelegenheit geben könnte, Daniel ohne viel Aufsehen ins Dorf zu bringen. Entschlossen sagte er dem Jungen, er solle sich verabschieden und den Hund holen, sie würden gehen. Erst unterwegs erzählte er Daniel, dass es im Dorf gebrannt habe, vielleicht sei das Haus seines Onkels beschädigt, sie müssten sich das erst ansehen.

Sie liefen vorsichtig. Der Mond schien, aber die hohen Tannenbäume ließen wenig Licht in den Wald. Einmal spürte Pippin Rehe auf, die wild auseinander stoben. Sepp kannte sich aus, er tastete jeden Stein und jeden Baum ab, machte Umwege, er wollte es dem Jungen erschweren, sich an den Weg zu erinnern. Im Wirtshaus hatte man erzählt, die Meute hätte auch Neustein erreicht und das Haus des Viehhändlers übel zugerichtet. Sepp hatte keine Angst, ins Dorf zu gehen, nicht in dieser Nacht, in der alles drunter und drüber ging. Zuerst erreichten sie die Mühle, die am äußersten Ende des Dorfes lag, dann gingen sie einen schmalen Pfad entlang ins Dorf.

Zahlreiche Männer, Frauen und Kinder waren noch mit Löscharbeiten beschäftigt, der Brand hatte doch auf einige Hütten übergegriffen. Viele tummelten sich in der Straße, die Mordlust hatte sich so schnell gelegt, wie sie geweckt worden war. Sepp, der nicht genau wusste, was vorgefallen war, fasste die Hand des Jungen, als sie Rauchwolken erblickten. Daniel sah, dass sie von seinem Elternhaus kamen, riss sich los und rannte auf den Hof zu, den Hund immer an seiner Seite. Sepp blieb stehen. Das war besser als Abschied zu nehmen. Selbst Pierre war es schwer gefallen, den Jungen gehen zu sehen.

Atemlos lief Daniel durch die Menge der Schaulustigen und stieß mit Lisa zusammen. Im Mondschein erkannte sie den Jungen. Sie hatte vergessen, dass er vermisst wurde und freute sich, dass noch einer von nebenan lebte. Sie warf die Arme um ihn. „Du bist da!", rief sie. Sepp erkannte ihre Stimme und war erleichtert. Lisa! Die würde keinem erlauben, dem Jungen Gewalt anzutun. Gut so. Auch gut, dass Lisa ihn nicht gesehen hatte. Eilig entfernte er sich und war froh, dass Daniel wieder zu Hause war. Er hörte nicht mehr, wie jemand rief: „Die sind alle tot!" und Daniel laut aufschrie: „Onkel Nathan!", ehe es Lisa gelang, ihn von der Straße wegzuziehen.

Später kamen Fragen nach seinem Verbleib und nach der plötzlichen Rückkehr. Da Daniel zwar stammelte, sich aber trotzdem nie widersprach, an der Geschichte mit dem Karren und dem alten Weib festhielt und immer wieder sagte, dass er am Kopf verletzt war, glaubte man ihm. Amtsmann Wessels, der Daniel zwei Tage nach seiner Rückkehr persönlich verhörte, meinte, dass ihn die Gauner nach den Überfällen auf die Judenhäuser hatten laufen lassen, weil sie von dort kein Lösegeld mehr erwarten konnten. Er fügte hinzu, dass das bedeute, die Bande hielte sich in der Nähe von Neustein auf. Und so befahl er, sie zu suchen.

Doch es war vergeblich. Selbst wenn Wessels' Männer die Höhle gefunden hätten, wären sie dort auf niemanden gestoßen. Denn Sepp und August hatten ihr Versteck am Tag nach den Ausschreitungen gegen die Juden verlassen und waren ins Rheinland gezogen.

Die Dorfkinder beneideten Daniel um sein Abenteuer und rächten sich dafür. Als er zum ersten Mal wieder auf die Straße trat, rannte ihm eine Horde Jungen nach. „Feigling! Lügner! Judensau!", riefen sie hinter ihm her und zeigten mit den Fingern auf ihn. Sie hatten gehört, was die Väter sagten und redeten es ihnen nach. „Feiglinge sind das, die Juden! Das kann uns keiner weismachen, dass ein Jude mit einem Ritter gekämpft hat! Das war anders, als die gesagt haben! Und das Kind? Das hat sich irgendwo verkrochen, die Geschichte mit dem Weib ist eine Lüge! Ein Jude macht nur den Mund auf, und was rauskommt, ist eine Lüge!"

Als die Jungen das nächste Mal Löw einen Feigling nannten, ging Daniel dem Eisner Bub an die Gurgel. Sie balgten sich und lagen eng umschlungen auf der Erde, andere schlugen ebenfalls auf Daniel ein, bis zuletzt einer der Buben Daniel einen Tritt in den Rücken versetzte. Der aber hatte Pech, denn Lisa, die Daniel seit dem Brand als ihren Schützling betrachtete, hatte es gesehen, versetzte dem Jungen eine Ohrfeige und zog den halb bewusstlosen Daniel aus dem Haufen. Er ließ sich das Blut abwaschen, dann wehrte er sich gegen Lisas Fürsorge, riss sich los und lief mit Pippin wie von Furien verfolgt in den Wald.

Der Hund schien zu ahnen, wohin es gehen sollte, er schnüffelte durch das dicke Gebüsch, bis sie den Bach erreichten. Von dort führte er Daniel zur Höhle. Der Junge sah den Tisch, einen Strohsack, die Feuersteine und warf sich auf den Boden. Er weinte nicht. Dafür war seine Wut zu groß. Warum waren sie so gemein zu uns Juden? Warum wurden Juden immer beschimpft und beleidigt? Warum verstanden sie nicht, dass Tate kein Feigling war! Und nun war er tot. Wie die Mame und all die anderen. Die Erinnerung an den Mann, der ihn misshandelt hatte, erfasste ihn. Zornig hämmerte er mit beiden Händen auf die Erde, als ob es seine Feinde wären, die er schlug.

Der Hund, verwirrt von Daniels Schreien, die durch die Höhle hallten, drückte sich an ihn. Daniel schlang seine Arme um das Tier und schrie seinen Zorn und seinen Schmerz hinaus. „Warum muss ich als Jude geboren sein?", fragte er schallend. Das Echo antwortete, erschreckte den Jungen, der erstarrte, als er merkte, was er gesagt hatte. Trotzig setzte er sich auf und atmete tief. Wünschte er sich, zu sein wie die anderen? Er wusste es nicht. Er wusste nur, dass er zutiefst unglücklich war. Endlich kamen ihm die Tränen, er weinte. Um die toten Eltern, über die endlosen Verhöhnungen, über sich selbst. Er weinte, bis er keine Tränen mehr hatte. Schließlich fasste er sich und wusch sich im Bach, ehe er den Rückweg ins Dorf antrat. Eines hatte er nun: ein Versteck für sich allein.

14

Sieben Jahre waren seit den fürchterlichen Ausschreitungen gegen die Juden vergangen. Daniel war längst ein Mann geworden und sehr stark für seine achtzehn Jahre, er war nach seinem Vater geraten. Er unterstützte Jakob im Viehhandel und begleitete ihn häufig auf den Geschäftsreisen nach Bamberg.

Es war an einem sonnigen Junitag, als Daniel am Rande des Viehmarkts auf Jakob wartete. Ungeduldig schaute er sich um, in den Händen hielt er die Zügel der beiden Pferde, die er soeben gesattelt hatte, damit sie zurückreiten könnten.

Für Pippin hatte Daniel schon lange eine kleine Seitentasche am Sattel angebracht, vielleicht sollte er ihn schon hineinsetzen. Es war Zeit zu gehen. Da erblickte er Jakob und war erleichtert, als er sah, dass dieser am anderen Ende des Marktes in ein Gespräch mit einem Bauern verwickelt war. Der junge Viehhändler gestikulierte lebhaft, es schien ihm soeben ein Geschäft gelungen zu sein.

Daniel tätschelte einem der Pferde den Hals, sagte beschwichtigend, dass sie bald reiten würden. Die Geschäfte gingen vor. Sie hatten jeden Verkauf bitter nötig. Nach den Ausschreitungen hatte die Familie schwierige Zeiten durchgemacht, und es fiel ihnen noch immer nicht leicht, alle Schulden zu bezahlen. Bald waren die jährlichen Schutzsteuern fällig, dabei durfte kein Kreuzer fehlen. Vor zwei Jahren musste Jakob erneut Kredit aufnehmen. Da Joschua Rubens gestorben war, hatte sich der Viehhändler an Abraham Lämmle, den Hofjuden des Markgrafen, gewandt. Seit Tagen fragte sich Daniel, ob Jakob wohl auf den Vorschlag des Frankfurter Schadchens eingehen würde, jene Frau zu heiraten, die eine Mitgift von vierhundert Talern hatte. Das war vielleicht eine bessere Lösung als zu versuchen, Geld zu leihen.

Daniel war in Gedanken versunken, als ihn plötzlich von hinten jemand anrempelte. Er packte das Handgelenk eines zerlumpten Menschen, der anscheinend betrunken über den Markt torkelte. Der Mann versuchte, ihn abzulenken und nach seinem Geldbeutel zu greifen, den er unter dem Umhang befestigt hatte. Daniel wollte den Mann eben stellen, als er in ein rollendes Auge blickte und dann den Stumpen am rechten Arm des

Mannes sah. „August!", rief er überrascht und lockerte seinen Griff.

Der Mann trat einen Schritt zurück, betrachtete Daniel und grinste. „Daniel?", fragte er, „bist du Dani?"

„Wer sonst?" Daniel lachte vor Freude. Wie oft hatte er an die Zeit mit der Bande gedacht! Er war seit seinem ersten Besuch oft im Wald in der Höhle gewesen, hatte dort Zuflucht gesucht und stets für frisches Stroh und Holz gesorgt. Wie lange war das her!

August! Der ehemalige Söldner war nicht nur zerlumpt, sondern dürr und ausgemergelt. Daniel griff in seinen Sack und fand Brot und Käse. Er hatte seine Speise stets dabei, denn koscheres Essen gab es nicht auf dem Markt. Während August gierig aß, gingen sie zusammen auf Jakob zu, der noch immer in ein Geschäft verwickelt war.

August schluckte den letzten Bissen hinunter und betrachtete Daniel von der Seite. „Groß bist du geworden, Dani!", musterte er ihn. „Lebst du beim Onkel?", fragte er. „Braucht der einen Knecht?"

Daniel schüttelte den Kopf. August hatte nichts von Nathans Tod erfahren, sicher waren er und Sepp schon weggegangen, als man davon sprach. Einen einarmigen Knecht würde Jakob kaum einstellen, außerdem konnten sie sich keinen leisten. Jeder in der Familie musste hart arbeiten. Sogar Jossel, der zarte Jeschiwe-Bocher, der jetzt im Haus lebte und die Neusteiner Kinder im Hinterhof unterrichtete, musste oft mit Hand anlegen. Er fragte, warum August nicht im Rheinland war.

„Wir haben uns durchgeschlagen", erzählte er, „irgendwie ging es eine Weile. Dann haben sie Hannes gekriegt und ihm ein Brandmal ins Gesicht gemacht – da ist er ins Wasser gegangen. Und dann hat Sepp ...", er hustete, hatte einen Bissen zu schnell verschluckt, „Sepp hat eine Witwe gefunden. Groß und breit ist sie, die Marie. Hat einen Bauernhof, sogar Weinstöcke! Sie mochte den Kerl. Nun ist er fein raus, mit seiner Marie. Den Franzl hat sie als Knecht genommen. Aber ich tauge nichts mehr für einen Hof."

Daniel verstand. August war in die Gegend zurückgekommen, die er kannte. Sicher konnte er sich hier als Bettler durchkämpfen, beim Geldbeutelstehlen war er ja wohl nicht so geschickt wie Pierre! Daniel wollte noch weiter fragen, als ein Mann in einer Kutte seine Aufmerksamkeit erregte. Er war umringt von einer ehrfürchtigen Menge, auf die er mit hoher, hysterischer Stimme einredete. Wanderprediger waren beliebt, sie verbreiteten das Wort Christi auf eine Weise, die dem Volk verständlicher war als das Latein der Geistlichen.

„Das verruchte Volk ist stets unter uns!", schrie er. „Hier auf dem Markt stehlen sie dem Bauern sein ehrliches Brot, das er sich erarbeitet hat im Schweiße seines Angesichts! Die Mörder des Heilands morden weiter! Sie lehren weiter ihre lästernde Religion aus ihren verruchten Büchern, die Jesus Christus und die Heilige Jungfrau entehren und beleidigen!"

Pater Angelus hatte seinen Laienbruder Paulus verstoßen, nachdem er erfahren hatte, dass sein Diener die Panik vor der Kirche ausgelöst hatte. Paulus hatte seine Enttäuschung über den Pater in Hass gegen die Juden gerichtet. Waren sie es nicht, die den Reliquienschrein entheiligt hatten? Sie waren selbst schuld an allem, was ihnen zustieß! Seit den Neusteiner Ausschreitungen war Paulus mit seinen Hasstiraden gegen Juden durch die Länder gezogen. Er befand sich nun seit vielen Jahren wieder in dieser Gegend.

Plötzlich hörte Daniel ärgerliche Rufe aus der Menge, sah, wie sich Fäuste in die Luft reckten. „Ich muss zu Jakob!", sagte er hastig. „Er muss raus, weg von hier!" Noch ehe Daniel überlegen konnte, wie er es bewerkstelligen sollte, nahm ihm August die Zügel aus der Hand und flüsterte hastig in der Gaunersprache, er würde die Pferde halten und Pippin in die Seitentasche stecken, während Dani schnell den Vetter holen sollte. Daniel gelang es, sich einen Weg durch die Menge zu bahnen. Selten hielt man ihn für einen Juden, er war bartlos, gut gewachsen, seinem Gesicht fehlte die gebogene Nase, die vielen seiner Glaubensgenossen eigen war. Jakob hatte ebenfalls einige zornige Worte aufgeschnappt, er folgte Daniel ohne Protest. Mit einem kurzen Gruß an August, dem Daniel noch ein Silberstück zuwerfen konnte, ließen sie den Markt und Bamberg hinter sich.

Es sei ein Glück, bemerkte Jakob, dass ein echter Christ ihnen die Pferde gehalten habe, und nur gut, dass der alte Pippin schon in der Tasche gesteckt habe, der mochte Fremde nicht. Da fiel es Daniel schwer, nicht zu sagen, dass es kein echter Christ und überhaupt kein Fremder, sondern der Räuber August gewesen sei.

Knapp drei Wochen später, als Daniel allein in Bamberg war, sah er August wieder. Doch diesmal freute er sich nicht, sondern erschrak heftig. Als Daniel die Stadt betrat, sah er viel aufgeregtes Volk zusammenlaufen und hörte freudige Ausrufe. Ein Dieb sollte gehängt werden! Noch ehe er jemand fragen konnte, sah er den Galgen auf einem Hügel und davor einen Mann stehen, dem bereits der Strick um den Hals gelegt worden war. Er erkannte sofort die Lumpen, die August getragen hatte. Daniels scharfe Augen erblickten den Armstumpf, er sah, wie August einem Geistlichen abwinkte, vor ihm stand der Henker und sein Geselle, der Geistliche erhob betend die Hände, während der Henker wartete.

Der Abscheu würgte Daniel. Dieser Anblick war nicht zu ertragen! Er hasste die Menge für ihr helles Vergnügen, wollte sich auf den Henker stürzen, verspürte eine ohnmächtige Wut. Im Weggehen hörte er noch die salbungsvollen Worte des Priesters, dann hatte er endlich die Menge hinter sich und ritt zurück. Unverrichteter Dinge kam er nach Hause, erklärte niemandem warum.

Etwas später erfuhr er, was vorgefallen war. Holzer, der Wirt vom „Hirsch", hatte August verraten. Seine Herberge war durchsucht worden, weil die Obrigkeit überzeugt war, dass sie eine Diebeshöhle sei. Man hatte einiges gefunden, der Wirt hatte aber alles auf August geschoben. Er hätte diese silbernen Kelche in seinem Haus versteckt. Der Wirt hatte August nicht gewarnt, dass die Obrigkeit Bescheid wusste. Als August das nächste Mal in der Herberge einkehrte, wurde er gefasst und in Banden geschlagen. Sie hatten ihn gefoltert, er hatte alles bestritten.

Den Wirt haben sie nicht gehängt, dachte Daniel verbittert. Natürlich nicht. Der ist ein guter Informant der Obrigkeit. Daniel fragte sich, ob es wirklich August war, der die Kelche aus der Kirche gestohlen hatte und ob er sie Mordechai geben wollte. Er erinnerte sich an die Gespräche in der Höhle: der Name des Hehlers war eines der großen Geheimnisse gewesen. Daniel spürte, wie er um August trauerte und wie zornig er über sein Ende war. Da war so vieles, was ihn wütend machte! Es schien ihm, als ob er einen ewigen Zorn in sich trug, von dem er sich niemals würde befreien können.

15

Hunderte von Menschen drängten sich auf dem Bamberger Marktplatz. Jeder wusste, man würde einen Juden aufhängen, das war etwas besonderes. Den Galgen hatte man bereits am Vortag aufgestellt. Die Menge freute sich auf das Spektakel. Der Hausierer Lopes sollte hingerichtet werden.

Daniel lag bäuchlings auf dem Ast einer Eiche in der Nähe des Benediktiner-Klosters, das auf einem der sieben Hügel der Stadt stand. Von hier aus hatte er eine gute Aussicht. Weil er kräftig gebaut war und älter als zwanzig wirkte, bedachte ihn so manche Frau mit interessierten Blicken.

Missmutig beobachtete er das Getümmel von Menschen und Tieren am Abhang des Hügels. Er hatte zwar noch nie eine Judenstrafe erlebt, aber er ahnte, was bevorstand. Vor einigen Jahren hatte er einmal gesehen, wie der Henker ein Urteil vollstreckte.

Er erinnerte sich, wie er Lopes einst unterwegs getroffen hatte. Der Hausierer war über Schleichwege, über die Judenwege, gelaufen und hatte dadurch die Grenze des bischöflichen Stifts ohne Leibzollabgabe überquert. „Ich habe in den letzten Tagen nur einen Mantel verkauft, die Bäuerin hat einige Kreuzer angezahlt, ich werde den Rest in zwei Wochen abholen", hatte er Daniel erklärt. „Ich habe kein Geld für den Zoll." Sie waren eine Zeit lang gegangen, als plötzlich Soldaten kamen. „Wo habt ihr die Quittung für den Leibzoll?", fragte der Offizier barsch. Und als Lopes diese nicht vorweisen konnte, hatte er ihn ins Gesicht gepeitscht, bis das Blut spritzte. Sie wurden beide nach Walberg geschleppt und Lopes in den Kerker geworfen. Mit einer Geldstrafe kam er los, die hatte Daniel von seinen Ersparnissen bezahlt. Er hatte Lopes stets gern gehabt. Warum wehren wir uns nie, dachte Daniel, warum haben die anderen immer das Recht und die Macht?

Daniel merkte, dass Bewegung in die blutdurstige Menge kam. Geistliche beider Konfessionen waren gekommen und standen unter dem Galgen. Sie erhofften sich, den zum Tode Verurteilten in seiner letzten Stunde noch zur Konversion zu bewegen. Ein Jude sollte nicht im Unglauben sterben dürfen. Warum hängte man Juden an den Füßen auf, fragte sich Daniel verzweifelt. Damit sich der Todeskampf über Stunden hinzog und die Geistlichen den Gehängten wieder und wieder bedrängen konnten?

Es schauderte ihn, als man den gefesselten Dieb in einem Karren herbeizog und ihm Seile an die Fußgelenke legte. Als er auf der Leiter stand, rief ein lutherischer Geistlicher: „Werde Christ und lass dich taufen!" Der Todgeweihte schüttelte den Kopf. Da packte ihn der Henker und zog ihn an den Füßen in die Höhe. Später hängte er einen Hund neben Lopes, so dass das Volk gleichzeitig den Todeskampf eines Tieres und eines Menschen erleben konnte.

Das verängstigte Tier schnappte um sich, erwischte die Waden des neben ihm hängenden Mannes, biss zu, so dass dieser laut aufschrie, was den Hund nur wütender machte, er schnellte in die Höhe und biss noch einmal zu, so dass Blut spritzte.

Ein Dominikaner rief laut, der Jude solle sich bekehren, die Unwahrheit seines Glaubens bekennen und die Taufe empfangen. Der Todgeweihte winkte mit einer Hand, worauf der Henker den Hund abnahm und das halb verreckte Tier mit einem Schlag tötete. Die Menge brüllte vor Freude, die Stimmen überschlugen sich, doch der Jude hatte es sich anders überlegt, er verweigerte nochmals die Taufe und betete mit ersterbender Stimme das Schma Israel.

Daniel hatte längst nicht mehr zusehen wollen und war auf einen anderen Ast gestiegen. Von dort aus konnte er über die Klostermauer blicken. Voller Erstaunen sah er die gepflegten Gärten und die langen überdachten Gänge mit ihren schön geschwungenen Säulen. Er rutschte etwas vorwärts, beobachtete, wie zwei Mönche einen dritten stützten, ihn in einen Stuhl mit hoher Lehne hoben und vorsichtig in den Garten trugen, wo sie ihn unter einen Baum in den Schatten stellten. Der wird nicht mehr lange leben, dachte Daniel, während er das fahle, hohlwangige Gesicht des alten Mönchs betrachtete. Er muss früher ein gut aussehender Mensch gewesen sein, mit den feinen Gesichtszügen, dieser Adlernase und dem schmalen Mund. Der alte Benediktiner schien Daniels Blick zu spüren, er hob die schweren Lider, und die beiden Augenpaare trafen sich. Es schien Daniel, als ob er ein kurzes Aufblitzen gesehen hätte. Hastig kletterte er vom Baum hinab und lief den Berg hinunter. Es ärgerte ihn, dass er die Aufmerksamkeit eines Mönchs auf sich gelenkt hatte. Der Geistliche war zwar alt und krank, aber Daniel hatte sich unnötig in Gefahr begeben.

Er mischte sich unter die Menge, versuchte in ihr aufzugehen. Nun hatte er erneut das grausige Schauspiel vor Augen, wollte entkommen und nicht Lopes' letzte Qualen miterleben, die Verfluchungen der Geistlichen hören, weil ihr Opfer die Bekehrung verweigerte. Er wollte nicht wissen, ob sie einen weiteren Hund neben dem Sterbenden aufhängen würden. Die Rache der Reichen war grausam für alle, die versucht hatten, einige ihrer Krümel zu erhaschen. Augusts Taten hatten sie auch gerächt, aber sein Ende war etwas leichter gewesen als das des Juden Lopes.

Daniel vergaß den alten Mönch im Kloster. Er konnte nicht ahnen, dass er in dem Pater eine Erinnerung geweckt hatte. Angelus Toma, der seine Gesundheit seit dem Vorfall in Walberg niemals zurückerobert hatte, war wenige Tage zuvor von einer mehrjährigen Walfahrt aus Rom schwer krank zurückgekehrt. Er hatte von seinem Stuhl aus den Jüngling gesehen und gemeint, dass ihm der Gesichtsschnitt bekannt vorkäme. Unwillkürlich wurde er an den Viehhändler erinnert, dessen Bruder zum Mörder und Opfer geworden war, während jener selbst bei den Ausschreitungen umkam. Der Pater schüttelte den Kopf, wieder war er bei dieser alten Geschichte gelandet. Welch Unsinn, einen der vielen Armen, der sich am Schauspiel unten in der Stadt ergötzen wollte, in Verbindung mit jenem Vorfall zu bringen! In Rom hatte der Pater die Geschichte erneut gebeichtet: den Missbrauch eines Kindes durch den Ritter und seinen eigenen Ehrgeiz, den Märtyrer aus dem Kloster in das Dorf zu bringen, was zu einem Mordfest geführt hatte. Als Sühne hatte er die beschwerliche Rückreise auf sich genommen, obwohl er eigentlich in Rom bleiben wollte. Er sah hinauf zum Baum. Der junge Mann war verschwunden. Pater Angelus lehnte sich zurück, die Augen fielen ihm zu. Kein Arzt musste ihm sagen, dass sein Leben bald zu Ende sein würde.

Niemand am Marktplatz beachtete Daniel, der gegen den Menschenstrom kämpfte, bis er die Straße erreichte und gemächlich bis zur ersten Brücke über die Regnitz außerhalb der Stadtmauern lief. Dort setzte er sich ins Gebüsch, um bis zum Abend zu warten. Er versank in Gedanken.

Nein, so wie der Hausierer Lopes wollte Daniel nicht enden! Er würde kämpfen bis zuletzt. Sie würden ihn erschlagen müssen, niemals würde er sich erhängen lassen. Augusts Schicksal war furchtbar gewesen. Aber Lopes' Hinrichtung entsetzte Daniel maßlos. Der Hausierer hatte kaum genug für den Leibzoll verdienen können, vom Brot für seine große Familie ganz abgesehen. Vor allem die Art des Todes bestürzte Daniel. Welchen

Spaß sie daran hatten, den Juden so elend sterben zu sehen! Sogar einen Jongleur hatte er gesehen, dem die Menge zujubelte, weil er das Zucken des Sterbenden scherzhaft nachahmte! Ein Volksfest machten sich Menschen aus dem Leid anderer, egal, ob es um die Verstümmelung eines Gauners ging, das Ertränken eines alten Weibes, das man der Hexerei bezichtigte, oder eben um den Tod eines Juden.

Plötzlich hörte er, wie sich ein Fuhrwerk näherte. Während es langsam an ihm vorbeifuhr, sprang ein junger Mann hinab. Es war Jossel, der schmächtige Jeschiwe-Bocher, der Daniel kaum bis zur Brust reichte. Er hatte schon zu Nathans Lebzeiten für die Familie kleinere Aufträge erfüllt und konnte durch Jakobs Schutzbrief nun endlich gedeckt werden. Er verehrte Daniel und bewunderte dessen energisches Wesen. Jossel war glücklich über ihre Freundschaft.

„Ist alles in Ordnung?", fragte Jossel mit leiser Stimme und setzte sich neben Daniel an den Wegrand. Daniel war froh, dass Jossel die Hinrichtung erspart geblieben war.

„Er ist noch nicht tot", sagte Daniel, wohlwissend, dass er Jossels Frage damit nicht beantwortete. Jossel wollte erfahren, was Daniel erreicht hatte, um das für die kommende Nacht geplante Vorhaben voranzubringen. Doch für Daniel war es zu früh, darüber zu sprechen. „Vor zwei Wochen war Lopes noch bei uns zum Schabbes!", sagte er mit erstickter Stimme. „Und nun ..." Er konnte nicht weitersprechen.

Lopes hatte Geschichten aus seiner spanischen Heimat erzählt, über Konvertiten, die voller Eifer katholisch geworden waren und es gerne bis zum Papst gebracht hätten. Alle hatten gelacht, selbst Bekka, Jakobs junge Frau, mit ihrem mürrischen Gesicht.

Daniel versuchte sich abzulenken und dachte an Jakobs Hochzeit, bei der seine Freunde, die Musikanten Herschel und Mendel, zum Tanz aufgespielt hatten. Den Stuhl, auf dem der Bräutigam saß, hatte er fast allein in die Höhe gestemmt, die anderen hätten es ohne ihn nicht so leicht geschafft! Die Braut wurde ebenfalls hoch gehoben und beide waren durch den Raum getragen worden. Danach hatten die Männer zusammen getanzt. Mit den Frauen durften sie nach den Regeln der Gemeinde nicht tanzen. Aber Daniel hätte es auch kaum gewollt. Jossel hatte ihm zugeflüstert, er wünschte, es sei erlaubt. Daniels Gesicht verfinsterte sich. Er wusste, dass sich Männer seines Alters nach dem Umgang mit Frauen sehnten. Er aber hasste es, angefasst zu werden, empfand kein Verlangen, andere zu berühren. Er verstand nicht, warum. Er verscheuchte diese Gedanken. Bekümmert dachte er, dass er seinem Vetter Jakob eine sanftere Frau gewünscht hätte. Bekka war streitsüchtig und rechthaberisch, sie stiftete Unfrieden im Haus. Vielleicht würde es besser werden, wenn sie eigene Kinder hätten. Daniel seufzte. Hatte Jakob Bekka nicht vor allem wegen ihrer Mitgift genommen? Um sich einiger Sorgen zu entledigen?

Jossel rückte die Bücher zurecht, die er auf seinem Rücken trug. Er sollte wie der fahrende Scholar aussehen, der er bis vor kurzem war. Ängstlich blickte er sich um. „Das Zeug hab' ich im Sack", berichtete er leise. „Die beiden schlafen im Wald. Und sechs weitere Männer habe ich in Fürth im Hospiz gefunden, die bereiten auf dem Friedhof alles vor."

Daniel wusste, dass Jossel nach Fürth gegangen war, um Hilfe zu holen. Fürth! Daniel dachte an die kleine schmutzige Stadt, die wie eine Insel innerhalb judenfeindlicher Nachbarn lag. Wie alle Juden in Franken wusste Daniel, dass dies seinen guten Grund hatte. Die Obrigkeit in Fürth war gemischt: drei Herren regierten die Stadt. Der Bischof von Bamberg, der Markgraf von Ansbach und der Nürnberger Rat stritten sich um die Macht in Fürth. Und genau das hatte sich gut für die Juden ausgewirkt. Einige hatten Schutzbriefe vom Bischof erhalten, andere vom Grafen. Und während sich die beiden gegenseitig und dazu noch den judenfeindlichen Nürnberger Rat verärgerten, hatte sich eine blühende jüdische Gemeinde gebildet. Nirgendwo sonst in Franken wohnten im Verhältnis zur christlichen Bevölkerung so viele Juden wie in Fürth. Sie durften sogar zwei Deputierte in den städtischen Gemeinderat schicken. Das war einmalig!

Unter diesen günstigen Umständen hatte die Fürther Kehile viel aufbauen können. In der Stadt gab es etliche Synagogen, auch eine Mikwe und eine hebräische Druckerei. Neben dem Friedhof stand seit kurzer Zeit das Hekdesch, ein Hospiz, in dem Alte, Bettler, Kranke wohnen konnten und versorgt wurden.

Daniel presste seine Lippen zusammen. Natürlich blühte die Fürther Gemeinde! Schließlich gab man nur reichen Juden einen Schutzbrief. Es waren die Armen im Fürther Hospiz, unter denen Jossel einige mutige Männer gefunden hatte: Männer, die wie er glaubten, sie hätten wenig zu verlieren, aber ihren Stolz zu gewinnen.

Daniel schloss die Augen. „Weck mich, wenn die Sonne untergegangen ist", bat er seinen Freund und schlief ein. Als ihn

Jossel Stunden später sanft an den Schultern rüttelte, dunkelte es bereits, der Mond war noch nicht zu sehen. Daniel sah die Umrisse der beiden Männer, die Jossel im Hospiz aufgetrieben hatte. Mit den anderen sechs, die sich zu dieser Stunde auf dem Friedhof versammelten, waren sie zehn, ein Minjen.

„Folgt mir", wies er sie an.

Sie schlichen zurück in die Stadt. Längst hatten sich die Menschenmassen verlaufen, manche feierten in Wirtschaften weiter oder hatten ein Freudenhaus aufgesucht. Daniel gab seinen Männern ein Zeichen, dass sie warten sollten und ging allein hinunter zum Marktplatz, um auszubaldowern, ob eine Wache aufgestellt war. Er fühlte, wie ihn Panik ergriff und er zu zittern begann. Sein Herz klopfte bis zum Hals. Er musste tief Luft holen, ehe er weiterschleichen konnte. Alles war ruhig, nur der Tote baumelte gespenstig im Wind.

„Wir kommen schon", flüsterte ihm Daniel lautlos zu, ehe er in eine düstere Gasse einbog, die vom Marktplatz zu einer kleinen Kirche führte. Vor einer Herberge hielt er an und klopfte zweimal an die Tür. Sofort öffnete ein maskierter Mann, der das Signal erwartet hatte. Sie wechselten einige Worte, dann machte Daniel kehrt, um den Männern Bescheid zu sagen.

Minuten später standen sie am Galgen. Der Henkersgeselle, den Daniel geholt hatte, nahm den Strick ab. Daniels Kumpane banden den Leichnam fest auf ein Brett. Der Henker hatte leise einen offenen zweirädrigen Karren herangezogen, die Hufen des Pferdes und die Räder waren mit Lumpen umwickelt. Vier Räder und zwei Pferde wären besser gewesen, aber auf dem Judenweg wären sie damit nicht überall vorangekommen. Sie luden das Brett auf, bedeckten es mit Heu, sprangen selbst auf, und Daniel übernahm die Zügel. Der Henkersgeselle war längst wieder verschwunden. Keinem wollte er in dieser Nacht begegnen.

Daniels Panik war vorüber, aber er hatte noch Angst. Wenn man sie erwischte, würde sie Lopes' Schicksal erwarten. Er sah keinen der anderen an, betete, dass der Mond erst zum Vorschein käme, wenn sie bereits auf dem Weg zum Friedhof wären. Am liebsten hätte er Lopes in Bamberg begraben, aber dort würde man ihn suchen, wieder ausgraben und nochmals aufhängen oder – ein noch schrecklicherer Gedanke – ihn verbrennen.

Vorsichtig führte Daniel das Tier, fuhr langsam im Trott, um nicht in den Graben zu fallen. Erst als sie die Deckung von Wäldern an beiden Seiten der Straße erreichten, wurde sein Gebet erhört: der Mond kämpfte sich durch die Wolkendecke und begleitete sie zum Ausgangspunkt des Judenweges. Sie hielten an und wickelten dem Pferd die Lumpen von den Hufen, damit es besser laufen konnte. Danach fuhren sie durch einen tiefen Grund und von dort aus entlang des Bergrückens ihrem Ziel entgegen. Weil sie keinem Dorf und keinem Hof nahe kommen wollten, fuhren sie auf dem Judenweg. In den frühen Morgenstunden erreichten sie den Friedhof. Das Tor war geöffnet, ein Grab ausgehoben. Im Taharahaus stand der Sarg, daneben lag ein Totenhemd. Die sechs anderen hatten alles vorbereitet.

Die Männer kümmerten sich um den geschundenen Leib des Toten, ohne ein Wort zu wechseln, auch auf dem gefährlichen Weg hatte niemand gesprochen. Das Schweigen wurde erst gebrochen, nachdem sie Lopes zu Grabe getragen hatten und Jossel das Kaddisch sprach.

Nach der Beerdigung verabschiedeten sich die Männer mit festem Händedruck. Daniel fuhr mit Jossel bis an die Frankfurter Kreuzung, an der ein steiler Abhang lag, dort lösten sie das müde Pferd und tränkten es an einem nahen Bach. Dann führten sie das Tier auf eine Wiese, nahmen Zügel und Sattel ab und ließen es laufen. Dem Kleinbauern, dem diese Koppel gehörte, war ein Glücksfall widerfahren, für den er sein ganzes Leben lang dankbar sein würde.

Vor Tagesanbruch schafften sie es noch, ihren Karren den Abhang hinabzustürzen, ohne dass jemand etwas bemerkte. Zum Frühstück erschienen sie in Neustein, wo Bekka über die zerrissene Kleidung und die Müdigkeit der beiden Männer laut schimpfte. Doch das störte Daniel und Jossel nicht. Innerlich jubelten sie. Sie hatten sich selbst und den anderen bewiesen, dass Juden nicht alles still über sich ergehen ließen. Sie hatten erreicht, dass Lopes im Tod nicht ebenso gedemütigt würde wie zuvor im Leben. Sie hatten Mut bewiesen, den Mut, den man Juden stets absprach.

Wir haben gehandelt wie Tate, dachte Daniel triumphierend. Er war stolz auf seinen Vater, der einen Ritter erschlagen hatte.

16

„Wo seid ihr herumgestreunt?", schimpfte Bekka. „Ihr bringt das Haus noch in Verruf!" Sie hatte gewartet, bis Jakob gegangen war, ehe sie die Arme in die Hüften stemmte und Daniel böse anfunkelte. Sie mag mich wirklich nicht, dachte er und musste lächeln, denn schließlich mochte er sie auch nicht. Er zuckte mit den Schultern, schließlich war er der Frau keine Erklärung schuldig. Da wandte sich Bekka an Jossel und fragte, warum er am vorigen Tag den Unterricht für die Kinder abgebrochen hatte und dann verschwunden war.

Um Bekkas weiteren Beschwerden zu entgehen, bot Daniel seinem Vetter David an, nach Walberg zu gehen und dem Amtsherrn die Sonderabgabe abzuliefern. Er wusste, dass sein Vetter ungern das Haus verließ. David hatte seine Schwägerin schimpfen hören, verstand, dass Daniel nichts im Hause hielt und zahlte ihm die fällige Summe aus. Es handelte sich um das jährliche Weingeld, das der Amtsherr den Juden auferlegt hatte. Juden tranken nur koscheren Wein, der von Glaubensgenossen hergestellt worden war, dafür mussten sie jedes Jahr Abgaben an die Obrigkeit zahlen.

Jossel hatte ebenfalls das Haus verlassen und war Jakob nachgeeilt, um ihn zu fragen, ob er ihn nach Althaus begleiten könne, wo der Hausherr einen Bauern aufsuchen wollte. Daniel machte sich erleichtert nach Walberg auf. Lange musste er in der Menge am Tor warten, bis er endlich zum Amtsherrn vorgelassen wurde. Als er mit der Quittung in der Hand wieder auf die Dorfstraße trat, sah er eine kleine Prozession vorbeiziehen: es waren Kranke auf dem Weg zur Kirche. Dort lagen die Reliquien des Heiligen, der Gebrechliche in Scharen anzog.

Plötzlich stolperte einer der Kranken, der sich schwer auf einen Stock gestützt hatte, und fiel auf den Boden in den Staub. Daniel rannte hin und half ihm aufzustehen. Der Mann bat den jungen Mann, ihn zu stützen und bis zum Kirchhof zu begleiten. Auf dem Weg dorthin erzählte er dem Juden von dem heiligen Schrein. Der Kranke lächelte, er habe gehört, dass vor Jahren einmal ein totes Kind darin lag. Ehe Daniel etwas entgegnen konnte, fuhr der Mann fort, erzählte, dass dies an jenem Tag geschehen sei, als man den Heiligen nach Walberg brachte. Denn in dem

Kloster nahe dem Hebelein-Dorf sei der Schrein hinter Mauern verborgen gewesen und hatte keinem genützt außer vielleicht den Ordensschwestern.

„Hebelein?", fragte Daniel.

Der Mann bewegte ungeduldig den Kopf. „Früher hat's dem Dettel gehört. Jetzt hat's der Hebelein. Ein harter Landsherr ist er, sagen die Leute."

Daniel konnte kaum atmen. Sein Herz schlug so stark, als würde es ihn zerreißen. Am Kirchhofstor angekommen, verabschiedete er sich von dem Kranken und übergab ihn einem der dort stehenden Kirchendiener.

Hebelein besaß ein Dorf in Franken! War es der Hebelein, der ihn damals dem anderen Mann hingeworfen hatte wie ein Tier dem Schlächter? Daniel musste unbedingt dorthin, musste feststellen, ob es derselbe Hebelein ist.

Daniel beeilte sich, nach Neustein zurückzukommen, nahm den üblichen Schleichweg um die Felder herum. Das Frauenkloster würde nicht schwer zu finden sein, überlegte er. Im Dorf würde er die Leute ausfragen, würde so lange da bleiben, bis er Hebelein selbst zu Gesicht bekäme. Es würde nicht leicht sein herauszufinden, ob er es wirklich war! Neun Jahre waren seitdem vergangen, eine lange Zeit. Damals war Daniel ein Kind, nun war er ein junger Mann.

Versunken in Gedanken, achtete Daniel nicht auf den Weg und die Menschen, die an ihm vorbeieilten. Plötzlich spürte er einen Druck am Fußgelenk, jemand hatte aus dem Straßengraben nach ihm gegriffen. Er blickte erschrocken auf, sah den Hausierer Leibl im Graben auf den Knien liegen und ihm zuwinken. Leibl war einer der sechs Männer, die in der vergangenen Nacht für Lopes das Grab ausgehoben hatten. Wenn er nun hier auftauchte, bedeutete das nichts Gutes. Daniel mochte den Mann, der wie viele Hausierer nicht nur sein Warenbündel mit sich trug, sondern auch Geschichten und Witze.

Atemlos berichtete Leibl, was geschehen war. Er hatte Daniel bereits in Neustein gesucht, hatte gehört, dass er ins Nachbardorf gegangen war und hatte hier am Judenweg auf ihn gewartet. Leibl war vom Friedhof aus nicht nach Fürth, sondern nach Bamberg aufgebrochen und am Mittag einer Truppe Husaren begegnet, die in einer Herberge Halt machten. Dort hatte ihm eine Magd erzählt, dass die Truppe aus Bamberg kam, wo am Tag zuvor ein Jude gehängt und sein Leichnam in der Nacht gestohlen worden war. Unweit vom Galgen hatte man ein hebräisches Buch gefunden und suchte nun den Eigentümer. Den Rabbiner hatte man bereits zum Verhör geholt, auch in Fürth wollte man in der jüdischen Schule nachforschen.

„Ihr müsst verschwinden! Du und Jossel!" Leibl blickte Daniel mit angsterfüllten Augen an. „Vielleicht ist er gesehen worden – mit den Büchern!"

Daniels Hals war wie zugeschnürt. Leibl hatte Recht, sie waren in Gefahr. Er sagte sich, dass er die Verantwortung trüge. Er war es, der Jossel empfohlen hatte, die Bücher mitzunehmen. Von Anfang an hatte er alles in der Hand gehabt, war zur Kehile gegangen, um Geld aufzutreiben und hatte den Parnejsim nur angedeutet, was er vorhatte. Den Henkersgesellen zu bestechen, war leichter gewesen, als er sich vorgestellt hatte: der wird schlecht bezahlt und genießt kein Ansehen in der Stadt. Das Geld hatte er gern genommen. Wenn er unter Folter verhört werden sollte, könnte er nur von einem der Männer erzählen, würde nur Daniel verraten. Doch auch ihn hatte er nie bei Tag gesehen.

„Ich kümmere mich um Jossel", sagte Daniel entschlossen. „Wenn du es schaffst, dann komm nach Anbruch der Dunkelheit ins Taharahaus und bring die anderen alle mit!", flüsterte er. „Schnell, mach, dass du wegkommst!" Der Hausierer nickte wortlos und lief sofort weg, ohne sich Gedanken darüber zu machen, dass er die Befehle eines Jüngeren ausführte. Daniel war gescheit, dachte er. Die Sache gestern hatte er gut gemacht.

Nach Jakobs Heirat hatte sich Daniel öfters in der Höhle aufgehalten. Sie war ein geeigneter Zufluchtsort für die Männer, dort würden die sicher sein. Daniel betete, dass Jossel im Haus sein möge. Wenn er noch nicht zurückgekommen war, würde er zu dem Bauernhof laufen müssen, von dem Jakob gesprochen hatte. Daniel überlegte, was er zur Höhle schleppen könnte, ohne Aufsehen zu erregen. Pippin war schon sehr alt geworden, trotzdem würde er ihn nicht zurücklassen, denn Bekka hielt wenig von Hunden.

Daniel hatte Glück. Jossel war nicht mit Jakob gegangen. Bekka hatte ihn erwischt und gezwungen, den gestrigen Unterricht sofort nachzuholen. Einer ihrer Neffen stand vor der Barmizwa, er sollte der Familie Ehre machen. Als Daniel Jossel im Hof traf, war er erleichtert und befahl ihm sofort, alles zusammenzupacken, was er an Kleidern und Büchern besaß. Sie müssten sofort verschwinden, sagte er ihm, man sei ihnen wegen des Begräbnisses auf der Spur.

Jossel stellte keine Fragen, er vertraute Daniel und gehorchte. Noch vor Anbruch der Dunkelheit verließen die beiden jungen Männer das Haus und gingen mit Pippin zum Friedhof. Sie waren beladen mit ihrer eigenen Habe und mit Vorräten aus der Küche, Bekka hatte sie nicht erwischt. Der Hund winselte, für ihn war die Anstrengung groß, doch Daniel war schwer bepackt und konnte ihn nicht tragen.

Spät in der Nacht kam Leibl zum Taharahaus. Er hatte Mendel und Herschel mitgebracht, die beiden Musikanten waren noch nicht nach Frankfurt aufgebrochen. Sie hatten gestern Nacht am Galgen mitgeholfen. Mit Leibl war auch Adam, der Sohn des ermordeten Vorbeters Salomon Langer, gekommen. Adam hatte den Gemeindedienst vom Vater übernommen, nachdem die Synagoge neu aufgebaut worden war. Er war es, der gestern den Friedhof aufgeschlossen und die Vorbereitungen getroffen hatte. Vier von den zehn Männern, die gestern den Leichnam gestohlen hatten, fehlten: die beiden Schnorrer Moritz Baier und Esra der Schiefe sowie die Brüder Frumm, Schlomo und Saul. Sie hatte Leibl nicht finden können.

„Ich habe ein Versteck", sagte Daniel. „Gehen wir! Die anderen müssen wir morgen suchen." Nach einigen Stunden Fußweges erreichten sie die Höhle. Daniel ging mit Pippin voran. Die Männer duckten sich, Daniel führte sie durch den engen Eingang über den Bach. Sie waren aufgeregt, hörten das Bellen des Hundes, als sie keuchend hinter Daniel durch den Graben liefen. Erstaunt betraten sie den Raum. Daniel freute sich, breitete auf Karls altem Tisch Brot, Käse und Äpfel aus und bat Jossel, ein Feuer anzuzünden. Holz dafür lag bereit.

Leibl rieb sich die Hände, er meinte, er kenne schlechtere Nachtquartiere. Die anderen stimmten ihm zu. Sie wussten, dass Daniel vor Jahren entführt worden war und ahnten, dass er in diesem Versteck gelebt hatte, sie fragten aber nicht. Daniel war zwar der Jüngste unter ihnen, aber sein ernstes Wesen strahlte Autorität aus. Er würde ihnen eine Erklärung geben, wenn er es für richtig hielt.

Am nächsten Tag verließ Adam das Versteck und kam am zweiten Abend mit den anderen und mit der Nachricht zurück, dass niemand nach Jossel gefahndet hatte. Doch die drei Ansässigen, er selbst, Daniel und Jossel, würden bald vermisst werden. In Jakobs Haus wurde bereits der Verdacht geschöpft, dass Daniel und Jossel an der Sache in Bamberg beteiligt gewesen seien. Bekka habe fürchterlich geschimpft, berichtete Adam, sie sei wütend, dass Daniel und Jossel ihre Familie in Gefahr gebracht hatten.

Lachend warf Adam ein Bündel auf den Tisch. „Fleisch, Rüben, Käse, Brot, Salz! Das hat Jakob zusammengepackt! Er hat der Frau gesagt, sie solle sich schämen und aufhören zu jammern! Er jedenfalls ist stolz auf euch!"

Daniel errötete. Es war das erste Mal, dass Jakob sich gegen Bekka auflehnte! Da hatte die Geschichte wenigstens etwas Gutes gebracht. Schweigend hörte er zu, wie die Männer diskutierten, während er das Fleisch am Spieß drehte und die Rüben in Leibls Kochtopf brodeln ließ. Er war sehr ruhig während des Essens, fragte sich, wie gut er die Männer kannte. Jossel war sein bester Freund. Und die anderen? Sie hatten ein gemeinsames Schicksal. Sie alle lebten am Rande einer Gesellschaft, die sie ablehnte. Nach dem Essen, als sie satt auf dem Boden saßen, hob Daniel die Hand. Er habe etwas zu sagen, erklärte er, er wolle einen Vorschlag machen.

Es wurde ganz still in der Höhle. Gebannt blickten die Männer auf ihn. „Ich denke seit langem nach über das elende Leben, das wir Juden führen", fing er an. „Ja, alle, auch die Oberschicht!", sagte er mit klarer Stimme. „Seht mal, jedes Jahr jubeln wir, dass wir keine Sklaven mehr sind im Land der Pharaonen. Aber – sind wir nicht Sklaven im Land der Kirche und des Kaisers, der Fürsten, Ritter und Räte? Sie zwingen uns zu konvertieren, und wenn es ihnen in den Sinn kommt, nehmen sie unsere Habe, misshandeln und töten uns. Sie bestimmen, wo und wie wir leben dürfen. Sie machen uns Vorschriften, wie wir unseren Lebensunterhalt verdienen sollen, besteuern uns bis aufs Blut mit ihren Schutzbriefen und Abgaben! Sie drangsalieren und demütigen uns! Selbst die Luft, die wir atmen, gönnen sie uns nicht. Sie zwingen uns, eng zusammengedrängt in erbärmlichen Behausungen zu leben, sie geben keinen Fingerbreit mehr Platz her, weder in den Judengassen der Ghettos noch auf dem Land."

Noch immer herrschte Stille. Nur das Knistern des Feuers war zu hören. Pippin schlief, sein Kopf lag auf Daniels rechtem Fuß.

„Seht uns an", fuhr Daniel fort und wies auf die Runde. „Hier sind Männer, die Lumpen am Leib tragen, die sich nie richtig ausruhen können, manchmal wochenlang nicht die Gelegenheit haben, sich richtig zu waschen und nur selten am Schabbat mit ihrer Familie zusammen sein können. Und sie werden deswegen verachtet und verhöhnt."

Die Männer nickten zustimmend.

„Welche Zukunft haben wir denn?", fragte Daniel. „Was wird

mit unseren Kindern – wenn wir überhaupt welche haben können? Wir sind Männer im besten Alter – und haben nichts zu erwarten als Arbeit, Armut und Leid. Ich selbst bin ein Knecht im Hause meines Vetters und werde es immer bleiben, werde nicht heiraten können, denn wer wird mir einen Schutzbrief geben? Ohne Schutzbrief bin ich ein Anhängsel meiner Familie. Ich möchte aber auf eigenen Beinen stehen!

Leibl muss jede Woche viele Meilen laufen, er muss monatelang durchs Land ziehen, manchmal kommt er ein Vierteljahr nicht nach Hause. Er läuft in entlegene Dörfer und Weiler, wo die Bauern und Tagelöhner ohne ihn kein Stück Stoff, keinen Tabak, keine Schere oder Messer, keinen Mantel – einfach keine Ware haben würden! Sie zahlen nur an, er muss sich die Kreuzer mühsam abholen. Jeder Gang kostet ihn den täglichen Leibzoll, abgesehen von den anderen Abgaben. Wegen des Leibzolls ist Lopes ein Ganef geworden.

Auch Mendel und Herschel kommen selten zur Ruhe, sie ziehen von einem Marktplatz zum anderen, von einer Hochzeit zur nächsten. Jeder kennt und mag sie, den kleinen Mendel und den dicken Herschel, überall sind sie gern gesehen! In den Himmel werden sie kommen, weil sie die Menschen fröhlich stimmen mit ihren Liedern und Witzen! Aber auch sie sind kaum besser dran als Moritz und Esra, deren Väter schon Schnorrer waren. Keiner von ihnen hat eine feste Bleibe.

Daniel holte Luft. Dann zeigte er auf Moritz und Esra und fuhr fort: „Schaut auf die beiden gebückten Männer. Sie sehen alt aus, obwohl sie nur zehn Jahre älter sind als ich, man sieht an Moritz' gelblicher Haut, dass er etwas an der Leber hat, und Esra ist abgemagert bis auf die Knochen. Familien haben sie, nebbich, Frauen und Kinder, die sich von einer Armenherberge zur anderen schleppen. – Ist das ein Leben?"

Daniel wies auf Adam, den Schammes, der wie die anderen kein Auge von dem jungen Mann abwandte. „Adam hat seinen Schutzbrief erst nach der Ermordung seines Taten bekommen. Er war vierzig Jahre alt, als er Naomi heiraten konnte! Vor zwei Jahren hat er einige Häute von einem Neusteiner Bauern gekauft und zum Markt gebracht. Da schrieen die christlichen Viehhändler, obwohl sie noch nicht auf den Gedanken gekommen waren, mit Häuten und Fellen zu handeln, dass dies Juden sofort verboten werden sollte, der Handel gehöre ihnen, und jüdische Konkurrenz müsse ausgeschaltet werden. Daraufhin erließ die Obrigkeit ein dementsprechendes Edikt!

Jossel ist ein kluger Kopf, ein guter Lehrer, er lernt viel, aber eine Stelle als Rabbiner wird er kaum bekommen, es gibt zu viele Gelehrte, sie müssen von den Kehilen ernährt werden.

Gemein behandeln sie die Brüder Frumm, die haben beide einen Beruf, Schlomo hat in Polen das Schneiderhandwerk gelernt, Saul ist Schreiner und Schmied! Aber hier ist es ihnen verboten zu arbeiten. Die Zünfte wollen nicht, dass Juden ein Handwerk ausüben, also arbeiten die beiden im Hospiz. In Fürth hat der Rat nun erlaubt, dass Juden als Bäcker, Barbiere und Schneider arbeiten dürfen – aber natürlich nur für die jüdische Gemeinde! Doch Schlomo kann einen Schutzbrief für Fürth kaum bezahlen, selbst wenn er einen bekäme.

Ich frage euch: „Glaubt ihr wirklich, dass wir keine Sklaven sind?"

Daniel hatte sich heiß geredet. Nun blickte er jedem stumm ins Gesicht, sah, dass sie ihm zustimmten. Leise fuhr er fort. „In dieser Höhle hat eine Bande gelebt. Es ist lange her, dass ich bei ihnen wohnte, damals war ich noch ein Kind. Aber ich lernte viel von ihnen. Ich lernte, dass man sich selbst helfen muss und dass man Räubergeschäfte gemeinsam besser ausführen kann als allein." Daniel hielt inne. „Wir sind ausgeschlossen und stehen als Bettler vor ihren Türen", fuhr er fort. „Ich bin entschlossen, nicht länger dort zu stehen. Ich möchte handeln." Er lachte kurz. „Ohne Geld geht nichts! Ohne Geld, keinen Schutzbrief. Ohne Wohnrecht, keinen richtigen Verdienst. Kein Verdienst – das heißt, auf dem Judenweg zu leben und nachts im Straßengraben zu schlafen. Kann man das Leben nennen: Betteln, Hausieren, sich als Knecht verdingen?"

Alle sahen stumm vor sich hin. Sie verstanden, was Daniel vorgeschlagen hatte: dass sie sich als Räuberbande zusammenschließen sollten. Jeder hatte von derartigen Gruppen unter den jüdischen fahrenden Leuten gehört. Sie überlegten, was das bedeuten würde. Ausstoß aus der jüdischen Gemeinschaft? Vielleicht. Aber waren sie nicht schon ausgestoßen? Die oberen Schichten hatten außer ihren Wohltaten wenig übrig für die Armen. Niemals würde ein gut angesehener Jude seine Tochter einem Schnorrer zur Frau geben. Aber als Räuberbande müssten sie weitere Risiken auf sich nehmen: Gauner wurden gebrandmarkt, verstümmelt, ausgepeitscht – und gehängt. Mit dem Kopf nach unten, wenn sie Juden waren.

Doch – die Idee war verlockend! Eine Bande bedeutete Zugehörigkeit. Jeder Einzelne sehnte sich nach einem geregelten

Leben. Die Männer lebten in der Hoffnung, genug zu verdienen, um einen Schutzbrief zu kaufen und eine Familie zu gründen. Aber, wie Daniel sagte, mit Betteln, Musizieren und Hausieren war das nicht zu erreichen.

Leibl durchbrach die Stille. „Du meinst, wir sollen hier in der Höhle hausen?"

Daniel schüttelte den Kopf. „Nur vorerst. Und nicht alle. Wir dürfen nicht zusammen verschwinden, das würde zu viel Aufsehen erregen, dann wüssten sie, wer Lopes beerdigt hat. Nein. Als feste Gruppe brauchen wir eine feste Bleibe. Darum kümmere ich mich. Der Wald ist nicht der richtige Platz für uns. Jetzt sollten nur Jossel und ich hier wohnen, denn man wird uns suchen. Wir können uns noch nicht hinauswagen.

„Männer, ich bitte euch, einige Zeit euren Erwerb mit uns zu teilen. Eine kurze Zeit! Wenn aus meinem Vorschlag nichts wird, werde ich woandershin gehen." Jossel nickte, auch er würde dann nicht in Franken bleiben.

„Du hast einen Plan, wie wir eine feste Bleibe bekommen?", fragte Leibl.

„Einen Plan habe ich wohl", antwortete Daniel knapp. Eine Idee, dachte er. Vielleicht wird nichts daraus. Aber ja, ich habe einen Plan!

Adam stand auf und reckte sich in die Höhe. Er war Schammes, hatte Frau und Kind, einen Schutzbrief, er hatte am meisten zu verlieren. Nach dem grausamen Tod seines Vaters war er in dessen Fußstapfen getreten, hatte einen Schutzbrief erhalten und heiraten können. Aber die unbändige Wut über die eigene Ohnmacht, die er in dem stinkigen Graben empfunden hatte, als der Pöbel in die Synagoge eingedrungen und alles kaputtgeschlagen hatte, die war geblieben.

„Daniel ben Löw", fragte er, „du schlägst vor, dass wir, die Männer, die hier sind, uns zusammenschließen zu einer Chawrusse?"

Chawrusse. Das war das Wort, mit dem sich bereits jüdische Banden in Prag und Hessen bezeichneten. Daniel stand ebenfalls auf, stämmig, selbstsicher. Auf diesen Moment hatte er gewartet. „Das ist mein Vorschlag", antwortete er ruhig, „ihr könnt es euch überlegen, jeder für sich oder gemeinsam."

Adam streckte Daniel die rechte Hand entgegen. „Nun, ich denke, es ist ein guter Vorschlag. Ich nehme ihn an, lieber Chawer!"

„Und ich, Chawer!", riefen die Brüder Frumm wie aus einem Mund. Beide standen auf, sie waren entschlossen, den Vorschlag anzunehmen, trotz aller Angst und Bedenken. Braunäugig, rothaarig, mit breiter Gestalt sahen sie sich ähnlich, waren aber in ihrem Wesen ganz unterschiedlich. Schlomo, der Schneider, handelte schnell und impulsiv, während sein jüngerer Bruder Saul vorsichtig und bedächtig war. Doch diesmal waren sie einer Meinung. Jeder gab zuerst Daniel die Hand, dann schüttelten sie sich gegenseitig die Hände, ihre Augen strahlten. Die anderen taten es ihnen gleich.

Mendel und Herschel ergriffen ihre Instrumente und stimmten an. Die anderen Männer fassten sich an den Händen, begannen im Kreis zu tanzen, stampften fest im Rhythmus mit den Beinen auf, zum Ärger Pippins, der sich ans Ende der Höhle verzog.

Daniel hatte eine Chawrusse gegründet. Nun musste er seinen Plan verwirklichen. Er lag noch lange wach in dieser Nacht, als die anderen bereits fest schliefen.

17

Vor dem Morgengrauen standen sie auf, legten ihre Tefilen an, wandten sich gegen die östliche Felswand und verrichteten gemeinsam das Morgengebet. Sie waren in freudiger Stimmung, taten sich an Käse und Brot gütlich und schmiedeten Pläne. Es gab viel zu erledigen. Schlomo und Saul mussten nach Fürth zurück, Adam wollte versuchen, bei Abraham Lämmle, dem Hofjuden des Markgrafen, Geld zu leihen, denn sie brauchten ein Anfangskapital. Die anderen beschlossen, nach zwei Tagen in die Höhle zurückzukehren, um dort den Schabbat zu feiern und Daniel und Jossel Essen zu bringen.

Als die Chawerim am Freitagabend erschienen, erwartete sie eine Überraschung. Schon im Gang konnten sie den Duft riechen: Fisch! Daniel und Jossel waren jeden Tag zum Bach gegangen und hatten gelernt, Forellen zu fangen.

Am darauf folgenden Freitag kam auch Adam. Er berichtete, dass man zwar längst annahm, Daniel und Jossel hätten Lopes beerdigt, aber die Suche nach ihnen war mittlerweile eingestellt worden. Jakob und David waren verhört und vor den Amtsherrn geladen worden. Dieser hatte sie ausgescholten, dass sie dermaßen liederliche Kerle in ihrem Haus geduldet hätten. Den Schutzbrief hatte er ihnen nicht entzogen. Bald würde er sicher erlauben, dass Bekkas jüngerer Bruder ins Dorf käme, das bedeutete schließlich eine Steuereinnahme.

Als die Männer beim Abendessen zusammensaßen, kündigte Daniel an, dass er für einige Zeit verreisen würde, um eine feste Bleibe für die Chawrusse zu suchen. Wie er das anpacken wollte, verriet er nicht.

Eine Woche später, am Sonntagmorgen, brach er auf. Er wanderte tief in die Fränkische Alb, um Hebelein zu suchen. Er wusste inzwischen, dass sich dessen Dorf in einer Enklave befand, die dem Ritter zwar gehörte, aber dem Markgrafen Georg von Gehlen untertan war, der außerhalb der Fränkischen Alb residierte. Das verwunderte Daniel kaum, kannte er doch die verschachtelten Landbesitztümer der Adligen. Manchmal ging es um Erbstücke oder Mitgift, manchmal um Eroberungen. Was uns angeht, dachte er, so ist es nur eine Frage, ob der zuständige Herr uns Wohnrecht bewilligt und zu welchem Preis.

Unterwegs traf Daniel eine kleine Gauklergruppe, die nichts dagegen hatte, dass sich ihnen ein kräftiger Mann anschloss. Die vier Leute – Jongleure, Tänzer, Zitherspieler – zogen von Markt zu Markt, wohl bewusst, dass kein Weg ungefährlich war. Selbst ihre armselige Habe konnte Wegelagerern zur Beute fallen. Daniel hörte zu, wie sie erzählten, dass auf diesem Weg die Bande des dicken Michael ihr Unwesen trieb. Der Anführer der Gaukler, ein dunkelhäutiger Jongleur, dessen geschmeidige Bewegungen Daniel bewunderte und neben dem er sich unbeholfen und klobig vorkam, unterhielt sich gerne mit dem jüdischen Reisegefährten. Durch Hebeleindorf würden sie kommen, bestätigte der Jongleur, sie würden dort Halt machen. Es lag in der Nähe des Zisterzienserinnenklosters Altendorf, dort bekämen Arme an der Klosterpforte jeden Morgen Suppe und Brot. Über Hebeleindorf wusste er gut Bescheid, er war bereits zu Dettels Zeiten dort gewesen.

Roland von Dettel gehörte noch immer viel Land in der Gegend, berichtete er, in seinen Dörfern wurde Hornvieh gehalten, in Neumühl hatte er seinen Sitz. Ja, das eine Dorf hatte er dem Hebelein abgetreten, dort gab's nur wenige gute Wiesen, die Bauern hatten es schwer. Die Burg war im Krieg von den Schweden zerstört worden. Hebelein lebte in dem kleinen Schloss, das Dettel seinerzeit als Jagdschloss genutzt hatte.

Daniel begleitete die Gruppe bis ins Dorf. Er starrte nach oben und sah an der Bergspitze die Burgruine liegen. Sie wirkte wie ein Auswuchs der Felsen. Ein Karren, von dunkelbraunen Ochsen mit hängenden Bäuchen gezogen, fuhr an ihnen vorbei. Der Jongleur deutete auf die Tiere und meinte, die Viecher seien den Bauern ihr Gewicht in Dukaten wert. In dieser Gegend sei auf den Feldern wenig zu ernten, die Ochsen aber würden das wenige herausholen, Pferde könnten die Pflüge nicht tief genug ziehen. Die Bauern, die hier vom Weinbau lebten, hätten es schwer, denn die Weinstöcke stünden hoch am Hang. Andere hielten Schafe auf einem Teil des Berges. Nach diesem Gespräch erstaunte es Daniel nicht, dass sein neuer Bekannter als Kind von einem abgebrannten Ansbacher Bauernhof von Zirkusleuten aufgegriffen worden war, nachdem die Schweden durchgezogen waren. Nein, antwortete er auf Daniels Frage, er glaubte kaum, dass er je wieder bodenständig werden könne, er sei nun an das freie Leben gewöhnt.

Während die Gruppe vor der kleinen Kirche ihre Künste vorführte, setzte sich Daniel in die Nähe der Dorfpumpe und kam bald mit einer alten, zahnlosen Frau ins Gespräch. Sie hatte wenig gute Worte für den Herrn von Hebelein. „Ein Luder ist der", schimpfte sie, „um seine Leute kümmert der sich nicht, dem geht's nur ums Geld, damit er seiner edlen Dame viel Glitzerndes umhängen kann. Ihre Hunde im Schloss, die kriegen an einem Tag mehr zu fressen als unsereins in der ganzen Woche."

Der nächste Schritt war ausschlaggebend. Daniel musste Hebelein zu Gesicht bekommen, er konnte nicht länger im Dorf herumlungern, wenn die Gruppe weitergezogen war. Er überlegte nicht lange, erfrischte sich an der Dorfpumpe und verabschiedete sich von seinen Gefährten. Er wolle zurückgehen in den Aischgrund, erklärte er. Pfeifend nahm er den Pfad zum Landweg.

An einer Biegung fand er, was er suchte: dickes Gebüsch, das ihn vor den Spähern verbarg. Er bahnte sich einen Weg zur Felswand. Daniel hatte nahe der Höhle im Wald öfters die Kletterkünste, die Pierre ihm beigebracht hatte, geübt und verfeinert. Mühelos schwang er sich von Stein zu Stein und kletterte langsam empor, bis er die Felsplatte erreichte. Er musste noch höher steigen und sich vorsichtig bewegen, um nicht gesehen zu werden. Ein Felsblock ragte hoch über den Abhang, es gelang ihm erst nach mehreren Versuchen, dort Fuß zu fassen, sich an einem herauswachsenden Baum festzuhalten und weiter nach oben zu steigen. Er musste einen Ort finden, der ihm den Blick in den Schlosshof und auf den Pfad zum Dorf gewährte. Über einer Kluft in schwindelerregender Höhe konnte er sich endlich zwischen die Äste eines kleinen Baumes klemmen. Daniel wartete. Lange würde er hier nicht bleiben können. Er hoffte, Hebelein zu erspähen, bevor er den gefährlichen Ort vor Erschöpfung verlassen musste.

Nach etwa einer Stunde, als er die Hoffnung fast aufgegeben hatte und dachte, er müsse erfolglos wieder hinunterklettern, sah er, wie das Schlosstor geöffnet wurde und drei Gestalten die breiten Treppen hinabliefen. Sofort erschienen drei Stallknechte mit Pferden. Daniel hatte Glück, die Herrschaften wollten ausreiten. Fast hätte Daniel seinen Halt verloren. Die Pferde trabten den Abhang hinunter: er hatte ihn erkannt, den großen Mann, der vor zwei Frauen ritt. Trotz der vielen Jahre waren Daniel das rote Gesicht, die breite Gestalt und die starren Augen unter den buschigen Brauen unvergesslich. Er warf einen kurzen Blick auf die Frauen. Die ältere war eine gut geschulte Reiterin, vermutlich war sie die Schöne, die mit ihrer Vorliebe für glitzerndes Zeug die alte Bäuerin erzürnte. Die Reiter waren nahe genug, dass Daniel ihre Gesichtszüge erkennen konnte. Er sah, wie der Mann eine Hand vom Zügel nahm, um den Frauen einen Adler zu zeigen, der sich hoch oben am Berg von seinem Nest erhoben hatte. Ein Ring an der entblößten Hand funkelte in der Sonne, Daniels scharfe Augen konnten das Wappen erkennen. Fast hätte er laut aufgeschrieen. Dieses Wappen hatte er schon einmal gesehen: auf dem Siegelring an jener Hand, die ihn erbarmungslos auf das Pferd zog! Es bestanden keine Zweifel mehr. Dieser Mann war der Feind, den er suchte.

Mit zusammengebissenen Lippen wartete er, bis die Reiter verschwunden waren. Dann stieg er hinab. Er fand ein Versteck am Abhang, wartete bis zum Anbruch der Dunkelheit und wanderte dann zurück zur Höhle, die er am frühen Morgen erreichte.

Nun konnten sie ihre erste Aktion ausführen, Daniel hatte sich bereits einen Plan zurechtgelegt. Als die Chawrusse am Abend beisammensaß, erklärte er sein Vorhaben.

„Ich möchte an einen hohen Herrn herankommen. Er ist Gutsbesitzer in der Fränkischen Alb und ein Liebhaber von Juwelen. Ich werde als Juwelier zu ihm gehen. Leibl ist ein erfahrener Verkäufer, er kann den Mann überzeugen, unsere Ware anzusehen."

Leibl erhob lachend beide Hände. „Wie denn? Soll ich aus meinen Scheren und Messern vielleicht Juwelen zaubern?"

„Nein. Du sollst sie dem Juwelier Mordechai in Bamberg abschwatzen! Und ehe du fragst, wieso ein reicher Juwelier einem armen Hausierer vertrauen sollte, werde ich dir sagen, warum. Wegen des Diebes August, den sie vor einem Jahr gehängt haben. Den Kelch, den er gestohlen und in der Herberge versteckt hat, den sollte er zu Mordechai bringen. Er hatte ihm vorher vieles andere gebracht. Sag dem reichen Herrn, dass du alles weißt über ihn und Sepps Bande, die ins Rheinland gezogen ist! Und dass du denkst, es sei deine Pflicht, dem Bejs Din zu melden, dass ein angesehener Juwelier gleichzeitig ein Hehler ist."

Leibl schmunzelte. „O weh! Schlimme Gewissensbisse habe ich! Aber ich werd ihm sagen, ich bin ein Mann, der mit sich reden lässt. Zufällig brauch ich ein paar Sachen für ein Geschäft, da könnte er behilflich sein."

„So ist es, Chawer. Sag ihm, es könnte ein großes Geschäft werden. An dem er selbstverständlich beteiligt sein wird. Sagen wir – zum Drittel des Gewinns nach Abzug der Unkosten. Da wäre nämlich einiges vorzubereiten. Deswegen müsse er eine

Summe vorstrecken. Ich habe ausgerechnet wie viel, das sage ich dir noch. Ja, dann erzähl ihm, was du brauchst. Einige gute ungeschliffene und geschliffene Steine zur Auswahl, auch Steine, die in Ketten und Ringe gesetzt sind. Du musst dem Kunden etwas vorzuzeigen haben: eine Auswahl an Edelsteinen, reine Diamanten, schwere Rubine, einen Smaragd, vielleicht noch eine Perlenkette, alles von bester Qualität."

Sie besprachen jede Einzelheit. Esra und Moritz schlugen vor, Leibl zu begleiten. Mordechai sollte nicht denken, dass Leibl allein sei. Zuletzt bat Daniel, dass Jossel sich alles merken und aufschreiben solle, sobald ihm Adam Federkiel und Papier besorgt haben würde.

„Wir müssen korrekt arbeiten," erklärte Daniel, dem eigentlich wenig an dem Gewinn lag, aber das wollte er der Chawrusse nicht mitteilen. „Wir müssen wissen, was wir für jedes Geschäft ausgeben müssen, das ziehen wir vom Erlös ab. Den Gewinn teilen wir uns, jeder wird denselben Anteil erhalten."

Moritz fragte: „Auch wenn nicht jeder an der Arbeit beteiligt war?"

„Eine Chawrusse muss alles teilen. Nicht jeder von uns wird bei jedem Geschäft mitmachen können. Diesmal sind es Leibl, du, Esra, Jossel und ich. Das nächste Mal werden sicher andere die Arbeit machen. Manchmal werden wir fremde Baldower brauchen, die wir bezahlen. Sie erhalten keinen Gewinnanteil." Er überlegte sich, was er gesagt hatte und nickte den anderen zu. „Wir teilen jeden Reingewinn in elf Teile."

„Elf?" Leibl wollte protestieren, sah Daniels Lächeln. „Nicht eine Extraportion für den Propheten Elia – oder für mich! Wir brauchen eine gemeinsame Kasse für die Vorbereitungen des nächsten Geschäfts! Und wenn jemand krank wird, müssen wir seiner Familie helfen." Er hielt inne. Und für die Familie eines Toten, dachte er. Vielleicht für einen Gehängten? „Außerdem werden wir nicht immer in Aktion sein, alles muss geplant werden, auch Zeiten, wo wir keinen Gewinn haben. Ich weiß auch nicht, wie alles wird, wir müssen noch viel lernen! Könnt ihr den anderen sagen, wir sollten am Freitag hier zusammenkommen? Wenn der Schabbes zu Ende ist, können wir übers Geschäft reden!"

Am Samstagabend bat Daniel Jossel, den Männern einen Bericht zu geben. Alle hörten gespannt zu. Mit Handschlag gaben sie ihre Zustimmung zu dem Unternehmen und trennten sich in der Vorfreude auf den folgenden Schabbat. Leibl wollte dann aus Bamberg zurück sein.

18

„Spaß hat es gemacht", erzählte Leibl vergnügt. „Mordechai jammerte, dass es mir fast ans Herz ging. Zuerst wollte er nichts herausrücken, behauptete, so könne man keine Geschäfte machen. Einem Fremden überlasse er keine Juwelen für viele hundert Dukaten. Wenn es wirklich einen Kunden gäbe, würde er ihn selbst aufsuchen! Wieso sollte er einem dahergelaufenen Hausierer glauben? Der wolle ihn nur betrügen."

„Gut", hab' ich gesagt, „meine Freunde warten schon draußen. Die wollen mich zum Rabbiner begleiten. Ich hatte schon die Türklinke in der Hand, da fragte er, was heißt Rabbiner? Na ja, sagte ich, der würde es dem Bejs Din berichten müssen, die Sache mit dem Ganef August. Dem, der gehängt worden ist. Der hat so manches erzählt, von silbernen Bechern und Leuchtern, auch über Schmuck. Ja, von Schmuck hat er viel erzählt." Leibl lachte. „Da wurde Mordechai ganz klein und zitterte! Bat mir Wein an, wollte wissen, woher und wieso. Na ja, sagte ich, man sollte eben vorsichtig sein mit Gojim wie Sepp. Der ist jetzt anständig geworden, ein braver Bauer im Rheinland, dem werden sie nichts antun, auch wenn er als Zeuge auftritt! Zuletzt hat Mordechai gewinselt wie unser Pippin, wenn er Futter will! Klein beigegeben hat er und stellte alles zusammen, was wir wollten. Dazu hat er mich in sein Geschäft eingeweiht, hat mir erklärt, welche Eigenschaften der Steine ich loben muss und was sie wert sind. Echter Wert und dann den Verkaufspreis! Den Vorschuss hat er uns auch gegeben."

Leibl breitete stolz die Juwelen aus, die er in seinem Bündel versteckt hatte, und zählte die Dukaten auf den Tisch. Die Männer konnten sich kaum halten vor Übermut. Sie bewunderten die Schmuckstücke, hielten die glitzernden Steine in die Höhe, klopften sich gegenseitig auf die Schultern und wünschten Daniel und Leibl viel Glück.

Am folgenden Tag begannen die beiden Männer mit den Vorbereitungen. Leibl, der erfahrene Hausierer, wusste, wie man Verkäufe tätigt, aber noch nie hatte er so etwas Wertvolles wie Mordechais Juwelen in seinem Sack getragen. Er sollte jedes Stück gut kennen. Außerdem mussten sie sich standesgemäß kleiden. Es galt also, außer dem Reisegepäck auch vornehme Hosen,

Jacken und Stiefel zu beschaffen. Daniel hatte weitere Anliegen. Er unterhielt sich lange mit Adam, der damals als Mitglied der Chewre Kedische beim Waschen des Körpers seines Taten dabei gewesen war. Daniel fragte ihn aus, er wollte alles wissen, was über den Tod seines Taten und des Ritters bekannt war. Am Ende des Gesprächs bat er Adam, so viel wie möglich über Hebelein und den Kauf des Dettel-Dorfes ausbaldowern zu lassen, sie würden für jede Auskunft zahlen.

Eine Woche später waren sie so weit. Sie bestiegen eine Kutsche, die Leibl mitsamt Kutscher gemietet hatte und fuhren in das Hebelein-Dorf. Jossel war ebenfalls dabei, er trug die Livree eines Dieners, verbarg seine Schläfenlocken unter einer Perücke und schritt mit wichtiger Miene, die Dorfbewohner übersehend, zum Schlosseingang, wo er die Wachen höflich bat, ihrem Herrn Bescheid zu geben. Er käme in Begleitung seiner Herren, zweier bekannter Juweliere aus Holland. Sie hätten einiges dabei, das Ritter von Hebelein gefallen könnte, der hohe Herr genösse den Ruf eines Kenners guter Juwelen.

Noch nie war ein Händler zu Hebelein gekommen. Der Ritter war geschmeichelt und erlaubte den angeblichen Holländern Zutritt. Sie traten durch das geöffnete eiserne Tor am Pförtnerhaus und liefen die baumbeschattete Allee entlang zur Seitentür des Schlosses. Dort begleitete sie ein hochnäsiger Diener in blauer Livree mit blitzenden Knöpfen einen langen Gang entlang, durch den andere Bedienstete an ihnen vorbeieilten. Der Diener befahl Jossel, am Eingang zu warten. Daniel und Leibl führte er durch den Flur, stieg mit ihnen eine Wendeltreppe nach oben zu einer Seitentür, die er feierlich öffnete und mit kurzer Verbeugung andeutete, dass sie dort erwartet würden.

Sie befanden sich in einem üppig ausgestatteten Tagesraum, wo Hebelein hinter einem großen Marmortisch saß, der Hofmeister an seiner Seite. Zwei Diener standen regungslos neben der Tür. Nun, da er sich zum ersten Mal in der Gegenwart des Ritters befand, merkte Daniel, wie ihm übel wurde. Er war froh, dass Leibl den Vortritt hatte. Sie verbeugten sich beide, dann winkte der Hofmeister Leibl zu sich, da dieser eine funkelnde Schatulle in den Händen hielt. Leibl legte diese vorsichtig auf die Tischplatte, hob den Deckel, breitete ein Seidentuch auf dem Tisch aus, wie Mordechai es ihm gezeigt hatte und präsentierte seine Ware.

Hebelein bereute seinen Impuls fast, als er sah, dass die Händler Juden waren. Trotzdem beugte er sich nach vorn, um die

Sachen zu betrachten. Er war überrascht: das waren gute Stücke, er kannte sich aus mit Juwelen. Die geliebte Frau, mit der er sich verehelicht hatte, nachdem er den Burgsitz Dettels kaufen konnte, hatte einen teuren Geschmack. Er stand auf, die Hände auf dem Rücken, und ließ sich die Steine einzeln erklären, nahm jeden in die Hand, hielt ihn gegen das Licht und fragte nach den Juwelieren, die an dem Schmuck gearbeitet hatten. Er war zufrieden, die genannten Namen waren ihm bekannt. Daniel bewunderte Leibl, der seine Lektionen bei Mordechai äußerst gut behalten hatte. Und als Hebelein dem Hofmeister auftrug, für die Gäste Erfrischungen kommen zu lassen, atmete Daniel erleichtert auf. Das ganze Manöver schien sich zu lohnen. Jedenfalls würde die Chawrusse ein Geschäft machen, selbst wenn sein weiterer Plan erfolglos bleiben sollte.

Es war dem Herrn anzusehen, dass er mit der Qualität des Angebots zufrieden war, und weder Daniel noch Leibl waren erstaunt, dass er seine Gemahlin kommen ließ. Diese hatte in ihren Gemächern bereits von dem unerwarteten Besuch gehört und ließ nicht auf sich warten, sie rauschte herein, eine blendende Figur in grüner Seide. Sie begrüßte formell ihren Gatten, ehe sie sich in die Betrachtung des Schmucks vertiefte.

Daniel musste zugeben, dass die Frau sehr schön war. Ihr Kleid, das, der Mode folgend, den aufgebauschten Unterrock zeigte, besaß einen hohen, mit Pelz verbrämten Kragen, der ihren schlanken Hals vorteilhaft zeigte. Die blonde Perücke, von der eine lange Locke in die Stirn fiel, stand ihr vortrefflich. Die grünblauen Augen der schönen Frau funkelten, verrieten ihr Interesse, als sie die einzelnen Stücke vor einem vergoldeten Spiegel anlegte und kleine Laute der Bewunderung ausstieß. Hebelein war sichtlich befriedigt und legte einen geschliffenen Diamanten beiseite, eine Perlenhalskette sowie nach einigem Zögern einen Smaragdring. Dieser gefiel seiner Frau besonders. Zuletzt nahm sie einen kleinen goldenen Armreif in die Hand und rief entzückt, dass dieser genau richtig sei für Isabella, sie würde in einer Woche sechzehn Jahre alt werden.

Sofort gab der Ritter einem der Diener einen Wink, der verbeugte sich und verließ das Zimmer. Wenige Minuten später trat zögernd ein junges Mädchen ein, sie schien wegen der Einladung etwas verängstigt zu sein. Offensichtlich hatte ihre Begleiterin, die knicksend hinter dem Mädchen eintrat, nichts von dem Besuch der Händler erfahren. Sie sah sich um, ihr Blick traf Daniel, der neben Leibl stand und den Goldreif auf einem Tuch in der Hand hielt, sie errötete leicht und wandte sich sofort ihrer Mutter zu.

Hebelein begrüßte sie und meinte, sie solle den Schmuck anprobieren, den ihre Frau Mutter für sie ausgesucht habe. Die feine Röte war noch immer nicht aus Isabellas Gesicht gewichen, als Daniel ihr das Armband reichte. Sie bedankte sich stammelnd und zog den Armreif etwas ungeschickt über ihr schmales Handgelenk, fand die Verschließung nicht, so dass Daniel sich vorbeugte, um ihr zu helfen. Noch nie hatte er derartig zarte Haut berührt. Er erschrak über seinen Mut, musste sich zwingen zurückzutreten und die Augen zu senken. Wie schön sie war! Eine klare Schönheit, die nicht abstieß wie die der stolzen Mutter! Daniel glaubte, noch nie so etwas Bezauberndes gesehen zu haben wie dieses herzförmige Gesicht, umrahmt von langen, blonden Haaren, die über zierliche Schultern fielen. Er blickte in die graublauen Augen und dachte, sie sind klar wie ein Bach, wenn die Sonne darauf tanzt. Er erschrak über die eigenen Gedanken. Noch nie zuvor hatte ihn ein weibliches Geschöpf angezogen. Er verstand seine Verwirrung nicht und war erleichtert, als die Mutter das Mädchen an der Hand fasste, den Armreif bewunderte und ihr befahl, sich bei dem Herrn Vater zu bedanken, wonach sie sich beide mit der Begleiterin knicksend zurückzogen.

Nun begann das Feilschen, das Leibl hervorragend verstand. Es gelang ihm, von Hebelein Preise zu erheben, die Mordechai später erstaunen ließen. Nicht nur das, er bestand darauf, dass alles bar bezahlt werden müsse, denn sie waren ja nur auf der Durchreise von Amsterdam nach Wien.

Nachdem sich Leibl mit dem herbeigeholten Sekretär rückwärts aus den herrschaftlichen Gemächern entfernt hatte, um das Geschäftliche abzuwickeln, blieb Daniel stehen. Er hatte den Kumpanen befohlen, sich zu beeilen und so schnell wie möglich das Schloss und das Dorf zu verlassen, er wollte dem Herrn keine Möglichkeit geben, das Geschäft rückgängig zu machen. Er würde sich am Berghang mit ihnen treffen.

Hebelein bemerkte, dass der jüngere Händler im Raum verblieben war und runzelte die Stirn. „Was will er noch?"

Daniel lehnte sich gegen die Tür und beobachtete scharf die Bewegungen des Ritters. Er wollte vermeiden, dass Hebelein eventuell jemand um Hilfe rufen würde. Er musste sich bemühen, seinen Hass, seinen Abscheu nicht zu zeigen. Selbst das Mädchen hatte er vergessen. Mit bebender Stimme sagt er: „Ich habe gedacht, der Herr würde vielleicht seinen Wappenring verkaufen wollen." Daniel achtete darauf, deutlich zu sprechen, sein jiddischer Akzent war kaum bemerkbar.

Überrascht fragte Hebelein, wie er auf diese wahnsinnige Idee käme.

„Weil jemand einen Ring leicht wiedererkennt, wenn der, der ihn trägt, ein Verbrechen begangen hat." Er blickte dem Ritter ins Gesicht, sah die Röte an seinem breiten Hals hochsteigen und sagte schnell: „Manchmal scheint es, als ob bei einem Verbrechen kein anderer etwas gesehen habe. Sagen wir zum Beispiel – als einem Kind etwas zugefügt wurde – als es ... vergewaltigt wurde."

Peter von Hebelein, der wütend auf Daniel zugegangen war, trat einen Schritt zurück. „Ein Kind?" Er hatte den Vorfall nicht vergessen. Aber er war überrascht, von einem fahrenden Juwelier daran erinnert zu werden. Und dazu auf solch anmaßende Art. Der Jude sprach fränkisch. Er klang sehr überzeugend.

Daniels Stimme verriet seine Aufregung nicht. „Vor neun Jahren ritt eine Truppe durch die Markgrafschaft. Vor neun Jahren starben ein Ritter und ein Jude. Vor neun Jahren verschwand ein Kind. Die Obrigkeit tat die Todesfälle als Unfall ab. Doch es war kein Unfall! Es war die Folge dessen, was unmittelbar davor geschehen war: die Vergewaltigung eines Kindes durch einen edlen Ritter, der danach vom Vater des Kindes getötet wurde. Worauf der Mann mit dem Wappenring den Vater erdolchte." Daniel holte tief Luft. „Und vor neun Jahren kaufte ein kaiserlicher Offizier ein Gut." Sein Oberschenkel zitterte, er musste den langen Kittel zurechtziehen, um es zu verbergen. „Die Mutter des Kindes starb ebenfalls."

Hebelein würgte. „Er ... ist das Kind?"

Daniel antwortete so ruhig, wie er konnte. „Sagen wir, das Kind hat überlebt! Es wurde gerettet – von jemandem, der gesehen hatte, wie ein Mann mit dem Wappenring einem anderen eine Geldstange abnahm. Worauf es ihn nicht wunderte, als er später hörte, dass der Herr eine Burg und ein Dorf erstanden hatte."

Hebelein war blass geworden und auf den geschnitzten Stuhl hinter seinem Tisch gesunken. „Warum ... erst jetzt ... diese unerhörte Beschuldigung?", stotterte er. Verstört fragte er sich, wie haltbar eine Anklage nach dieser langen Zeit sein könnte. Damals hatte er erwartet, dass der Pater etwas sagen würde. Doch der Fall wurde nicht untersucht, es war zu kurz nach Kriegsende, die Behörden arbeiteten noch nicht richtig. Vor allem wurde sein

Name niemals in Zusammenhang mit dem Tod Westernaus erwähnt. Der Geistliche hatte ihm den erstaunlichen Gefallen getan und die beiden Todesfälle einem Unfall zugeschrieben.

In der Nacht des Vorfalls war er nicht weit gekommen, die Pferde waren zu erschöpft für einen Nachtritt gewesen. Er hatte ein Lager im Wald aufgeschlagen und war erst nach Tagesanbruch weiter geritten. Im Kloster Altendorf hatte er Halt gemacht. In der Fremdenherberge hatte er über Dettels Geldnöte gehört und war bei diesem einige Zeit eingekehrt. Den Kauf hatte er erst getätigt, nachdem er sicher war, dass es keine Untersuchung geben würde.

Daniels Stimme wurde härter. „Im Bamberger Benediktinerkloster wohnt ein Mönch, der erst jetzt vom Überleben des Kindes erfuhr. Er wollte den Ruf des toten Ritters schützen, nicht den Juden, dadurch schützte er auch den anderen Täter. Nun, da er bald vor dem Richter der Welt stehen wird, ist er bereit, Zeugnis abzulegen."

„Was will er von mir?", fragte Hebelein drohend. Der Pater hatte ihn gehasst, hatte gedacht, er habe einen schlechten Einfluss auf Raoul! Aber es war genau das Gegenteil. Oft hatte er versucht, Westernau von seinem Laster abzuhalten. Der Pater und er waren zu verschieden, der Geistliche neigte zum Intrigieren, er selbst war direkt. Kein Wunder, dass sie während der Reise aneinander geraten waren. Ja, der war fähig, auf dem Sterbebett gegen ihn auszusagen!

Peter von Hebelein konnte nicht wissen, dass der letzte Teil der Geschichte von Daniel nur erdichtet war. Adam hatte in Walberg erfahren, dass der Benediktinerpater Angelus Toma, der den Märtyrerschrein ins Dorf gebracht hatte, Ritter Westernau seinerzeit auf der Reise begleitet und ihn auch bestattet hatte und nun im Bamberger Kloster lebte. Esra war ausgeschickt worden, er hatte sich an der Klosterpforte mit den Bettlern unterhalten und erfahren, dass der Pater sterbenskrank aus Rom zurückgekehrt war. Die Ablegung eines Zeugnisses war kaum möglich.

„Der Herr weiß, wie schwer es für Juden ist, Schutzbriefe zu erhalten! Ich brauche solchen Schutz. Für zehn Männer." Nun, da er es ausgesprochen hatte, war sich Daniel bewusst, wie weit er sich hervorgewagt hatte. Der Herr könnte ihn sofort festnehmen und vor Gericht schleifen. Er könnte ihn zusammenschlagen lassen.

Hebelein brauste auf, seine Halsader schwoll gefährlich an. „Was? Er denkt, ich würde ihn und sein Gesindel aufnehmen!"

Daniel schluckte. „Warum nicht? Dann würde der Pater

lediglich ein versiegeltes Vermächtnis hinterlassen. Das nur geöffnet würde, wenn – ja, wenn das Kind, das genannt sein wird, darum bittet. Außerdem sollte der Herr bedenken, dass Judensteuern beträchtlichen Gewinn einbringen." Daniel konnte sich später nie erklären, woher er den Mut genommen hatte, dieses Gespräch zu führen.

Daniel hatte nach dem Tod der Eltern keine Liebe für andere empfinden können. Es war, als ob seine Gefühle gestorben wären. Bis zu dem Tag, an dem er Jossel in Schutz nahm, als der von Bekka zu heftig drangsaliert worden war. Da war etwas in ihm aufgetaut, vor allem nachdem ihm Jossel seine Dankbarkeit und Freundschaft offen gezeigt hatte.

Zu seinem Erstaunen hörte er Hebelein mit halb erstickter Stimme. „Wo, … was hatte er sich gedacht?"

Die Antwort erfolgte rasch. An jenem Vormittag, als er zwischen den Ästen eingeklemmt war, hatte Daniel einiges beobachten können und später noch mehr ausfindig gemacht. „Oben an der Bergspitze liegt die ausgebrannte Burg. Dort hausen nur noch Eulen und Fledermäuse. Doch außerhalb des Burghofes, am westlichen Ende des Berges, stehen unterhalb der Felsplatte verfallene Ställe und eine Scheune. Herr von Dettel hielt dort Pferde, die er der kaiserlichen Armee verkaufte. Der Herr könnte diese Gebäude für zehn Judenfamilien herstellen. Vielleicht mit den Steinen der Burg." Er trat näher in den Raum. „Ich denke, wir können uns einig werden. Von den Gebäuden führt ein Pfad den Berg hinab, der Dorf und Schloss umgeht. Wir wären dem edlen Herrn nicht im Weg."

Peter von Hebelein antwortete nicht sofort. Er schritt durchs Zimmer, die Hände auf dem Rücken. Er bereute seinen Mord nicht. Schließlich hatte der Mann Westernau getötet! Auch wenn dieser den Sohn misshandelt hatte. Der Metzger war ein Jude – kein Gericht hätte Hebelein deswegen verurteilt. Er wusste, nur der Diebstahl des fürstlichen Eigentums könnte ihn um seinen Ruf und sogar an den Galgen bringen.

Doch – es war sein Wort gegen das eines alten Mönchs und das eines Juden, der damals noch ein Kind war. Der nichts von dem Geld wusste. Es war möglich, dass man ihm und nicht den beiden anderen glauben würde.

Peter von Hebelein war durch den Krieg und die langen Jahre der Entbehrung abgestumpft. Er hatte sein Land und seine Familie verloren, musste sich durchschlagen, hatte dank seiner Kraft, seines Namens und seiner Zähigkeit Erfolg gehabt. Wäre

Westernau am Leben geblieben, so wäre Hebelein sicher Verwalter von dessen Ländereien geworden. Nun, es war anders gekommen. Raoul hatte die Vergewaltigung des Jungen mit dem Tod bezahlt. Wie der Jude für Westernaus Tod bezahlt hatte. Das rührte Hebelein nicht, etwas anderes bestürzte ihn: der Tod der Frau. Niemand hatte ihn in seiner Gegenwart erwähnt. Und nun erfuhr er, dass das Kind, das Westernau begehrt hatte – dieser junge Mann! – Mutter und Vater gleichzeitig mit seiner Unschuld verloren hatte. Unerwartet traf ihn das. Er drehte sich um, erinnerte sich an seine eigene Bemerkung, dass der Junge stark wie der Vater werden würde. Damit hatte er Recht gehabt. Er war groß, mit guter Haltung und klugen Augen.

„Wie heißt er?", fragte Hebelein scharf.

„Daniel Löw."

Daniel in der Löwengrube! Das passte. Dieser Daniel hatte sich gewagt, zu ihm zu kommen und ihm diese unglaubliche Forderung zu stellen, ihn unter Druck zu setzen! Der Jude war kein Feigling. Etwas wie Achtung vor Daniels Mut stieg in Hebelein auf. Das und seine Gefühle über den Tod der Mutter veranlassten ihn zu sagen: „Zehn Schutzbriefe? Das wäre teuer." Er räusperte sich. Sein Einkommen war beschränkt, das Geld für den Schmuck würde seiner Kasse fehlen. „Mindestens – sagen wir – je sechzehn Dukaten. Dazu die üblichen Abgaben, die Steuern für die Obrigkeit, Sondersteuern. Dazu die jährliche Miete von – ebenfalls hundertsechzig Dukaten." Der Ritter setzte sich, überkreuzte die Beine und betrachtete seine Hände, als ob die Sache uninteressant sei. „Natürlich müsste ein derartiges Abkommen jedes zweite Jahr erneuert werden." Er wusste, dass Daniel Recht hatte. Eine Judensiedlung war eine nicht zu verachtende Geldquelle. Andere Ritter in der Gegend zogen aus ähnlichen Siedlungen schon lange Gewinn. Wenn die Juden dort oben hausten, wären sie den Leuten im Dorf nicht im Wege, die alten Gebäude lagen auf der entferntesten Seite des Berges, dort gab es keine Weinstöcke, keine Wiesen, nur den schroffen Abhang.

„Derartige Summen hatten wir erwartet", entgegnete Daniel mit gespielter Sicherheit. Der Ritter wird die Zusage geben, freute er sich, auch wenn die Forderung hoch war.

„So? Und kann er hundertsechzig Dukaten bar zahlen?"

Natürlich kann er, sagte sich Hebelein. Habe ich dem Gauner nicht soeben das vierfache gegeben?

Daniel musste seine Freude zügeln, verbeugte sich und erklärte: „Binnen einer halben Stunde, der Herr."

Hebelein machte eine unwirsche Geste. „Er wäre für seine Leute verantwortlich, er muss darauf achten, dass keine Hand ans Land gelegt wird."

Das ist auch euer Verlust, dachte Daniel trotzig, sagte jedoch nur: „Wir würden eine Kuh brauchen für Milch und Butter, Hühner für Eier und Fleisch." Er hielt den durchdringenden Blick des Herrn aus, spürte, wie sich seine Spannung legte. Er zweifelte nicht mehr am Erfolg seines Vorhabens. Fügte kühn hinzu: „Uns muss eine Verdienstmöglichkeit gegeben werden. Unsere Frauen können Wolle spinnen. Wir haben auch einen Schneider." Er erinnerte sich daran, dass der Jongleur von Schafen erzählt hatte.

„Bargeld. In einer Stunde. Ehe irgend etwas weiter besprochen wird", sagte Hebelein drohend. Man merkte ihm nicht an, dass er von Daniel beeindruckt war. Es belustigte ihn, als er das Aufleuchten der dunklen Augen sah, das plötzliche Blitzen eines Lächelns. Er zeigte Daniel mit keiner Miene, dass ihm das Gespräch gefallen hatte.

Leibl, der nicht ahnen konnte, was Daniel dem Herrn gesagt hatte, war entsetzt, als er sah, dass der junge Mann wie ein Verrückter ins Tal hinabbrannte. Er riss die Tür der Kutsche auf, um Daniel einsteigen zu lassen. Noch ehe er etwas fragen konnte, flüsterte Daniel atemlos: „Ich brauche hundertsechzig Dukaten! Wartet auf mich! Lass die Pferde ausspannen."

Erschrocken reichte ihm Leibl das Geld, er dachte, eines der Stücke würde zurückgegeben werden. Doch ehe er den Mund öffnen konnte, war Daniel bereits wieder aus der Kutsche gesprungen.

Eine Stunde später hielt Daniel ben Löw eine Quittung über hundertsechzig Dukaten für zehn Schutzbriefe in der Hand. Die Dokumente sollten ausgestellt werden, nachdem jeder der zehn selbst vorstellig geworden war und die Papiere richtig zu Protokoll gebracht werden konnten. Mit der Bauarbeit würde begonnen werden, diese müssten die Juden bezahlen. Ohne zu widersprechen hatte Daniel dem zugestimmt, obwohl er wusste, dass sie alles selbst tun könnten. Es erbitterte ihn, dass kein Jude handwerklich arbeiten durfte. Bei der Bauarbeit an dem ausgebrannten Elternhaus hatte er genau zugesehen, hatte sogar verstohlen einige Handlangerarbeit verrichten dürfen. Zur Chawrusse gehörte ein gelernter Schreiner, der kein Stück Holz in die Hand nehmen durfte. Unten auf dem Fluss trieben gefällte Bäume zu einer Sägemühle hin. Andere würden damit ein ehrliches Geschäft machen dürfen. Juden war es verboten, mit Holz zu handeln. Genau wie sie keine Harke und keinen Pflug in die Hand nehmen durften. Und Schlomo war nicht erlaubt worden, als Schneider zu arbeiten. Nein, Daniel bereute seine Entscheidung nicht, sich an dieser Gesellschaft zu rächen.

„Rufen wir die Chawrusse zusammen", lachte Daniel, als er sich in den Sitz der Kutsche warf. „Jetzt haben wir unsere feste Bleibe!"

Er erfuhr nie, dass er diese zu einem großen Teil dem Tod seiner Mame verdankte.

19

Daniel stand auf einer Leiter und hämmerte einen Haken für die Schabbatlampe in die Decke des größten Raumes in der ehemaligen Scheune. Hier wird das gemeinsame Esszimmer sein und der Ort, an dem die Chawrusse Geschäfte besprechen kann. Hier werden sie gemeinsam beten, und Jossel wird den Raum mit den Kindern als Cheder nutzen. Bald wird der Umbau fertig sein, in wenigen Wochen wollen sie ihre neue Behausung feierlich in Besitz nehmen. Daniel selbst war schon längst mit Jossel aus der Höhle hierher gekommen, sie hatten ihr Lager im Schutz der Ruine aufgeschlagen, um die Arbeiten zu überwachen.

Die Bauern hatten beim Ritter Einspruch erhoben. Die Juden würden den Ort verschmutzen, die Quelle am Berg und das Flusswasser verunreinigen. Hebelein hatte sie abgewiesen und die Vorkehrungen erklärt, die für Sauberkeit getroffen wurden. Es geht nicht um die Reinheit des Wassers, dachte Daniel. Sie mögen uns nicht. Wir sind Fremde in ihrem Land. Wir werden es immer bleiben.

Er griff gerade nach der kupfernen Schabbatlampe, einem der Stücke aus der Mitgift von Mirjam, Adams Frau, als eine helle Stimme ihn erschreckte.

„Was ist das?" Isabella stand am Eingang, an dem noch die Tür fehlte und zeigte auf die Lampe.

Daniel hatte die schöne Isabella des Öfteren heimlich beobachtet, wenn sie mit ihrer Begleiterin ausgeritten war. Nie hätte er es gewagt, sie anzusprechen. Einmal hatte er hinter der Schlossmauer zugehört, wie sie und ihre Begleiterin ein Duett sangen, ein Minnelied: „O, mein Herz sehnt sich nach ihm, der liegt gemartert im dunklen Verlies in fernen Landen". Tagelang hatte er es immer wieder in Gedanken mitgesungen.

Er wusste nicht, dass Isabella auch ihn mehrmals mit seinem geliebten alten Hund gesehen hatte, dass sie seine Kühnheit bewunderte, als sie erspähte, wie er am Abhang zwischen den Felsspalten essbare Pilze suchte und sich geschickt von einem Felsvorsprung zum anderen bewegte. Der junge Jude, den sie zuerst im Empfangsraum des Vaters gesehen hatte, war interessanter als die edlen jungen Herren, die sie bis jetzt kennen gelernt hatte. Überhaupt faszinierten sie die Aktivitäten auf der Bergspitze, wo eine Judensiedlung errichtet wurde. Nun hatte sie es gewagt, hinaufzuklettern. Sie war ihrer Begleitdame entschlüpft, nachdem die Eltern in die Residenzstadt abgereist waren.

Stammelnd erklärte Daniel den Zweck der Öllampe, die am Freitagabend angezündet wird und wies auf die zwei Kerzenleuchter, die neben einem silbernen Becher und einem achtarmigen Kandelaber auf einem klobigen Seitentisch standen.

„Das sind Gegenstände, die wir zu religiösen Zeremonien benutzen. Die Frau des Hauses zündet am Freitagabend zwei Kerzen an, damit heißt sie den Schabbat willkommen, den Tag der Ruhe, den der Allmächtige uns Menschen geschenkt hat." Auch diese Stücke waren aus Mirjams Mitgift.

„Eine Frau entzündet die zwei Kerzen?" Isabella kannte nur religiöse Zeremonien, die von Männern ausgefüllt wurden.

„Der Mann ist der Kopf der Familie. Doch die Frau ist der Inhalt. Ohne die Frau kann es keine Familie geben. Keine Wärme." Daniel wusste nicht, wie er sich ausdrücken sollte, er war überwältigt von der Nähe des Mädchens, das er seit Wochen nicht aus seinen Gedanken verbannen konnte. Vor allem nicht nachts, er hatte von ihr geträumt, von den herrlichen Augen, dem Schwung ihrer Lippen. Verwegene, verbotene Träume. Welten lagen zwischen dem hochwohlgeborenen Mädchen und einem Schutzjuden!

Isabella fragte, wie der Ritter es einmal getan hatte: „Wie heißt er?"

„Daniel, gnädiges Fräulein von Hebelein."

„Ronsheim", sagte sie zerstreut, während sie die anderen Gegenstände betrachtete, vor allem das Regal, in dem Jossels Bücher standen. „Ich heiße Isabella von Ronsheim."

Sie war nicht Hebeleins Tochter. Der Gedanke erfreute ihn. Natürlich, er hätte es sich denken können. Hatte er nicht ausbaldowert, dass der Ritter die gnädige Frau erst vor acht Jahren geheiratet hatte? Isabella war sechzehn Jahre alt. Er merkte, dass sie ihr Geburtstaggeschenk am Arm trug. Wie gut, dass sie nicht wusste, das er noch immer von dem Augenblick zehrte, in der er ihr den Armreif an das zarte Gelenk legen durfte! Isabella, sie hatte das Eis zum Schmelzen gebracht, das so lange seine Gefühle umgeben hatte, aber er wünschte, es wäre nicht geschehen, der Schmerz war unerträglich.

Er hörte sich fragen: „Möchte das gnädige Fräulein die anderen Räume sehen?"

„Gern."

Schüchtern beschrieb Daniel den Gebetsraum, den sie später einrichten wollten. Ein Pult für den Vorbeter würde er haben und einen Schrein an der Wand, in dem sie eines Tages eine Torarolle bergen würden. In den nächsten Jahren könnten sie sich für die hohen Feiertage eine in Fürth ausleihen. Frauen waren nicht vom Gottesdienst ausgeschlossen, aber sie würden hinten sitzen müssen, getrennt von den Männern, das war Sitte.

Sie gingen zur anderen Seite des Hofes, wo die ehemaligen Ställe lagen, dort waren für die einzelnen kleinen Kammern Wände gezogen worden. Die Räume waren den Siedlern bereits zugeteilt worden. Sie hatten beschlossen, dass sie zusammen kochen müssten, es war praktisch, sparte Raum und erlaubte einer Familie mit Kindern je zwei Zimmer, den anderen je eins. Keiner hatte zuvor so viel Platz für sich gehabt, alle waren es gewohnt, ihre Räume teilen zu müssen. Bald würden nur noch zwei Männer ledig sein, Daniel und Jossel! Adam, Leibl, Esra und Moritz waren bereits verheiratet, Mendel und Herschel befanden sich in Frankfurt, sie würden als verheiratete Männer zurückkommen. Ein Schadchen hatte ihnen zwei Frauen vorgestellt, die dem übervölkerten Ghetto gern entfliehen wollten. Saul hatte schon lange ein Auge auf eine Witwe in Schnaittach geworfen, er hoffte, dass sie ihn nun heiraten würde. Schlomo wollte den anderen nicht nachstehen, auch er hatte vor kurzem einen Schadchen aufgesucht.

Darüber konnte Daniel mit Isabella nicht sprechen. Er sagte nur: „Am Tag, an dem wir einziehen, werden wir hier oben einige Hochzeiten feiern. Meine Freunde können nun heiraten, weil sie einen Wohnsitz haben."

„Heiratet er auch?" Isabellas graublaue Augen richteten sich auf Daniel. Der spürte, wie ihm die Hitze ins Gesicht stieg.

Er stieß die letzte Tür auf, eine größere Kammer, in der bereits ein Ofen und ein Spinnrad standen. Beides hatte Leibl bei einer alten Bäuerin gekauft. Es wird der Bereich der Frauen sein, sie werden hier arbeiten, kochen, backen, spinnen. Er räusperte sich, sagte: „Sie hoffen, einen Teil ihres Lebensunterhalts mit Spinnen zu verdienen."

Dann beantwortete er endlich die gestellte Frage. „Ich weiß nicht, ob ich je heiraten werde. Ich kenne die Frau nicht, mit der ich mein Leben verbringen möchte." Er schluckte. Am liebsten hätte er gefragt, ob das gnädige Fräulein bald in den Ehestand treten würde. Isabella war sechzehn! Sie hatte das richtige Alter erreicht. Sicher würde ihre Mama einen großen Ball für sie im Schloss geben. Oder in der Residenzstadt. Dort würde sie einen hochwohlgeborenen Ritter kennen und lieben lernen.

Die Vorstellung schmerzte ihn unendlich. Er musste etwas von seinen Gefühlen in seinen melancholischen Augen ausgedrückt haben, denn plötzlich erinnerte sich Isabella daran, dass sie es eilig hatte. Sie verspürte eine unerklärliche Unruhe, sie wollte nicht länger in die Augen des breitschultrigen Juden blicken, deren Ausdruck das Elend der Welt widerzuspiegeln schien. Ihr Puls flatterte, es war Zeit zu gehen, wie konnte sie nur Gefallen daran haben, sich mit diesem Burschen abzugeben! Was hatte sie überhaupt bewogen, hierher zu kommen? Sie bedankte sich ohne ein Lächeln. Im Schloss angekommen, stürmte sie in ihr Zimmer und weigerte sich, ihrer aufgeregten Begleiterin zu erklären, wo sie verblieben war.

Sie ließ Daniel in verstörter Stimmung zurück. Er war froh, als Leibl kurz darauf eintraf und erzählte, wie sich Mordechai am Schabbat, als er in Bamberg in der Synagoge war, neben ihn gesetzt und leise auf ihn einredet habe. Es schien, dass der Juwelier hoch erfreut war, weil Leibl ihm das versprochene Drittel des Reingewinns ausgezahlt und die übrige Ware zurückgebracht hatte. Leibl glaubte, dass der Hehler vermutete, er gehöre einer neuen Chawrusse an. Jedenfalls hatte er festgestellt, dass der Hausierer ihn nicht übervorteilt hatte und wollte nun mit ihm und seinen Leuten ins Geschäft kommen.

„Er ist erfahren. Sicher weiß er inzwischen, wer den Schmuck gekauft hat! Vielleicht kennt er sogar den Preis. Er sagte, Armreife wie den, den er mir gegeben hatte, mit Perlen aus dem Orient, würden nur zu großen Gelegenheiten getragen. Wer weiß, vielleicht ist Hebeleins Frau mit dem Ding auf einem Empfang gesehen worden, und ein Baldower hat es Mordechai erzählt. Er hat anscheinend überall seine Leute. Egal. Uns hat er ein Angebot gemacht", lachte Leibl, „in der Schul!"

„Mordechai redet viel über Angebot und Nachfrage", fuhr Leibl fort. „Das sei das schwierigste im Geschäft! Manchmal hätte man einen Käufer, aber nicht die gefragte Ware. Doch für einen Verkäufer ist es noch schlimmer, meint Mordechai, wenn er keinen Käufer hat. Was nützt die teuerste Ware, wenn man darauf sitzen bleibt? Mordechai sagt, er hat einen Käufer, der unbedingt einen versilberten Kelch will, verziert mit Brillanten. Es sei doch schade, dass so etwas Schönes meist nur in Kirchen zu sehen ist!"

Adam hatte wie die anderen aufmerksam zugehört. Er fragte, ob Mordechai etwas genaueres gesagt habe.

„Genaueres? Mordechai? Der würde nicht mal genau zugeben,

dass auf seinem kurzen Hals ein Kopf sitzt! Von einer Prozession hat er geschwärmt, die nächste Woche von der Jakobskirche über den Domplatz zur Regnitz ziehen wird. Dort, wo sich der Fluss teilt, werde eine Zeremonie stattfinden, danach würden sie zurück zur Kirche gehen."

Sie lachten. Und da würden natürlich Becher, Kelche und anderes Zeug zu sehen sein. Mordechai nahm also an, dass hinter Leibl eine Organisation stand, die etwas unternehmen könnte. Daniel fasste zusammen. „Wir lernen von Mordechai, dass man alles mit Verstand angehen muss. Auch das Ganefen. Er hat Recht, wir müssen sicher gehen, dass alles, was wir mitnehmen, schon einen Kunden hat. Sepp hatte oft Sachen, die nichts brachten! Die Arbeit eines Baldowers ist auch, zu suchen, was ein Kunde braucht und wo es zu haben ist. Wir müssen sehen, wie wir den Kunden bedienen können."

Sie berieten sich die ganze Nacht und entschieden, dass sie auf keinen Fall eine Stadtprozession überfallen, sondern nur beobachten könnten. Überall entlang der Strecke müsste einer von ihnen stehen und genau aufpassen, was die Priester mit sich trugen. Das hieß, sie mussten wissen, wo diese Strecke entlangführte.

Am nächsten Tag banden Esra und Moritz Tücher um ihre Bärte, setzten statt der flachen Barette, die sie als Juden auswiesen, Bauernkappen auf und zogen über die üblichen Judenwege nach Bamberg. Vor der Jakobskirche stellten sie sich mit Bettelschüsseln auf und beobachteten jede Öffnung, alle Türen und Fenster. Moritz, der mutigere von beiden, betrat zuletzt die Kirche. Ihm fiel auf, dass hinter dem Altar und hinter dem Beichtstuhl einige Säulen zwei Seitentüren verdeckten. Danach schritten die Männer den Weg zur Regnitz ab, ehe sie sich vor der Stadt ein Lager suchten. Die Judenherberge vermieden sie.

Saul konnte nicht nur schreinern, sondern auch etwas schmieden, er verstand es, mit Schlüsseln umzugehen. Er hatte ein Werkzeug angefertigt, das, wie er schwor, jede Tür öffnen würde. Leibl stattete Mordechai am Tag vor der Prozession einen Besuch ab und schlug ihm vor, er solle in der folgenden Nacht seine Tür offen lassen. Er wollte einen Schubkarren besorgen. Der würde nicht nur das Tragen erleichtern, sondern sie könnten den Karren stehen lassen und fliehen, sollten sie gesehen werden. Alle waren bereits früh am Tag an den Plätzen, die ihnen einen guten Blick auf die vorbeiziehenden Priester gewähren würden. Daniel war bei den Bauarbeiten geblieben. Die Männer befürchteten, es wäre aufgefallen, wenn er sich entfernt hätte.

Die feierliche Prozession war eindrucksvoll, der Domplatz gestopft voll. Mendel, der sich unmittelbar neben der Kirche aufgestellt hatte, erblickte sofort den silbernen Kelch, ein großes Gefäß, das würdevoll von zwei Knaben getragen wurde und offensichtlich Weihwasser enthielt. Wie die anderen war Mendel vermummt mit Tüchern, um seinen Bart und auch das Gesicht zu verdecken. Er hatte die Aufgabe, an der Messe in der Kirche teilzunehmen, so dass er sehen konnte, durch welche Seitentür die Ministranten den Kelch tragen würden. Ängstlich wie er war, verpasste er beinahe den entscheidenden Moment, sah erst in letzter Sekunde, wie die Jungen mit dem Behälter nach links abbogen.

In der Nacht verteilten sich Daniels Männer. Jeder wusste, wo er Schildwache zu stehen hatte. Mendel benutzte Schlomos Schlüsselwerkzeug mit Erfolg. Auch die Seitentür, die zu dem Raum führte, in dem der Kelch aufbewahrt wurde, konnte damit geöffnet werden. Erleichtert sah er ihn glitzern. Mendels Augen mussten sich erst an die Dunkelheit gewöhnen, dann schlich er an die Säule heran, auf der das Gefäß stand, nahm es an sich und schloss mit Schlomos Wunderschlüssel die Tür von außen wieder ab. Leibls Schubkarren stand bereit, die Räder waren mit Lumpen umwickelt. Sekunden später lag das wertvolle Stück versteckt im Karren und war auf dem Weg zur Judenstraße und zu Mordechai. Saul hatte mit Mendel und Herschel direkt an der Kirche Schildwache gehalten. Als sich die Männer leise entfernten, ließ Saul ein Stück Schweinefleisch fallen, um den Verdacht von jüdischen Dieben abzulenken. Das erste Abenteuer war erfolgreich beendet.

Obwohl alles gut verlaufen war und Mordechai die Chawrusse gut bezahlt hatte, entschied Daniel, dass sie nie mehr in Bamberg eine Aktion unternehmen würden. Nachdem sie Mordechai den Kelch mit seinen drei großen Edelsteinen beschrieben hatten, sagte er ihnen, er wolle die Steine, nicht den Becher. Sicher hatte er ihn öfter gesehen, er lebte schließlich nebenan.

„Wir sind noch Anfänger", sagte Daniel bedächtig. „Wir haben etwas sehr Gefährliches getan. Bamberg liegt zu nahe an der Siedlung. Wir müssen aufpassen, dass sich in unserer Gegend etwas ähnliches nicht wiederholt! Es darf nicht der geringste Verdacht auf uns fallen. Wir werden weiter mit Mordechai zusammenarbeiten. Aber die Ware muss von nun an von weit her kommen. Und wir dürfen nie zweimal an einem Ort arbeiten."

Die Chawrusse war damit einverstanden. Man sollte die eigene Haustür nie beschmutzen.

Sie gingen auf Reisen, um die Messen in Frankfurt, Braunschweig und Leipzig zu besuchen, sie wollten die Geschäftswelt kennen lernen. Leibl und Adam hatten sich die nötigen Papiere besorgt – gegen Bezahlung von Steuern, versteht sich. Sie gaben sich als Geschäftsleute aus, trugen Proben von Wolle mit sich, die sie vorzeigten, und gaben an, dass ihre Frauen diese in der Hebelein-Siedlung herstellen würden. Aufträge nahmen sie noch keine an, das war reichlich verfrüht, sie wollten lediglich den Markt erforschen. Die Musiker Mendel und Herschel waren als solche bekannt und konnten deswegen ohne Schwierigkeiten mitkommen.

Schlomo und Saul reisten als Diener mit und wurden innerhalb kurzer Zeit zu guten Baldowern. In Leipzig, wohin vor allem Geschäftsleute aus Polen kamen, traten sie zum ersten Mal allein in Aktion.

Die Brüder stellten im Laufe des letzten Messeabends in einem Wirtshaus fest, dass drei Polen eine Kutsche gemietet hatten, mit der sie am folgenden Tag samt ihren schweren Geldtaschen die Rückreise antreten würden. In der Nacht lösten sie ein Rad von der Kutsche und ersetzten es durch ein defektes, das innerhalb einer Stunde Fahrt zusammenbrechen würde. Am frühen Morgen mieteten sie Pferde, folgten den Polen, bis nach einer reichlichen halben Stunde das Rad von der Kutsche rollte. Der Kutscher hatte große Mühe, die verschreckten vier Pferde zu beruhigen. Sein Gehilfe sprang ab, um die Tiere zu halten, was ihm gelang, doch dann stürzte der Wagen knallend auf die Seite. Im Wirrwarr dieses unvermeidlichen Unfalls, tauchten die Brüder als Retter auf, halfen den jammernden Kaufleuten aus dem umgeworfenen Wagen und trennten sie von ihren Geldbeuteln, ohne dass diese es sofort bemerkten. Da auch andere Fuhrwerke anhielten, um den Wagen wieder aufzurichten, fiel der spätere Verdacht nicht unbedingt auf die beiden, vor allem nicht, weil sie beflissen versprachen, dem Eigentümer der Mietskutsche sofort in Leipzig Bescheid zu geben. Was sie auch taten.

Dieses Unternehmen führte dazu, dass die Chawrusse neben den Eheschließungen beim Einzug in ihre Siedlung kurz nach dem Laubhüttenfest einiges zu feiern hatte.

Am ersten Abend waren im gemeinsamen Raum zwei Tische feierlich mit Besteck gedeckt, das Zimmer war zu klein für einen langen Esstisch. Zuerst wollten die Männer allein sein, die Frauen waren noch in der Küche oder in ihren neuen Kammern beschäftigt. Am Kopf der Tafel saß auf einem der beiden Stühle Daniel ben Löw, wie es sich gehörte für den Anführer der Chawrusse. Ihm gegenüber am Ende des Tisches saß Jossel. Die anderen hatten sich auf den Bänken an den Seiten des Tisches verteilt. Auf der rechten Seite saßen Leibl, Adam, Mendel und Herschel, ihnen gegenüber die Schnorrer Moritz und Esra, neben ihnen die Brüder Frumm, Schlomo und Saul. So wie an diesem Abend saßen sie von nun an bei allen Besprechungen. Jeder hatte seinen Stammplatz. Und Jossel zeichnete alle Beschlüsse auf.

Daniel betrachtete sie, seine Chawerim, für die er sich verantwortlich fühlte, ihre Frauen, die acht Kinder, Adams große Töchter und den kleinen Sohn, die drei Kinder des Moritz und Esras beide Söhne. Sie schienen nicht Diebe und Gauner zu sein, sondern brave Leute. Und waren sie nicht beides? Hatten sie nicht alle dasselbe Verlangen nach einem ruhigen Leben in der Mitte ihrer Familien? Die Gesetze und Verordnungen hatten ihnen diesen Wunsch verwehrt und sie dazu verurteilt, in Armut zu leben.

Daniel hatte gesehen, wie der angeblich sture Moritz weinte, als er die Mesuse mit den Fäden seines Gebetsschals berührte und sie küsste. Darauf brach seine schmale Frau ebenfalls in Tränen aus. Es war die erste Mesuse, die dem Schnorrer gehörte. Die kleine Kammer war der erste Raum, in dem er mit seiner Frau und den Kindern zusammenleben konnte. Auch die anderen küssten ehrfürchtig ihre Mesuses, die Leibl in Fürth besorgt und an jeder Tür angebracht hatte. Sie besiegelten damit mehr als durch Worte ihre Zugehörigkeit zu einer neuen Gemeinschaft.

Daniel war zufrieden. Die Männer einigten sich wie auch die anderen jüdischen Banden darauf, niemals zu töten, sondern lieber sich selber töten zu lassen. Da sie das Gebot, nicht zu stehlen, regelmäßig übertraten, versuchten sie, wenigstens die anderen Gebote streng zu halten. Und natürlich hatten sie beschlossen, sich an die Takones zu halten, die von den Fürther Parnejsim für die dortige Kehile aufgestellt worden waren.

Es wurde still im Raum, als Adam aufstand, um zu den Männern zu sprechen. „Viel will ich nicht sagen. Nur eines: Der Ewige hat es gut mit uns gemeint, als er uns Daniel gebracht hat! Einen jungen energischen Mann mit scharfem Verstand und großem Herzen! Wir, unsere Familien, wir verdanken ihm, dass wir ein Heim haben. Ich möchte dir danken, Daniel. Du machst deinem Namen Ehre: Du bist für uns ein großer Löwe!" Er hob sein Glas und rief: „Lechajim!"

Alle standen auf, scharten sich um ihren Anführer und riefen ihm ebenfalls „Lechajim" zu. Daniel war verlegen. Mendel und Herschel holten ihre Geigen hervor und spielten auf. Lachend schoben die Männer die Tische beiseite und bildeten einen Kreis um Daniel, fingen an zu tanzen, ohne zu merken, dass Hebelein mit seiner Tochter an der Tür erschienen war. Der hohe Herr war gekommen, um seine Juden willkommen zu heißen. Nun sah er ihnen zu, wie sie in die Hände klatschten, die Beine hin und her schwangen, mit den Füssen auf den Lehmboden stampften und Jossel einen Stuhl holte. Er zwang Daniel, sich darauf zu setzen. Und weiter im Tanzschritt gehend, hoben er, Schlomo, Esra und Saul den protestierenden Daniel in die Höhe.

Der sah plötzlich die Gäste, deutete auf sie, die Musik verstummte. Doch Hebelein winkte ab. „Lasst euch nicht stören", sagte er. „Wir sehen, ihr habt ein Festmahl vorbereitet." Er ging auf Daniel zu, der wieder auf ebener Erde stand, und schüttelte ihm die Hand. Dann verließen er und Isabella den Raum.

Daniel brauchte eine Weile, ehe er seinen Dank aussprechen konnte, er hatte gesehen, dass Isabellas leuchtende Augen auf ihn gerichtet waren, als er gelobt und gefeiert wurde. Was hätte er nicht dafür gegeben, ihr nur einmal die Hand zu drücken! Zu seinem Glück erschienen die Frauen und Kinder, so dass sich die Sitzordnung änderte. Wie erwartet, hatte auch Schlomo eine Frau gefunden, eine lebhafte Dreißigjährige, die wie die Frauen der beiden Musiker aus Frankfurt stammte. An diesem Abend wollten sie auch die Hochzeiten zusammen feiern. Nachdem sich alle wieder gesetzt hatten, trugen die Frauen das Festessen auf. Sie reichten Gefilte Fisch und als Nachtisch Birnenkompott.

„Lasst uns dem Ewigen für die Speise danken", sagte Jossel nach dem Essen. Mit Tränen in den Augen stimmte er die Melodie an. Er glaubte fest, dass der Ewige es verstehen und ihnen verzeihen würde, dass sie Gauner geworden waren.

Als Daniel um Mitternacht etwas schwankend in seine Kammer ging, fand er Pippin zusammengerollt vor der Tür liegen. Er bückte sich, um das Tier zu streicheln und murmelte: „Na Alter, dir ist der Trubel wohl zu viel geworden!" Da merkte er, das Pippin röchelte. Bestürzt hob ihn Daniel auf, spürte, wie der kleine Hund versuchte, seine Hand zu lecken, dann bäumte er sich auf, zuckte mehrmals heftig und lag still in den Armen seines Herrn. Lange saß Daniel auf dem Boden und hielt Pippin auf dem Schoß. Sein lieber Kumpan würde das neue Heim nicht mehr mit ihm teilen.

20

In den Dörfern und Städten rings um die Siedlung wurden Leibl, Adam, Daniel, Schlomo und Saul rasch als fahrende Händler bekannt. Moritz und Esra galten als ihre Knechte, Herschel und Mendel spielten weiter auf Hochzeiten und Märkten. Es fiel niemandem auf, dass sie sich oft gleichzeitig in denselben Orten wie die Händler aufhielten. Jossel verließ die Siedlung nur selten, denn er unterrichtete die Kinder. Er war inzwischen mit Adams Schwester verheiratet und sehr glücklich.

Die Dorfbewohner hatten mit den Juden, abgesehen von den Einkäufen, die die jüdischen Frauen bei den Bauern tätigten, wenig zu tun. Nach wie vor scheuten sie sich vor den Juden, ihre Gebräuche und Sitten waren ihnen nicht geheuer. Oft bemerkte Daniel, wie jemand heimlich Zeichen machte, um Unheil abzuwähren, wenn ein Jude aus der Siedlung in ihre Nähe trat. Die Bauern beschwerten sich nicht mehr bei Hebelein, denn inzwischen zogen auch sie Gewinn aus den ungeliebten Nachbarn.

Die Frauen und Kinder waren nicht in die Geheimnisse der Chawrusse eingeweiht. Aber sie ertrugen die regelmäßigen Reisen der Männer. Nur an Feiertagen blieben die Chawerim zu Hause, für diese Tage planten sie nie ein Geschäft. Auch am Schabbat arbeiteten sie nicht. Zwar konnten sie den heiligen Ruhetag nicht immer zu Hause bei ihren Familien verbringen, aber sie hielten sich dann stets in einer jüdischen Unterkunft auf. Auch die Speisevorschriften beachteten die Männer. Meistens gingen sie zu Fuß, nahmen Brot und Käse mit oder kehrten auf langen Reisen in Judenherbergen ein. Unterwegs besuchten sie die Synagogen und beteten mit den einheimischen Juden. In jeder Kehile hatten sie das Gefühl dazuzugehören.

Im Juli 1659 heirateten Karl Graf von Grenzlingen und Isabella von Ronsheim im Bamberger Dom. Es war ein Volksfest, für das die ganze Stadt auf den Beinen war. Der Graf, ein hoher Offizier und wichtiger Berater des Kaisers, hätte es zwar vorgezogen, die Hochzeit in Wien zu feiern. Er erfüllte aber den Wunsch der Braut und nahm ihr zuliebe mit der Provinz vorlieb. Von nun an jedoch würde seine Frau sich ihm fügen müssen, dessen war er sich gewiss, und das hatte Frau von Hebelein ihrer Tochter Isabella auch eingeschärft.

Der Graf verdankte seine Bekanntschaft mit Isabella dem Zufall, nicht den Bemühungen der Frau von Hebelein, die mehr darauf bedacht war, sich um die eigene Garderobe zu kümmern und sich in der Kaiserstadt zu vergnügen, als einen Gatten für ihre Tochter zu suchen. Die edle Frau war mit Isabella nie zufrieden gewesen. Das Mädchen war zwar schön, aber schüchtern und zurückhaltend. Vielleicht etwas zu schön, denn ihre zarte Erscheinung stellte die Mutter in den Schatten, was dieser wenig behagte. Der Graf hatte die junge Fränkin in Wien im Theater gesehen. Sie war mit ihrer Mama zu Besuch bei einer alten Tante ihres verstorbenen Vaters. Der Graf war entzückt von Isabellas Frische, ihrer lebhaften Anteilnahme an dem Vorgang auf der Bühne, ihrer offensichtlichen Unschuld und Weltfremdheit. Bekannt für sein Interesse an jungen Mädchen, wusste der Graf, dass er dieses Fräulein nur durch eine Ehe würde besitzen können. Es sprach wenig dagegen, er war nun über vierzig, es war Zeit, eine Ehe einzugehen. Fräulein Isabella war eine standesgemäße Ehefrau, auch wenn die Ronsheimer dem Geschlecht der Grenzlinger nicht ebenbürtig waren.

Isabella war fassungslos, als die Mutter ihr das gräfliche Angebot mitteilte und ihr befahl, es anzunehmen. Der Graf, über zwanzig Jahre älter als das Mädchen, ein wohlbeleibter, erfahrener Lebemann, hatte am Tag nach dem Theaterbesuch im Hause der Tante vorgesprochen und Isabella den Hof gemacht. Sie hatte nicht erwartet, dass der elegante Herr ernste Absichten habe. Nun, nach drei Wochen Bekanntschaft, hatte der vornehme Graf um ihre Hand angehalten. Isabella hatte Bedenken und große Ängste, doch sie hatte gelernt, sich ihrer Mutter niemals zu widersetzen. Auch diesmal fügte sie sich, obwohl sie etliche Tränen in ihrem Zimmer vergoss. Ganz Wien sprach von der glänzenden Partie der kleinen Ronsheim. Isabella war die Attraktion der Saison, sie wurde von einem Empfang zum nächsten gereicht, eilte von einer Einladung zur anderen, ehe sie mit ihrer Mutter endlich abreisen und zu Hause die Hochzeitsvorbereitungen treffen konnte.

Karl von Grenzlingen hatte Isabella im Laufe dieser Wochen etwas näher kennen gelernt. Er war begeistert von dem jungen Mädchen, von ihrem freundlichen Wesen, ihrer Offenheit und eben jener Bescheidenheit, die ihre Mama so sehr ärgerte. Die junge Frau musste zwar noch einiges lernen, um eine würdige Herrin und gute Gastgeberin zu werden, doch das hatte Zeit.

Der Graf verließ das enge Bamberg und den hochzeitlichen Empfang so schnell er konnte, um seine junge Braut in der herrſchaftlichen Kutsche auf sein Lieblingsschloss in die Tiroler Alpen zu bringen. In den Herbergen, in denen sie unterwegs übernachteten, hatte er getrennte Kammern reserviert. Isabella war ihm dafür zutiefst dankbar. Auch sie wusste, dass sie viel zu lernen hatte.

An den jungen Juden dachte sie nicht. Daniel hingegen hatte genau gewusst, wann Isabella den Grafen heiraten würde. Am Tag der Hochzeit, als Peter von Hebelein im Bamberger Dom voller Stolz die Hand seiner Stieftochter in die des Grafen legte, stand Daniel unter den Schaulustigen vor der Kirche, sah, wie seine Angebetete in die geschmückte Kutsche stieg und der Menge schüchtern zuwinkte.

Er beobachtete sie mit Bewunderung und Trauer, sagte sich, es sei gut, dass sie nicht mehr in seiner Nähe leben würde, denn dann hätte er noch mehr gelitten. Er bemerkte kaum die Massen um sich, er war verwirrt, verstand das Gefühl nicht, dass ihn überwältigte. Warum war seine Brust wie zugeschnürt? Isabella bedeutete ihm nichts! Er kannte sie kaum! Was wusste er von ihr? Nichts. Vielleicht war sie heimtückisch und nachtragend, neidisch und streitsüchtig. In Gedanken hatte er sie mit allen edlen Eigenschaften versehen. Er erkannte, dass er nicht Isabella liebte, sondern ein Wunschbild, das es nicht gab, keine Person aus Fleisch und Blut! Wahrscheinlich liebte er sie, weil sie unerreichbar war. Erneut drängte sich eine Erinnerung auf, ließ ihn starr werden. Nie konnte er ganz loskommen von dem Männerkörper, der ihn so gequält hatte.

Es schüttelte ihn vor Übelkeit. Er zwang sich, an anderes zu denken. Nicht an jenen Tag in der Hütte. Nicht an Isabella. Bald würde er wieder auf Reisen sein. Hamburg, sein nächstes Ziel, war weit entfernt.

Daniel war nicht nach Bamberg gekommen, um Isabellas Hochzeit zu sehen, sondern um Mordechai zu besuchen. Der Juwelier hatte Leibl mitgeteilt, dass er mit dem Balebos ein Geschäft besprechen wolle. Die Chawrusse war zur Gemeinschaft, zu einer Familie geworden, vor allem durch die Frauen und Kinder. Die Männer hatten im Laufe des Jahres viel gelernt, sie wussten jetzt, wo man Pferde und Fuhrwerke mieten und wie man zuverlässige Informationen kaufen konnte. Sie hatten Verbindung mit anderen Chawrussen aufgenommen. Es war ihnen nicht schwer gefallen, sich die Gaunersprache anzueignen. Es erfüllte Daniel mit Stolz, dass nicht jeder Jude demütig alles hinnahm, was andere ihm antaten. Er betrachtete die Chawrussen als Kämpfer, die sich gegen die unwürdigen Gesetze auflehnten. Sie waren vielleicht aus Verzweiflung, aber stets voller Mut bereit, außerhalb des Gesetzes zu leben, wie grausam die Folgen auch sein mochten.

Daniel fragte sich, was Mordechai wohl von ihm wolle. Etwas Außergewöhnliches, hatte Leibl berichtet. Die Kutsche mit dem Brautpaar war längst verschwunden, Daniel musste gehen. Er kehrte dem Trubel den Rücken und begab sich in die Judengasse. Mordechai hielt eine Überraschung bereit: Er hatte in letzter Zeit als Pfand gegen Geldvorschüsse mehrmals Kunstwerke angenommen. Einige davon waren nicht abgeholt worden, er konnte sie zu guten Preisen verkaufen. Der gewiefte Hehler hatte sich einen neuen Markt erobert. Nun brauchte er mehr Ware. Daniel schien ihm der Richtige zu sein, um an diese heranzukommen. Mordechai hatte ihn lange beobachtet und war beeindruckt: der Bandenchef war jung und tatkräftig, auf Gewinn bedacht, aber dabei nicht unvorsichtig.

Der Juwelier empfing Daniel mit unterwürfiger Verbeugung und führte ihn in sein kleines Kontor. „Ich bin Kunsthändler geworden", sagte er mit einem Anflug von Stolz. „Ich habe neue Kundschaft bekommen und brauche jemanden, der bei mir ins Geschäft einsteigt!"

Er wies auf ein Bild, das zusammen mit anderen an der Wand lehnte. „Das ist kein Pfand, der Besitzer überließ es mir, um … Ich wollt es dir zeigen."

Daniel betrachtete das Ölgemälde, auf dem eine lebendige Marktszene zu sehen war, viele Menschen bunt durcheinander, biedere Bürger und fahrendes Volk. Aus Buden winkten Händler Kunden herbei, ein Kaufmann betrachtete prüfend ausgelegte Stoffe, ein Bauer führte eine Kuh vorbei, ein Spieler hielt Karten in die Höhe. Der Blick wurde vor allem auf eine Tänzerin gelenkt, eine aufreizende Frau mit langen schwarzen Haaren, die von einer Gruppe von Gauklern umgeben war. Um sie scharten sich schaulustige Menschen, die nicht bemerkten, wie ihnen Taschendiebe geschickt die Geldbeutel abnahmen. Im oberen Teil des Bildes hingen in den Wolken die Instrumente der Ordnung: Pranger, Peitsche, Kerker und Galgen.

„Das hat ein Mann aus dem Rheinland gemalt", erklärte Mordechai auf Daniels ungestellte Frage. „Er heißt Gerhard. Immer mehr Männer aus Holland, aus Österreich und von hier reisen nach Italien, um das Malen zu lernen. Viele von ihnen zeichnen dort Szenen vom fahrenden Volk. Die Frau und die lüsternen Gesichter der Männer, die kommen bei Gerhard immer wieder vor. Die Bilder aus Italien sind bei Sammlern sehr begehrt. Die Holländer haben Erfolg damit."

Seine Hände drehten geschickt ein anderes Ölbild um, das eine Bauernhochzeit zeigte. Wie das Marktbild war es bunt, gefüllt mit vielen Gestalten, die umhertorkelten, aßen, tranken, urinierten, Frauen warfen sich ausgestreckt auf den Boden, Männer griffen Weibern unter den Rock, ein Paar hielt sich eng umschlungen. „Das Bild hat schon einen Käufer", betonte Mordechai. „Mir geht's darum, dem Mann zu helfen, dem das Marktbild gehört, der sammelt Gaunerbilder. Bambocciate sagt er dazu. Egal! Er ist erpicht auf Gerhards Bilder. Der aber verkauft nichts! Ein Muttersöhnchen ist er und reich, verliebt in sein eigenes Werk – was soll man machen?" Seine listigen Augen zwinkerten. Er brauchte nicht zu erklären, was er wollte: Sie sollten Gerhards Bilder stehlen. Daniel verstand ihn.

Der junge Mann war befremdet. Warum schauen sich die Reichen Bilder vom Elend der Armen an? Laut sagte er: „Wenn die Bilder nicht rechtmäßig gekauft wurden, wie kann der Sammler sie dann zeigen?" Er mochte Mordechai nicht, aber er schätzte dessen Geschäftssinn. Er vermutete, dass Mordechai ihm auch nicht zugetan war und nicht vergessen hatte, dass Daniels Bande ihn erpresst hatte. Vielleicht fürchtet er sich vor uns. Oder er möchte uns benutzen.

„Zeigen? Was heißt zeigen? Haben will er sie. Sich daran erfreuen. So sind Sammler, sag ich dir! Ein, zwei Bilder von Gerhard wären kein schlechtes Geschäft. Kunst ist nicht jedermanns Sache. Darauf kann man sich vielleicht spezialisieren." Seine kleinen Augen zwinkerten. Er hoffte, Daniel würde ihn verstehen.

Daniel überlegte. Er hatte gelernt, dass es besser war, für vieles Spezialisten einzuspannen, als alles selbst zu erledigen. Einbrüche wie den in die Bamberger Jakobskirche und Überfälle, wie sie einen für Hamburg planten, mussten sie gemeinsam mit anderen unternehmen, die das besser konnten. Saul hatte sich auf das Herstellen von Schlüsseln spezialisiert, das hatte sich unter jüdischen Banden schon herumgesprochen, seine Dienste waren gefragt. Kunsthandel als Spezialgebiet? Man musste das untersuchen.

„Wo im Rheinland?", fragte Daniel.

„In einem Dorf in der Nähe von Bonn", antwortete Mordechai. „Batzenhausen heißt es. Gerhard lebt dort zusammen mit seiner Mutter in einem Herrenhaus." Mordechai lächelte zufrieden. Er hatte Daniel richtig eingeschätzt. Der junge Mann war klug, er würde das gut fertig bringen.

Zu Hause angekommen, erklärte Daniel den Kumpanen das neue Geschäft, das er „Mordechais Kunsthandel" nannte. Zwar fand er den Charakter des Juweliers abstoßend, aber er wusste, dass Mordechai ein guter Hehler war, der den Markt der Käufer und Verkäufer verstand. Mordechai hatte begriffen, dass die neue Chawrusse bereit war, ein unbekanntes Risiko einzugehen! Daniel glaubte ihm, dass es für die Bilder Liebhaber gäbe. Doch die gemalten Szenen ließen ihn schaudern, und die Idee dieses neuen Geschäfts löste bei ihm ebenso wie bei seinen Kumpanen Bedenken aus: Bilder? Jeder dachte mit einigem Unbehagen an das Bilderverbot.

„Manche Gojim malen eben Bilder, und andere kaufen sie", sagte Daniel mit gespielter Sicherheit. „Warum sollen wir uns Gedanken darüber machen? – Wir müssen überlegen, wie wir sie dem Maler wegnehmen und nach Bamberg bringen können, mehr nicht."

„Wegnehmen" hatte er gesagt. Ganoven nahmen ungern das Wort „stehlen" in den Mund. „Am besten wär's, wir probieren es einmal aus", schlug Daniel vor. „Mordechai sagt, man solle das Bild geschwind aus dem Rahmen nehmen, dann einrollen, so sei es am besten zu tragen. Und wenn man mehrere Bilder hat, kann man sie zusammenrollen. Wir müssen lernen, wie man es geschickt macht, ohne das Bild irgendwie zu beschädigen", fuhr er fort. „Aber zuerst müssen wir ausbaldowern, wo und wie dieser Goj wohnt."

Er hatte bereits darüber nachgedacht. Die nächste Aktion war in Hamburg geplant. Auf der Reise dorthin könnten sie einen Abstecher in das Dorf des Malers machen. Laut sagte er: „Leibl, kannst du uns einen Rahmen und Leinwand besorgen?" Sie hatten die Erfahrung gemacht, dass man alles vorher üben sollte. Also mussten sie auch üben, wie sich Leinwand aus einem Rahmen schneiden ließ.

Saul hatte sich für das Unternehmen mit den Bildern am meisten interessiert. Bald beherrschte er es meisterhaft, ein Bild aus seinem Rahmen zu entfernen und einzurollen. In der Siedlungswerkstatt fertigte er aus Leder eine Rolle an, in die sie Bilder stecken konnten. Und so ernannten ihn die Kumpanen zum „Kunsthändler".

Eines Morgens brachen Adam und Leibl als Kaufleute mit ihren Knechten Saul und Daniel in einer gemieteten Kutsche nach Batzenhausen auf. Von dort aus würden sie später nach Hamburg weiterfahren. Nach einigen Tagen erreichten sie den Rhein. Sein Anblick überwältigte die Männer: dieser Fluss war um vieles breiter als die Regnitz und die Pegnitz!

Unweit von Batzenhausen hielten sie vor einer Herberge an. Während Daniel sich darum kümmerte, dass die Pferde mit Hafer versorgt würden, gingen Leibl, Saul und Adam ins Dorf, um die Lage auszubaldowern. Sie wollten feststellen, wo genau das Haus des Malers lag, wie viele Türen und Fenster es hatte und wo sie auf Saul, ihren „Kunsthändler", warten sollten, damit er mit den Bildern unerkannt fliehen könnte.

Daniel betrat die Schenke. Er wurde oft nicht als Jude erkannt. Seine Größe und die Kleidung eines Knechts erregten wenig Aufsehen Mehrere Bauern standen an der Theke, flüchtig erwiderte der Wirt Daniels Gruß, worauf der junge Jude seinen Wunsch äußerte. Da fiel eine schwere Hand auf Daniels Schulter, erschrocken drehte er sich um – und blickte in Sepps lachende Augen.

„Hab dich erkannt, groß und stark bist du geworden, aber immer noch der Dani!" Keiner der beiden verbarg seine Freude, sie klopften sich gegenseitig auf die Schultern und setzten sich zusammen. Daniel erzählte Sepp nichts von der Chawrusse, wohl aber von ihrer neuen Judensiedlung in den fränkischen Bergen. Die beiden Männer spürten, dass ihre ehemalige Zuneigung noch vorhanden war, und in den nächsten Stunden vertiefte sie sich weiter. Keiner dachte an den Unterschied des Alters und der Religion. Sepp war stolz auf seinen Hof mit vier Morgen Land, den er mit seiner Frau Marie bewirtschaftete, und klagte über den rheinischen Kurfürsten, dessen Forderungen die Untertanen teuer zu stehen kamen. Doch Sepp fühlte sich offensichtlich wohl und war zufrieden.

Als die drei Männer aus Batzenhausen zurückkehrten, verabschiedete sich Daniel von Sepp und versprach wiederzukommen. Er trennte sich nur ungern von ihm. Gemeinsam setzten die Kumpanen die Reise fort. Saul erklärte Daniel, wie er auf der Rückreise von Hamburg die Bilder holen würde.

Nach einigen Tagen erreichten sie die große Hansestadt. Daniel war beeindruckt. In einer engen Gasse im Judenviertel fanden die Männer Unterkunft und zahlten die Miete für zwei Wochen im Voraus. Schlomo, der schon acht Tage vorher eingetroffen war, hatte seinen Bart abrasiert und sich am Hafen unter die Arbeiter gemischt. Herschel und Mendel hielten sich bereits seit zwei Monaten in Hamburg auf, im benachbarten Altona hatten sie ein Haus gemietet.

Am Tag nach seiner Ankunft lief Daniel an der Elbe entlang zu den Landungsbrücken, kehrte dann zum Binnenhafen zurück, ehe er durch die Stadt ging, wo er die vornehmen Patrizierhäuser mit ihren hohen Giebeln und Verzierungen bewunderte. Er fragte sich, wie es wohl in den geschäftigen Kontoren aussähe, in den Hinterhöfen mit ihren großen Lagern. Das Stadtbild war geprägt von beladenen Wagen, die durch die Straßen zum Hafen rollten oder von dort kamen. Als Daniel einmal stehen blieb, um eine Fassade zu betrachten, traten zwei fein gekleidete junge Herren in seinem Alter aus einem der hohen Häuser. Verächtlich schob einer der beiden den jungen Juden beiseite, bevor er sich weiter mit seinem Freund unterhielt. Daniel wurde von Wut ergriffen, musste sich überwinden, nicht laut zu werden. Er lehnte sich gegen die Mauer und blickte den beiden nach, wie sie gut gelaunt um die Ecke verschwanden. Es machte ihn zornig, dass er wegen seiner Herkunft verachtet wurde.

Eines Tages würde er sich Ansehen verschafft haben. Sein Sohn, schwor er sich, sollte niemals gedemütigt und einfach beiseite geschoben werden.

Sein Sohn. – Dazu bräuchte er aber eine Frau. Die Chawrusse hatte vergeblich versucht, für ihn eine Ehe zustande zu bringen. Bislang weigerte er sich.

In düsterer Stimmung kehrte er in die verwinkelten Gassen des Judenviertels zurück und stellte erleichtert fest, dass ihr Hamburger Unternehmen endlich begann. Schlomo hatte durch einen Boten eine Nachricht geschickt.

Daniel konzentrierte sich ganz auf die Aktion, die größte, die sie bisher unternommen hatten. Es ging um eine Ladung Textilien aus London, ein Geschäft, das Leibl ausgekundschaftet hatte. Textilien waren sozusagen Teil seiner Branche, auch wenn einige Tonnen erstklassiger englischer Stoffe ein etwas größeres Geschäft waren als die Tücher, die er früher von Dorf zu Dorf getragen hatte. Textilien gehörten wie Vieh zu den wenigen Produkten, mit denen Juden handeln durften.

„Englische Wolle und englische Textilien sind gut und billig", hatte Leibl erklärt. „Es ist schwer, bei den niedrigen Preisen zu konkurrieren!" Das hatten sie bereits erfahren. Die vielen Grenzen im deutschsprachigen Gebiet, die jeder Kaufmann mit seiner Ware überqueren musste, verteuerten alles, denn überall waren Zölle zu entrichten. In der Hebelein-Siedlung arbeiteten die

Frauen zwar fleißig an ihren Spinnrädern, doch sie konnten die Wolle kaum in andere Länder verkaufen.

„Die englischen Weber in einer Grafschaft wie Cornwall bringen ihre Produkte auf alle Märkte im Land", erklärte Leibl. „Das ist ihr Vorteil. Der Gutsherr beschäftigt die Leute als Weber in seiner Ortschaft und schafft die Ware zum Markt. Danach kommen Zwischenhändler ins Spiel, besonders Exporteure. Alle verdienen gut. Und seitdem es jüdische Händler gibt, sind die Verbindungen zum Festland hervorragend."

Das brauchte Leibl nicht weiter auszuführen, alle verstanden es. Der biedere Puritaner Oliver Cromwell hatte sich als judenfreundlich erwiesen. Seitdem das Parlament den Juden erlaubt hatte, ihre Religion auszuüben, waren viele von ihnen nach England gegangen.

Leibl interessierten vor allem die neuen Handelsverbindungen. Es war logisch, dass sich viele der neuen englischen Bürger mit der Textilanfertigung befassten und durch ihre Beziehungen dem englischen Stoff neue Märkte im europäischen Raum eröffneten. Ein Baldower hatte herausgefunden, dass von Lübecker Geschäftsleuten eine große Ladung Laken und andere Stoffe in England bestellt worden war. Und in Polen kannte der Mann einen Käufer, der daran interessiert war, die Ladung zu einem günstigen Preis zu kaufen. So beschloss die Chawrusse, den Polen zu beliefern.

Daniel entwarf einen Plan: sie mussten als Transporteure fungieren. Die Stoffballen würde vom Schiff auf ein Fuhrwerk verladen, das von Kutschern nach Lübeck gebracht werden sollte. Diese Fuhrleute würden sie bestechen und unterwegs überfallen. Die Chawerim müssten dann das Fuhrwerk kutschieren und in ein Versteck bringen. Von dort aus würde die Ware sofort auf Umwegen, immer mit einem anderen Wagen und neu verpackt, nach Polen gebracht werden. Das bedeutete die Beteiligung einer Chawrusse aus Pommern und die Bestechung einiger Hafenarbeiter sowie der Lübecker Fuhrmänner, doch das Geschäft würde sich für alle lohnen.

Das Schiff aus England legte an, und alles verlief nach Plan. Schlomo beobachtete den Vorgang. Es dauerte lange, bevor die ganze Ladung an Land getragen war und sie die Ballen für die Lübecker erkennen konnten. Danach ging die Abfertigung im Zollhaus vor sich, es dauerte Stunden, bis die bestochenen Fuhrleute ihre Ware endlich aufladen konnten und abfuhren. Jetzt eilte Schlomo zu dem wartenden Wagen, auf dem Daniel, Moritz und Esra saßen. Daniel setzte die Pferde in Trab in Richtung Lübeck. An einem Abzweig, den sie zuvor ausgekundschaftet hatten, hielt er an und ließ das Fuhrwerk mitten auf dem Weg stehen. Schlomo, Moritz und Esra sprangen ab und mühten sich an der Deichsel.

Nach kurzer Zeit näherte sich der Lübecker Wagen und musste anhalten, denn Daniels Fuhrwerk versperrte den Weg. Nun war es einfach, den Kutscher und seine zwei Burschen zu entwaffnen, zu fesseln und zu knebeln und sie am Straßenrand liegen zu lassen. Da sie bestochen worden waren, ging alles reibungslos vor sich. Saul übernahm die Zügel des Lübecker Fuhrwerks, und sie fuhren nach Altona, wo beide Wagen und die Ladung sofort versteckt werden konnten.

Frühmorgens am folgenden Tag wurde die neu verpackte Ware in mehrere Ladungen geteilt, mit neuen Dokumenten versehen und weiter transportiert. Das erledigte eine andere Bande, die auch die Pferde beschafft hatte.

Daniel reiste allein nach Hause. Er wollte nicht in Sepps Gegend gesehen werden, wenn ein Einbruch stattfand. Saul würde das dank seiner Schlüssel allein schaffen. Außerdem musste der Balebos häusliche Sachen regeln.

Eines der Kinder war unlängst krank geworden und hatte die anderen angesteckt. Dank der guten Luft und der Pflege durch die Frauen hatten sich zwar alle schnell wieder erholt. Doch Daniel fragte sich, was werden würde, wenn eine schwere Krankheit die Siedlung heimsuchte? Außerdem war Jossels Frau schwanger, in fünf Monaten würde das erste Kind in der Siedlung zur Welt kommen. In Hamburg hatten die Männer beschlossen, die Frauen zu bitten, zwei von ihnen auszusuchen, die für einige Zeit nach Fürth ins jüdische Krankenhaus gehen würden. Dort sollten sie von den Ärzten und der Hebamme angelernt werden. Die Fürther Juden hatten fünf Jahre vorher ein Krankenhaus eröffnet.

Inzwischen wurde die Siedlung regelmäßig von Umherziehenden aufgesucht, die oft medizinische Hilfe brauchten. Erst vor einer Woche hatte sich eine Gruppe den Berg hinaufgeschleppt, und eine kranke Frau war vor Erschöpfung liegen geblieben. Sie musste hinaufgetragen werden, aber ihr war nicht mehr zu helfen. Nun lag sie unten auf dem Waldfriedhof. Riwka Alt hatte sie geheißen, berichtete Jossel, der sich um alles gekümmert hatte. Die Frau hätte als Prostituierte auf der Straße gelebt, sagte er mit heiserer Stimme.

Daniel begleitete die Frauen nach Fürth, als Balebos war das seine Pflicht. Die Zukunft der ganzen Chawrusse lag in seiner Hand. Das bedeutete, dass er auch ein weiteres Problem lösen musste, nämlich die zunehmenden Forderungen der Obrigkeit. Jede Steuer musste sofort und genau beglichen werden. Daniel hatte das Geld gut zu verwalten und, wenn nötig, welches zu borgen. Auf dem Weg nach Fürth dachte er darüber nach.

21

Daniel hatte allen Grund, sich über hohe Steuerforderungen Gedanken zu machen. Das Ende des Krieges lag nun schon über zehn Jahre zurück, aber die Armut war nicht behoben, noch immer konnten sich viele Menschen nicht täglich satt essen. Die Fürsten hatten es nicht geschafft, die wirtschaftliche Lage zu verbessern. Weil Daniel oft reiste, erkannte er eines der Probleme: es gab zu viele Grenzen. Die Räume waren zu eng für Kaufleute. Außerdem hatte man Hammerwerke und Schmelzhütten nach dem Krieg noch nicht wiedereröffnet.

Das alles ging ihn aber wenig an, er musste an seine eigenen Geschäfte denken. Die Chawrusse hatte in diesem ersten Jahr mehr eingenommen als erwartet, allerdings waren auch die Ausgaben höher, als es sich die Männer vorgestellt hatten. Dazu kamen die neuen Verhandlungen mit Hebelein, der für die nächste Schutzperiode höhere Steuern erheben wollte. „Es sind ja schon neue Jüdlein auf dem Weg", hatte er trocken bemerkt und angekündigt, dass auch der Burgherr von Gehlen für den nächsten Schutzbrief höhere Forderungen stellen würde.

Daniel war zu Ohren gekommen, dass der Markgraf einen zweiten Hoffaktor angestellt hatte, und das nicht nur, weil Lämmle, der langjährige Hofjude des Markgrafen, kränklich war. In letzter Zeit waren Hoffaktoren ebenso wie jüdische Ärzte oder Hofnarren für Herrscher unentbehrlich geworden. Der Markgraf hatte in Schwierigkeiten gesteckt: Wie andere Herrscher besaß er das Recht, Silber- und Goldmünzen herzustellen. Da die Hofkosten aber sehr hoch waren, hatte er nicht widerstehen können und die Münzen etwas verkleinern lassen, um edles Metall zu sparen. Das war ans Licht gekommen und hatte zu Protesten geführt.

Damit sich Volkes Zorn nun nicht weiter gegen den Markgrafen richtete, hatte er beschlossen, einen Juden an seinen Hof zu holen, dem er die Münze verpachten würde. Sein jüdischer Leibarzt hatte daraufhin einen Amsterdamer Verwandten bei Hofe vorgestellt: Elias Silva, einen sephardischen Juden. Mit ihm hatte der hohe Herr einen Münzvertrag gegen einen Schlagschatz abgeschlossen. Der Markgraf musste sein Geld ehrbar unter die Leute bringen, deshalb war es empfehlenswert, einen Finanzier damit zu beauftragen. Juden hatten mit derartigen Geschäften Erfahrung und Erfolg.

Auf dem Weg von Fürth zurück zur Siedlung wollte Daniel Jakob besuchen. Wie immer wanderte er mit Händlersack und Knüppel, einem Stock, an dessen Kopf schweres Metall eingesetzt war, denn jeder Reisende musste auf Wanderwegen mit Überfällen rechnen. Unterwegs traf er auf eine Gruppe von Zirkusleuten und etwas später auf drei Schnorrer, die müde den Weg entlangschlurften. Er begleitete sie einige Zeit, ehe er sich in den Wald schlug.

Am späten Nachmittag erreichte Daniel das Wirtshaus unweit von Neustein. Im Hof stand eine vierspännige Kutsche, mehrere Diener liefen geschäftig umher. Stallknechte versorgten die Pferde, brachten sie jedoch nicht in den Stall, es schien, als ob die Reisenden ihre Fahrt nur kurz unterbrochen hatten und nicht hier übernachten würden. Daniel schenkte weder der Kutsche noch dem Wirtshaus viel Aufmerksamkeit, er war weiter fest entschlossen, niemals einen Überfall in seiner Gegend zu begehen. Er beeilte sich, zu seinen Verwandten zu kommen. Nahe der Herberge führte der Weg im Tal durch eine enge Schlucht. Bäume standen dicht gedrängt und verdeckten die Sicht. Dort hatte Sepps Bande mehrmals Reisende überfallen. Daniel ging zügig voran, damit er die gefährliche Stelle noch vor Einbruch der Dunkelheit passiert haben würde.

Nachdem er eine Weile gewandert war und die Schlucht fast erreicht hatte, überholte ihn die fremde Kutsche. Neben dem Kutscher sah er einen Mann auf dem Bock sitzen, dessen mit Federn geschmückter Hut ihn als Soldat auswies. Als die Pferde aber in die Schlucht hinabbogen, knallte es, zwei Gestalten schwangen sich von den Ästen auf die Kutsche herab, der Begleiter des Kutschers taumelte zur Erde, er hatte keine Zeit mehr, seine Waffe zu ziehen. Zwischen dem Kutscher und einem der Räuber kam es zu einem kurzen Kampf, bei dem beide von der Kutsche auf den Weg fielen. Der andere Räuber griff nach den Zügeln, um die erschreckten Pferde zu beschwichtigen, doch diese hatten sich bereits aufgebäumt, und der Mann konnte sie nicht mehr zum Stehen bringen.

Daniel war sofort in Bewegung, der Schreck ließ ihn nicht lange überlegen. Er konnte sich gerade noch auf den hinteren Sitz der Kutsche schwingen, ehe diese in eine wilde Fahrt geriet. Die Pferde scheuten, Daniel verspürte einen heftigen Ruck in der Schulter, als er sich festklammerte, dann hörte er einen Schuss.

Der Kutscher oder der Räuber hatte auf ihn gezielt. Er hörte Schreie aus dem Inneren der Kutsche, die gefährlich von einer Seite zur anderen taumelte. Wie durch ein Wunder war sie noch nicht umgestürzt. Daniel war für diesen Fall zum Absprung bereit, doch endlich gelang es dem Räuber auf dem Kutschbock, das Gespann zu zügeln und die zitternden Pferde zum Stillstand zu bringen.

Noch ehe er das gemeistert hatte, war Daniel zu ihm geklettert und hatte dem Mann mit seinem Knüppel einen heftigen Schlag versetzt, der ihn lautlos zur Seite sinken ließ. Daniel schob ihn von der Kutsche, hörte kaum den Aufschlag des Körpers, fasste die Zügel, als sich ein Frauenkopf durchs Fenster beugte und ihm etwas zurief. Daniel hörte kaum zu, deutete auf den bewusstlosen Mann am Straßenrand, schrie: „Gnädige Frau, weg vom Fenster!" Sofort setzte er die Tiere in Trab, denn Reiter könnten ihn leicht einholen. Es war zu erwarten, dass die Räuber Pferde im Dickicht versteckt hielten. Und vielleicht waren die beiden nicht allein! Längst wären die Reisenden beraubt worden, wenn die Pferde nicht durchgegangen wären. Neustein, dachte Daniel, ich muss Neustein erreichen, und er schnalzte den Pferden ermutigend zu. Denen saß noch der Schreck in den Gliedern. Sie schienen zu verstehen, dass sie einer Gefahr entrinnen mussten.

Nach einer halben Stunde, die ihm wie eine Ewigkeit erschien, erblickte er die Mühle, lenkte die Pferde darauf zu, brachte sie davor zum Stehen und sprang ab. Der Müller erwartete zu dieser späten Stunde keinen Kunden mehr und hatte die Tür längst verschlossen. Als er jedoch den vornehmen Vierspänner erblickte, trat er aus seinem Haus.

Inzwischen hatte Daniel die Tür der Kutsche geöffnet und war erstaunt, zwei Damen ohne Begleitung zu erblicken. Die Jüngere, die sich durchs Fenster gebeugt hatte, blickte ihn interessiert an, während die andere jammernd und zusammengekrümmt in der Ecke lag. Er streckte der jungen Dame eine Hand entgegen. Sie zögerte. Doch schließlich griff sie zu, trat behände auf die Stufe und stieg aus der Kutsche. Ihrer Begleiterin rief sie zu, sie könne beruhigt sein, sie seien an einer Mühle und nicht mehr im Wald. Seufzend rückte die ältere Dame zur Tür und ließ sich heraushelfen.

Der Müller hatte Daniel erkannt, und während sie die Damen zur Mühle begleiteten, fragte er: „Was ist passiert, Daniel? Seit wann bist du Kutscher?"

„Ich wollte zu Jakob, meinem Vetter", erklärte Daniel. „Da sah ich, wie sich Räuber auf die Kutsche stürzten! Die Pferde gingen durch, das war ein Glück!" Daniel bat, sofort Knechte loszuschicken, um nach dem Kutscher und dessen Begleiter zu suchen, er war sicher, dass die Räuber bereits geflohen waren. Die Tiere, deren Flanken dampften, waren erschöpft, sie mussten ausgespannt und zugedeckt werden. An eine Weiterreise an diesem Abend war nicht mehr zu denken.

Daniel fragte sich, wie die vornehmen Damen in den Räumen der Mühle zurechtkommen würden. Der Müller hatte das Haus zwar gut, aber einfach eingerichtet, es würde den unerwarteten Gästen nur wenige Bequemlichkeiten bieten können. Die aufgeregte Müllerin flatterte um die Damen und eine Magd half ihr. So konnte sich Daniel mit dem Müller etwas zurückziehen und die Frauen in Ruhe betrachten.

Die jüngere Dame, offensichtlich die Herrin, war eine dunkle Schönheit. Wahrscheinlich stammte sie aus dem Süden. Sie war in einen eleganten dunkelblauen Reisemantel gehüllt und hielt fest umklammert eine Schatulle in ihren Händen. Daniel musste sich eingestehen, dass ihn die Frau interessierte. Sie war äußerst anziehend mit ihren blitzenden dunklen Augen und dem üppigen Haar, das unter ihrem Umhang hervortrat. Die Kleidung ihrer älteren Begleiterin deutete auf deren Witwenstatus. Ihr verzerrtes Gesicht und ihre starren Augen zeugten davon, dass sie unter Schock stand. Es wäre mehr als ein Trunk nötig, ehe sie sich beruhigen würde.

Daniel fing an, dem Müller den Hergang des Überfalls auf die Kutsche genau zu schildern, als ihn von hinten eine helle Stimme ansprach: „Ich habe mich noch nicht bedankt, Daniel!" Erstaunt drehte er sich um und blickte die junge Dame fragend an.

„Du bist doch Daniel ben Löw?", fuhr sie auf Jiddisch fort und lächelte. „Ich weiß, du hast mich nicht erkannt. Ich bin Judith aus Walberg."

Die kleine Tochter des Geldwechslers Rubens, der den Tod seiner Frau und des Sohnes nie überwunden hatte, war eine blendende Schönheit geworden. Daniel erinnerte sich an das kluge Mädchen, zu dem er einmal gesagt hatte, er würde sie heiraten, wenn sie kein anderer wolle. Um diese Frau würden sich mehrere Männer beworben haben, genau wie damals alle Jungen sie heimlich bewunderten.

„Nein, erkannt hätte ich die Dame nicht", antwortete Daniel verlegen und trat auf sie zu. Er erinnerte sich, gehört zu haben, dass sie nach dem Pogrom nach Holland geschickt worden war. Judith war in der Gesellschaft aufgestiegen. Daniel sah die funkelnden Ringe an ihrer feinen Hand. Ein Ehering war auch dabei.

„Dame? Für dich bin ich immer noch Judith", sagte sie mit warmer Stimme. „Ich habe gehört, dass du Kaufmann geworden bist, Daniel. Ich und mein Mann, wir sind dir zu großem Dank verpflichtet." Sie zögerte kurz. Ihre langen Finger verkrampften sich um die Schatulle. „Daniel, dürfte ich dich um einen Gefallen bitten? Kannst du über Nacht hier bleiben? Ich würde mich sicherer fühlen."

Der Müller gab seine Zustimmung, meinte, es sei zu verstehen, dass die Damen Angst haben. Er hatte inzwischen erfahren, was genau vorgefallen war. Seine Knechte hatten zwei Männer gefunden und zur Mühle gebracht, beide hatten Knochenbrüche erlitten. Den schweren Beinbruch des Kutschers konnte Daniel gemeinsam mit der Müllerin schienen. Hoffentlich kommen die Räuber nicht zurück, dachte Daniel.

Im Laufe der nächsten Stunden verlor Daniel seine Schüchternheit gegenüber Judith. Sie hatte gelernt, mit Menschen umzugehen. Wie reizvoll sie ist, dachte er, auch wenn ihre Züge, einzeln genommen, nicht vollkommen sind. Ihr Mund war sehr breit, die Nase hatte einen merklichen Schwung nach unten, aber ihre olivenfarbene Haut, ihre gesamte Erscheinung war die einer bemerkenswert schönen Frau. Es freute sein Herz, sie anzusehen, ihr zuzuhören. Daniel war überzeugt, dass Judith einen Schock erlitten hatte, auch wenn sie es nicht zugab. Sie hatte Mühe, ruhig zu sitzen, sprudelte pausenlos Worte heraus, erzählte vom Leben in Amsterdam und von der Familie ihres Mannes. Sie hörte kaum zu, wenn ihre sanfte Begleiterin, die sie als ihre Schwägerin Lea vorstellte, eine Bemerkung machte. Daniel fand Judith etwas herrisch und dachte, dass sie wahrscheinlich selbstsüchtig sei. Das war verständlich, denn sie würde wissen, dass sie schön war! Er wunderte sich über sich selbst: Seit wann hatte er eine Frau bewundert, abgesehen von der unerreichbaren Isabella? Er schob die Gedanken beiseite: auch Judith war unerreichbar. Sie war längst verheiratet. Und selbst wenn das nicht der Fall gewesen wäre, gehörte die Tochter des Geldwechslers doch einer anderen Schicht an als der Sohn eines Schächters.

Bei der kleinen Mahlzeit, die die Müllerin anbot, wurde es ihm nochmals deutlich. Lea, die sich etwas erholt hatte, war glücklich, mit Daniel jiddisch sprechen zu können und meinte, dass sie nicht genau wisse, wie sie in der neuen Umgebung zurechtkommen werde. Sie blickte Daniel lächelnd an und erklärte, dass sie wohl Nachbarn sein würden. Er runzelte die Stirn, doch ehe er etwas fragen konnte, fügte sie hinzu: „Ich bleibe auch hier. Ich werde Judiths Haushalt führen."

Judith langte nach einem Stück Brot und nickte. „Ja, ich kann mir nicht vorstellen, wie wir ohne Lea zurechtkommen sollten. Die Kinder lieben sie." Sie lachte, ihre Zähne blitzten, als sie Daniels fragenden Blick sah. „Wir werden in der Residenzstadt leben. Mein Mann ist vom Markgrafen nach Ralensburg geholt worden."

Natürlich, der Amsterdamer Juwelier, der sich die Gunst des Burgherrn erworben hatte! Judith war also die Frau des Elias Silva. Daniel verbarg seine Überraschung so gut er konnte, sagte lediglich: „Ich hoffe, dein Mann wird mit mehr Wächtern fahren als seine Frau."

Sie antwortete nicht, wahrscheinlich fand sie die Bemerkung anmaßend. Doch am folgenden Tag in der Kutsche erklärte sie, warum sie allein gefahren war. Sie trug ein Geschenk bei sich, das der Markgraf für seine Frau bestellt hatte. Einen breiten Silberreif besetzt mit Diamanten aus dem Orient. Elias Silva hatte gedacht, man würde bei keiner Frau derart wertvollen Schmuck vermuten, wenn sie allein und fast ohne Schutz reiste. „Weißt du, wegen des Schmucks ist die arme Lea fast in Ohnmacht gefallen! Und deshalb war ich etwas hysterisch gestern Abend!"

Und ich etwas langsam, fuhr es Daniel durch den Kopf. Er hätte ahnen können, dass sich etwas Wertvolles in der Schatulle befand. Er wurde plötzlich wütend. Was hatte sich dieser Silva wohl gedacht, Judith kaltblütig dieser Gefahr auszusetzen! Jedem war bekannt, dass so genannte Straßenfeger ihr Geschäft überall betrieben! Er überhörte fast, wie Judith sagte: „Ich kann kaum sagen, wie erleichtert ich bin, dass du mit zur Burg fahren wirst. Es ist schön, einen alten Freund wieder zu treffen."

Daniel nickte, obwohl er nicht sicher war, ob er sich freute, diese alte Freundin wieder getroffen zu haben. Sie war zu aufregend.

22

An Jom Kippur gingen die Bewohner der Hebelein-Siedlung gemeinsam zu einer flachen Stelle am Bach, der hoch oben zwischen den Felsen entsprang. Dort angekommen, beteten sie und warfen mitgebrachte Brotkrümel ins Wasser – als Symbol ihrer Sünden, die weggetragen werden sollten. Jeder der Männer hatte vor dem Gang zum Bach das Totenhemd abgelegt, das sie an diesem heiligen Tag beim Beten trugen.

Daniel warf eine Verfehlung ins Wasser, die eigentlich leicht zu sühnen war. Er beging die Sünde, noch immer unverheiratet zu sein. Es war die Pflicht eines Mannes, sich eine Frau zu nehmen.

Die anderen waren vom Bach längst zum Gottesdienst zurückgegangen. Doch Daniel blieb zurück. Er liebte die Kinder seiner Chawerim, war dankbar für die Anwesenheit der Frauen und schätzte die Geborgenheit, die er im Kreis der Familien empfand. Er wusste, dass die Männer sich den Gefahren nur aussetzten, um ihre Frauen und Kinder ernähren zu können. Ihre Familien und das Vertrauen in den Ewigen bedeuteten ihnen alles.

Daniel stieg den Berg hinauf und schlug den Weg zur Burgruine ein. Dorthin zog er sich zurück, wenn ihn das Bedürfnis überkam, allein zu sein. In der Enge der Siedlung war das unmöglich, nicht einmal in seiner Kammer war er je allein. Er hatte eine Stelle gefunden, die ihm lieb wurde. Sie lag im Schutz einer geborstenen Mauer. Dort konnte er auf einer kleinen Wiese sitzen und weit über die Felder blicken.

Er hatte bereits die Klippen erreicht, über die er zu seinem Lieblingsplatz gelangen würde, als er stutzte. Fußspuren auf der feuchten Erde. Jemand war bereits oben. Hebelein hatte ihnen den Zutritt zu der Ruine verboten. Und das nicht nur weil es dort gefährlich war, sondern auch, weil er vermeiden wollte, dass die Juden von dem Berg Besitz ergreifen. Die Burgruine lag eingebettet in die Felsen. Schwedische Truppen waren eines Nachts im Krieg heimlich die Felswand emporgeklettert und hatten brennende Fackeln auf die überraschten Verteidiger geworfen. Daniel hatte sich öfters die blutige Schlacht vorgestellt und den grausigen Tod derjenigen, die von diesen Mauern aus schwindelerregender Höhe hinabgestürzt waren.

Es herrschte Stille. Daniel zögerte. Dann schritt er doch weiter. Wer immer sich hier oben befand, hatte ebenso wenig das Recht dazu wie er. Vorsichtig bewegte sich der junge Jude weiter, blickte sich um. Er wollte sehen, mit wem er die Einsamkeit teilte. Plötzlich erblickte er einen Mann in flatterndem Gewand, das sich gegen den grauen Himmel abzeichnete. Er stand auf der Burgmauer an einer der gefährlichsten Stellen, dort, wo den Schweden der Durchbruch gelungen war. Darunter führte die steile Bergwand in die erschreckende Tiefe. Ohne lange zu überlegen, kletterte Daniel eilig weiter, der Mann schien ihn bemerkt zu haben. Mit einem Sprung hatte Daniel ihn erreicht und riss ihn von der Mauer. Beide fielen auf den harten Boden, Daniel rollte leicht zur Seite, kam als erster wieder auf die Beine, keuchte. Der Schreck saß ihm in den Gliedern. Er bückte sich, um dem Geretteten aufzuhelfen.

Er traute seinen Augen nicht, als er in die feinen Züge eines blassen Gesichtes blickte. Isabella! Er hatte Isabella, die Gräfin von Grenzlingen, umgerissen! Zögernd reichte er ihr die Hand, um ihr beim Aufstehen zu helfen.

„Das hätte er nicht tun sollen", lallte sie, „diesmal hätte ich es geschafft." Es schien ihr schwer zu fallen, den Mund zu öffnen. Abweisend schaute sie Daniel an und fuhr sich durchs verwirrte Haar. Dann brach sie in Tränen aus und streckte beide Hände nach ihm aus.

Ohne zu überlegen trat er an sie heran. Und ehe er sich erklären konnte, wie es geschah, hielt er sie umschlungen. Isabella umklammerte ihn schluchzend, bis er sie zu seiner Wiese trug, wo er sie behutsam absetzte. Hier waren sie geborgen. Und verborgen. Sie lehnten sich beide an die Mauer, Daniel hielt die bebende Frau in den Armen, strich ihr leicht übers Haar, so, wie er es mit den Kindern tat, wenn er sie tröstete. Sie hatte aufgehört zu weinen. „Gnädigste Frau Gräfin", flüsterte er.

Sie versuchte zu lächeln. „Ach Daniel, glaub' mir, ich wünschte, ich wär alles andere als die gnädige Frau Gräfin. Seit sechs Jahren wünsche ich mir das!" Sie sprang auf und riss sich die breite Krause vom Hals. „Hier siehst du, was es heißt, Gräfin von Grenzlingen zu sein!", schrie sie.

Fassungslos sah er die blutunterlaufenen Flecke und die Narbe am Hals, die auf eine ältere Wunde deutete. Er hat sie misshandelt, der Graf! Wie konnte man einer Frau – seiner eigenen Frau so etwas antun! Daniel fand keine Worte. Er stand auf und nahm Isabella nochmals in seine Arme.

Langsam begann Isabella, in abgehackten Sätzen zu sprechen. Bereits die erste Liebesnacht mit dem Grafen sei furchtbar gewesen. Nach der langen Reise war sie erschöpft in Tirol angekommen. Der Pomp der Ankunft, die Knickse und Verbeugungen der zahlreichen Diener überwältigten sie. Während der Reise hatte sie immer allein geschlafen, sie wusste natürlich, dass sie sich an den Beischlaf gewöhnen musste, wie es ihre Mutter am Tag vor der Hochzeit erklärt hatte. Was sie nicht erwartet hatte, war die polternde Ankunft des Grafen. Er riss die Tür auf, noch bevor Isabellas Zofe, eine junge Tirolerin namens Anna, gegangen war. Kaum war die Tür geschlossen, trat der Graf auf Isabella zu, riss ihr die Kleider vom Leib und betrachtete sie mit Genuss.

„Und dann vergewaltigte er mich", sagte sie tonlos. „Es ist nicht anders zu nennen. Er liebt Gewalt. So war es dann jedes Mal, wenn er mich besuchte." Wie der Mann damals, dachte Daniel, genau wie der Mann in der Hütte.

Zuerst schien der Graf mit seiner Gattin zufrieden zu sein, berichtete Isabella. Während des Aufenthalts in Tirol behandelte er sie höflich und freundlich. Sie versuchte, sich an die unliebsame Art des Liebens zu gewöhnen, obwohl sie fast den ganzen Tag in Angst vor der kommenden Nacht verbrachte. Der Graf schien dies kaum zu bemerken. In Wien erwartete er, dass Isabella ein stattliches Haus führen würde. Sie hatte mit festlichen Empfängen jedoch wenig Erfahrung. Bereits beim ersten großen Essen unterliefen ihr einige Fehler, sie hatte etliche Gäste nicht genau nach Protokoll gesetzt. Als sie nach dem Empfang in ihr Schlafzimmer kam, erwartete sie der Graf mit einer Reitgerte. Fehler müssten gebüßt werden, sagte er. Und nach der Züchtigung nahm er sie wieder gewaltsam.

Isabella war in ihrem Elend allein, niemandem konnte sie sich anvertrauen. Außer ihrer Tante kannte sie niemanden in Wien. Unmöglich hätte sie die alte, schwerhörige Dame mit Eheproblemen belasten können. Nach dem ersten Empfang und seinen Folgen ließ der Graf Isabella einige Zeit allein, verbrachte die Nächte oft außer Haus, spielte Karten und trank mit seinen engsten Kumpanen. Trotzdem schien die erste Saison nach außen ein großer Erfolg zu werden. In Gesellschaft war der Graf galant zu Isabella, er billigte ihr eine großzügige Summe für ihre Garderobe zu. Seine Frau sollte eine der vornehmsten Erscheinungen der Stadt sein. Isabella ließ ihre Kleider beim teuersten Schneider anfertigen, versuchte jedoch, vor ihm die Striemen und blauen Flecke, die ihr der Graf zugefügt hatte, zu verbergen. Ihre Zofe

Anna wusste von alledem und bemitleidete die junge Herrin zutiefst.

Überall war das Paar gern gesehen. Der einflussreiche Graf und seine kleine schüchterne Gattin erhielten Einladungen zu allen wichtigen Empfängen. Die Damen der Gesellschaft lobten den Geschmack der jungen Gräfin, rühmten ihre zarte, blasse Haut und fragten nach den Geheimnissen ihrer Schönheitspflege. Mode und Liebe waren die wichtigsten Themen der feinen Damen. Eine Frau, der sie vertrauen konnte, lernte Isabella nicht kennen.

Ihre Mutter hatte ihr gesagt, dass die Ehe nicht leicht sei. Und so meinte Isabella, alles ertragen zu müssen, was der Graf ihr zufügte. Sie sehnte sich nach einem Kind, glaubte, das würde einige Erleichterung bringen. Sie lebte in einem ständigen Angstzustand, der dem Grafen nach einiger Zeit missfiel. Er verhielt sich in seinen Liebschaften nie anders, doch diese waren stets kurzfristig, vorübergehend. Seine Frauen lernten, sich zu fügen; der Graf zahlte und suchte sich bald eine andere. Isabella jedoch war seine Gattin, sie war stets anwesend. Einmal fuhr er sie im Beisein der Dienerschaft an, sie solle nicht zusammenzucken, wenn er sie ansprach. Isabellas stille Art langweilte ihn zunehmend. Eine kämpferische Natur hätte ihn mehr gereizt.

Dazu kam die Kinderlosigkeit. Ein Jahr nach der Hochzeit hatte er begonnen, ihr deswegen heftige Vorwürfe zu machen, wahrscheinlich nur als Vorwand, um sie weiter zu schlagen. Das letzte Mal, als er ihr Gemach besuchte, war er von einer langen Reise zurückgekommen. Er hatte geschimpft und sie so stark geschlagen, dass sie ohnmächtig geworden war. Der Zofe hatte er verboten, einen Arzt zu holen. Nachdem Isabella sich am zweiten Tag etwas erholt hatte, gelang es ihr mit Annas Hilfe, sich aus dem Schloss zu stehlen und nach Franken zu flüchten. Vor einer Woche war sie angekommen. Doch ihre Mutter hatte sie nicht mit offenen Armen empfangen. Frau von Hebelein schärfte ihrer Tochter ein, dass der Platz einer Frau an der Seite ihres Gatten sei, was immer er auch tat. Am Vormittag war ein Brief vom Grafen angekommen. Darin erklärte er Herrn von Hebelein formell, dass er eine zeitweilige Trennung von seiner Tochter wünsche. Er verstünde Isabella nicht, sie hätte ihn enttäuscht, sei den Ansprüchen der großen Welt nicht gewachsen. Er würde Franken im Sommer besuchen und die Sache ins Reine bringen. Es war ein kühler Brief. Ferner schrieb Grenzlingen, er hätte bekannt werden lassen, dass die Gräfin wegen ihrer Kinderlosigkeit einen

Arzt aufgesucht habe und dieser einen Aufenthalt am Meer emp-fohlen hätte.

Unwillig hatte Frau von Hebelein zur Kenntnis genommen, dass Isabella nach Hause zurückgekehrt war. Sie betonte, dass dies nur vorübergehend sein könne und schlug vor, im Frühjahr mit Isabella nach Wien zu reisen. Schließlich sei sie noch nie in der Stadtresidenz des Grafen zu Besuch gewesen! Am Mittagstisch sprach sie bereits mit Interesse von der Reise im kommenden Jahr und über die Garderobe, die sie dafür anferti-gen lassen würde. Ehe sie zu Ende gesprochen hatte, war Isabella jedoch vom Tisch aufgesprungen und in das Sommerhäuschen im Garten geflüchtet. Später war sie aus dem Garten geschlichen und auf den Berg gestiegen. Als sie an der Kluft stand, hatte sie versucht, den Mut aufzubringen, sich hinabzustürzen.

„Und dann kamst du, Daniel."

Ebenso selbstverständlich, wie er sie in den Armen hielt, küsste er sie. Als er ihre geschundenen Schultern zärtlich mit sei-nen Lippen berührte, zog sie seinen Kopf zu sich und flüsterte, dass sie ihn schon immer gemocht habe.

Sie näherten sich einander, wie nur Liebende es verstehen, und erlebten Stunden der Glückseligkeit. Doch die anbrechende Dämmerung mahnte sie zur Rückkehr. Sicher war man im Schloss in heller Aufregung, seit man bemerkt hatte, dass die Gräfin sich nicht mehr im Sommerhaus befand.

Zwar war auch Daniel vermisst worden, doch keiner getrau-te sich, ihn zu fragen, wo er gewesen sei. Er nahm an dem ge-meinsamen Essen teil, welches das Fasten brach. Aber er benahm sich anders als sonst, er sprach kaum und wirkte abwesend. Irgendetwas war mit ihm geschehen.

Zweimal habe ich gesündigt, sagte er sich. Ich habe den Jom Kippur entheiligt und eine Christin geliebt. Beide, Christen und Juden, hielten dies für ein Sakrileg! Die Obrigkeit wird uns schwer bestrafen, vielleicht mit dem Tod. Doch er verstand sich nicht. Denn trotz allem fühlte er sich glücklich und zum ersten Mal mit der Welt versöhnt.

23

Daniel und Isabella sahen sich nach Jom Kippur monatelang nicht mehr. Mehrmals war Daniel zur Burg hinaufgestiegen, Isabella aber nie begegnet. Wie sollte ihr ein Spaziergang dorthin auch gelingen, sagte er sich. Das Wetter hatte umgeschlagen, ein scharfer Nordwind blies. Vorbei war die Zeit, da die Gräfin sich ohne Bedenken zu erregen im Sommerhäuschen des Schlossgartens aufhielt und von dort heimlich zur Burgruine entwischen konnte. Verzweifelt und um die Geliebte besorgt, unternahm Daniel nichts, denn er wollte sie nicht in noch stärkere Bedrängnis bringen.

Dazu kam, dass er selbst verreisen musste. Die Chawrusse war in einen großen Plan verwickelt. Ein christlicher Baldower hatte Mordechai von einem Haus in Ostfriesland erzählt, in dem Silber zur Münzherstellung gelagert wird. „Eine Einladung zum Einbruch sei das geradezu", behauptete der Baldower. Das Silber sei äußerst schlecht bewacht. Er selbst hatte sich in einem Wirtshaus in Emden mit einem der Wächter unterhalten und mit ihm getrunken. Dort sei stets einer von der Mannschaft zu finden, berichtete er.

Das Vorhaben reizte Daniel. Nach Absprache mit seinen Männern plante er eine gemeinsame Aktion mit einer Bande aus Prag. Kurz nach den Feiertagen sollte es losgehen.

Nach dem geplanten Einbruch wollten sie in einer jüdischen Herberge außerhalb Emdens einkehren und von dort aus, getarnt als Kaufleute und Knechte, mit zwei Mietskutschen nach Hause reisen. Daniel hatte inzwischen einen Spezialisten kennen gelernt, der vortrefflich Dokumente fälschte. Reisende brauchten Dokumente.

Die Chawrusse machte sich also auf die weite Reise nach Ostfriesland. Die Männer kamen in zwei Wagen und mit zwei Reitpferden. Ebenso wenig wie ihnen sah man den Pragern an, dass sie Juden waren. Sie trugen keine Bärte, waren kräftig gebaut und trugen holländische Kleidung. Zwei der Prager waren in dem Wirtshaus eingekehrt, das die Wachen des Silberlagers oft besuchten. Es gelang ihnen, die beiden Wächter, die sie im Wirtshaus trafen, zu überlisten indem sie ihnen einige Flaschen Wein schenkten, in die sie ein Schlafmittel gemischt hatten. Die Räuber hatten Glück. Die Wächter teilten die Getränke mit ihren Kumpanen. Um Mitternacht schnarchten zwei der Wachen fest, und die anderen waren kaum in der Lage, sich zu widersetzen, als sechs Männer sich auf sie stürzten. Einer der Wächter zog jedoch ein Messer. Daniel verspürte einen scharfen Schmerz am Arm, doch er kümmerte sich kaum darum, riss von den Lumpen, die er trug, ein Stück Stoff ab und band es fest um seine Wunde. Innerhalb weniger Minuten waren alle Wachen gefesselt. Um nicht für Juden gehalten zu werden, stießen die Räuber mehrere christliche Flüche aus. Die Prager Bande hatte ein Brecheisen beschafft, mit dem die Männer nun das Tor zum Lager aufbrachen. Der Baldower hatte sein Geld verdient, das Silber lag in dem Raum, den er ihnen beschrieben hatte und den Saul mit einem seiner Schlüssel öffnen konnte. Eine halbe Stunde später war die Beute verteilt und die beiden Wagen hatten die Gegend längst verlassen. Adam und einer der Prager Männer befanden sich auf dem Weg nach Holland, wo sie das Silber einem von Mordechais Freunden verkaufen sollten.

Doch es war nicht alles so einfach verlaufen wie geplant. Daniel war am Oberarm verletzt worden. Er befürchtete, dass in dem Lager Blut auf den Boden getropft war, ehe er sich den Lappen um die Wunde gebunden hatte. Es galt nun, eine falsche Spur zu legen. Daniel führte den Plan aus, den er zuvor mit Saul besprochen hatte. Er flüsterte ihm zu, er solle eines der Reitpferde nehmen, den Wagen folgen und das Tier an den vereinbarten Baum am Abzweig nach Aurich binden. Daniel konnte sich darauf verlassen, dass sein Befehl ausgeführt werden würde und lief in die entgegengesetzte Richtung zum Wasser. Er musste die Fahnder verwirren, sie sollten nicht durch eine Blutspur auf die anderen stoßen. Endlich vernahm er das Brausen des Meeres, löste den Verband und ließ etwas Blut auf den Pfad tropfen, der hinunter zu den Booten führte. Er wollte die Verfolger überzeugen, dass er auf dem Seeweg entkommen war. Die Nacht war pechschwarz, die Bande hatte sich bewusst Neumond ausgesucht. Daniel fühlte, wie sein Kopf schwer wurde, er wusste, er musste durchhalten und zu den Booten gelangen. Der Baldower hatte von Fischern berichtet, die bei Sonnenaufgang in See stachen. Noch war es nicht so weit. Er stolperte, sein Arm schmerzte, aber da sah er schon die Boote an ihren Seilen auf dem Wasser tanzen, lief an ihnen vorbei, rannte ins Meer und verband den

Arm so fest wie möglich. Er wollte sich soeben aufrichten, als er Stimmen hörte. Sofort duckte er sich. Die Angst verlieh ihm den Mut, im Wasser liegen zu bleiben. Er spürte, wie die Wellen sanft über ihn trieben, hielt Mund und Nase an der Oberfläche, ohne sich zu bewegen.

Mehr als er sah, spürte er, wie ein Boot ablegte. Er wartete, bis alles wieder ruhig war, dann kroch er auf allen vieren an Land, zog sich aus und drückte das Wasser aus seinen Lumpen, ehe er sie zitternd wieder über den Leib zog. Als er die Böschung hinauf zur Straße kroch, glaubte er erneut, Stimmen zu hören, blieb regungslos liegen, wusste nicht, ob es Fischer oder Soldaten waren. Er fürchtete sich. Was sollte aus der Chawrusse werden, wenn man ihn hier ergriff? Wahrscheinlich würden die Männer versuchen, ihr Leben als Hausierer zu fristen. Isabella! Es war der Gedanke an sie, der ihn zwang, weiterzugehen. Isabella – sie durfte nicht durch ihn leiden, sie durfte nicht erfahren, dass man ihn als Dieb gehängt hatte.

Er schleppte sich weiter. Es schien eine Ewigkeit zu dauern, bis er den Baum erreichte. Das Pferd wieherte, als er es losband, doch Daniel hatte zu viel Blut verloren, um darauf zu achten. Er hatte noch genug Kraft, sich hochzuziehen, das Pferd in Trab zu setzen und es zur Diebesherberge zu lenken, in der ihn die Männer ängstlich erwarteten. Am folgenden Tag setzten sie die Reise in ihrer Verkleidung als Kaufleute fort. Daniel, jung, gesund und, wie er sagte, zäh, bekam kein gefährliches Wundfieber. Vielleicht hatte das Meerwasser die Wunde gereinigt. Zwar dauerte es mehrere Wochen, ehe er den Arm wieder richtig benutzen konnte, aber die Wunde verheilte gut.

Einen Monat war Daniel unterwegs gewesen. Während seiner Abwesenheit hatten sich die Herrschaften in die Residenzstadt zurückgezogen, um dort den Winter zu verbringen. Eine gute Lösung, dachte Daniel. Er hätte Isabella sowieso nicht mehr treffen können, ohne Verdacht zu erwecken! Oft kreisten seine Gedanken um sie, ihr Schicksal war ihm stets vor Augen. „Wie könnte sie es vermeiden, zu dem Grafen zurückzugehen?", fragte er sich.

Im Winter unternahm die Chawrusse keine Aktionen, und Daniel befasste sich mit den geschäftlichen Problemen. Das Silber war gut verkauft worden, sie konnten einige Ersparnisse zurücklegen. Zwei Monate nach der Aktion suchte Daniel Judith Silva auf, um Geldanleihen mit ihr zu besprechen.

So wie Daniel sich um die geschäftlichen Belange der Siedlung kümmerte, trug jeder einzelne etwas zum gemeinsamen

Leben bei. Schlomo erweiterte seine geheime Werkstatt. Moritz und Esra halfen ihm dabei. Saul hatte den Frauen das Schneidern beigebracht. Auch beim Spinnen half er ihnen. Leibl und Adam waren oft unterwegs und besorgten Stoffe. Gestohlene Ware wurde nicht in der Siedlung aufbewahrt, und niemals nahmen sie etwas weg, ohne einen Käufer zu haben. Herschel und Mendel waren meistens unterwegs, immer gab es irgendwo in der Umgebung ein Fest.

Daniel zählte die Tage bis zu Isabellas Rückkehr und war hoch erfreut, als am selben Tag, an dem das Schlosstor für die herrschaftlichen Wagen geöffnet wurde, Isabellas treue Zofe bei ihm erschien. Er solle ins Schloss zu ihrer Herrin kommen, richtete sie ihm aus. Am nächsten Vormittag passe es am besten. Sie würde Ausschau halten und ihrer Herrin mitteilen, wann und wo sich Daniel im Schloss befände.

Es schien, als ob sie sich wunderte, warum ihre Herrin das wünschte. Isabella hatte Anna nicht in das Geheimnis eingeweiht. Die Zofe wusste nicht, was zwischen der Gräfin und dem Juden vorgefallen war. Am Vormittag ging Daniel zur Burg und bat um eine Audienz, nicht beim Schlossherrn, sondern beim Hofmeister, wie es sich gehörte. Der wichtige Beamte ließ den Juden lange warten. Das hatte Daniel erwartet und erhofft. Nachdem Anna ihrer Herrin brav ausgerichtet hatte, dass der jüdische Vorsteher im Hause sei, huschte Isabella wenige Minuten später ins Vorzimmer und flüsterte, er solle am späten Nachmittag zur Ruine kommen. Diese Nachricht konnte sie unmöglich durch ihre Zofe überbringen lassen. Sie war längst verschwunden, als der Hofmeister den Juden kommen ließ und von diesem die Meldung entgegennahm, dass Schlomos Frau in wenigen Wochen ein Kind erwarte.

Bevor der Abend anbrach, kletterte Daniel zur Ruine hinauf und versteckte sich. Er musste aufpassen, dass er unbeobachtet war. Endlich sah er Isabella langsam den Weg zur Ruine hinaufklettern. Er eilte ihr entgegen und schloss sie in seine Arme. Isabella schwieg lange. Sie war glücklich, bei ihm zu sein. Er spürte es am Druck ihrer Arme, sah es im Glühen der blauen Augen. Er fand, dass ihr der Aufenthalt in der Residenzstadt gut getan hatte, sie schien aufgeblüht zu sein, ihre Wangen waren rosig. Nach einiger Zeit löste sie sich aus der Umarmung. „Mama möchte bald nach Wien reisen", entfuhr es ihr.

„Und was möchte Isabella?", fragte Daniel. Er scheute sich, sie direkt anzusprechen. Gern hätte er sie gebeten, nicht fortzugehen. Aber er wusste, dass er dazu kein Recht hatte. Der Gedanke, dass sie zu diesem Mann zurückkehren musste, war ihm unerträglich. Doch was konnte er ihr bieten? Für sie als Paar gab es keine Zukunft. Zögernd fragte er: „Hat eure Kirche keine Lösung für eine Frau, deren Ehemann ihr Gewalt antut?"

„Es ist zu spät, um den Schleier zu nehmen, Daniel", antwortete Isabella ruhig. Sie sah sich ängstlich um. „Ich muss fort von hier. Mehrere Monate. Und – ehe man etwas merkt." Er sah sie verwundert an. Sie lächelte über den Ausdruck seiner Augen. „Ich habe meinen Schmuck gebracht", fuhr sie fort. „Ich weiß, ihr Juden könnt Geld dafür bekommen. Ich werde in mein Heimatdorf gehen zu meiner alten Amme nach Bayern", sagte sie zögerlich. „Dort bin ich eine Zeitlang sicher vor ihm. Hier möchte ich nicht im Wochenbett liegen. Verstehst du mich, Daniel?"

Er starrte sie an. Endlich verstand er, wovon sie sprach. Isabella erwartete ein Kind! Ehe er etwas sagen konnte, schloss sie ihm die Lippen mit beiden Händen. „Ich muss zu ihm zurück, Daniel – wegen unseres Kindes. Er wird glauben, dass es von ihm ist." Sie schmiegte sich an ihren Geliebten. „Ach Daniel, ich liebe dich sehr. Und ich werde unser Kind lieben! Ich denke, es wird besser bei ihm, wenn ich ein Kind habe."

Daniel ergriff ihre Hände, hörte in seinem Kopf noch einmal ihre Worte. Sie trug sein Kind! Und wollte es allein zur Welt bringen! Er war verwirrt, konnte nur stammeln, ihr seine Liebe, seine Angst darlegen. Ein Kind! Isabella würde Mutter seines Kindes sein! Der Graf würde es als seines akzeptieren, Daniel hatte den hohen Herrn gesehen, er war ebenfalls dunkelhaarig. Aber der Gedanke, dass Isabella diesem Mann erneut ausgesetzt sein würde, dass sein Kind, sein Sohn, von diesem Mann misshandelt werden könnte, brachte ihn fast zur Verzweiflung.

Er setzte sich auf. „Isabella, ich habe einen Freund im Rheinland", sagte er zu ihr. „Er ist kein Jude, sondern Weinbauer. Er könnte dich aufnehmen."

„Rheinland?" Isabella wollte mehr über Sepp und Marie wissen. Sie überlegten sich den Vorschlag, und am Ende gab Isabella zu, dass es die bessere Lösung sei. Ihre Mutter würde sie bei der Amme suchen, aber niemals im Rheinland bei einem unbekannten Bauern.

Sofort begab sich Daniel zu Mordechai und verpfändete Isabellas Schmuck. „Ich werde ihn bald wieder einlösen", sagte er drohend, „du verkaufst keinen einzigen Stein, verstehst du!" Daniel hätte auch zu Judith gehen können, doch die wäre si-

cherlich neugierig gewesen, warum er diesen Schmuck verpfänden wollte. Mordechai hingegen stellte nie Fragen.

Danach traf Daniel weitere Vorbereitungen. Der Chawrusse
sagte er, er wolle allein etwas ausbaldowern.

Genau eine Woche nach Isabellas Rückkehr aus der Residenzstadt wartete am frühen Morgen ein aufgeregter Diener mit einer
gemieteten Kutsche am Fuße des Berges. Isabella war in der zu-
rückliegenden Woche täglich allein ausgeritten. Ihrer Mutter hatte
sie erklärt, sie hätte es sich in Wien angewöhnt, jeden Morgen
eine Stunde allein zu sein. Da sie nach jedem Ausritt regelmäßig
zurückgekehrt war, erregte ihre Abwesenheit auch an diesem
Morgen kein Aufsehen. Als Isabella die Kutsche erblickte, zügelte
sie ihren Hengst und stieg ab. Zum Abschied gab sie dem Tier
einen sanften Klaps. Es würde den Weg allein zurückfinden.
Wenige Minuten später knallte der Diener die Tür hinter der Dame zu und gab dem Kutscher ein Zeichen, loszufahren, während
er sich zu ihm hinaufschwang. Keiner sah sie. Die Gräfin hatte
einen Brief hinterlassen, in dem sie der gnädigen Frau Mama mitteilte, dass sie nicht nach Wien reisen wolle, sondern die Absicht
habe, einige Zeit allein am Meer zu verbringen. Vor der Ankunft
des Grafen käme sie aber zurück ins Schloss.

Die Reise dauerte lange. Sie nahmen Umwege und wechselten
mehrmals die Kutschen, um ihre Spuren zu verwischen. Besorgt sah
Daniel, dass seiner geliebten Isabella die Fahrt schlecht bekam.
Sie musste sich oft übergeben. Und obwohl sie einen Halt in Köln
vorgeschlagen hatte, entschied er sich nun, direkt zum Ziel zu
fahren.

An einem hellen Märzabend hörte Sepp das Rollen eines Wa-
gens, der sich seinem Hof näherte. Verwundert ging er hinaus und
sah, wie ein Diener absprang und den Türschlag öffnete. Marie war
ebenfalls zum Tor gekommen, beide blickten dem unerwarteten
Besuch entgegen. Da erkannte Sepp in dem Diener seinen Freund
Daniel und rannte ihm entgegen. Daniel fertigte den Kutscher ab
und half Isabella, die sich als Frau von Ronsheim ausgab, beim
Aussteigen. Als Daniel sah, dass sich Marie um Isabella kümmerte, zog er Sepp zur Seite, um ihn allein zu sprechen. Marie hatte
viel über Daniel gehört, aber sie verstand nicht, warum er seine
Herrin zu einem einfachen Bauernhof gebracht hatte. Sie knicks-
te und bat die gnädige Frau, ihr ins Haus zu folgen. Sie rief nach
der Magd und befahl, sofort heißes Wasser aufzusetzen. Leicht
erkannte sie, dass die Dame erschöpft war. Vielleicht hatten sie
unterwegs einen Unfall und waren deswegen hierher gekommen.

Sepp betrachtete verwundert seine Frau. Er kannte sie nicht von dieser fürsorglichen Seite. Dann wandte er sich zu Daniel, der darauf drang, im Hof mit ihm zu sprechen, außer Hörweite der Frauen.

„Sepp, die gnädige Frau Ronsheim braucht Hilfe." Daniel hatte sich vorgenommen, Sepp so weit wie möglich die Wahrheit zu sagen. „Sie ist ihrem gewalttätigen Mann entflohen, sie hat niemanden, der zu ihr steht, weder die Kirche, noch ihre Eltern. Sie bekommt ein Kind." Er sah, wie Sepp rot anlief. Er schien wie erstarrt. „Sie möchte, sie muss sich einige Zeit verstecken. Niemand wird sie hier vermuten! Keiner weiß, dass wir uns kennen, du und ich. Sie hat genug Geld für die Zeit bis zu ihrer Niederkunft." Er brach ab. „Sepp! Hilfst du uns?"

Sepp war verunsichert. Ein Jude mit einer Christin, das war äußerst gefährlich. Er hatte rasch durchschaut, wie die beiden zueinander standen. Er hatte den Blick gesehen, den die gnädige Frau Daniel über die Schulter zugeworfen hatte, einen langen zärtlichen Blick. Es war ebenfalls leicht zu erkennen, dass diese Frau von Ronsheim eine hochwohlgeborene Dame war. Er fürchtete sich, in etwas Gefährliches hineingezogen zu werden. „Du und sie? Wer weiß davon?", fragte er abwehrend.

„Niemand", antwortete Daniel mit gutem Gewissen. Doch ehe er weitersprechen konnte, erschien Marie. „Die gnädige Frau schläft", sagte sie und blickte verächtlich auf Daniel. „Ihr könnt ins Haus kommen." Sobald die Männer eingetreten waren, schloss sie die Tür, stemmte die Arme in die Hüfte und fragte Daniel, was er angestellt hätte. „Diener, äh?", keifte sie. „Seit wann spricht eine Herrin in solch einem Ton von ihrem Diener wie diese Frau Ronsheim?" Und wenn Daniel mehr sei als ein Diener, wie konnte er dann eine Frau, die sicher niemals Strapazen ausgesetzt war, außerdem ein Kind unter dem Herzen trug, in einer gemieteten Kutsche kreuz und quer durch die Länder fahren! Er sei ein Dummkopf, schimpfte Marie, wie alle Männer.

Daniel hob bittend die Hände. „Ein Dummkopf vielleicht, Frau Marie, aber kein Bösewicht! Frau von Ronsheim ist in einer schrecklichen Lage. Sie ist verheiratet, ihr Mann ist ein widerlicher Kerl, der sie schlägt und malträtiert! Sie möchte das Kind zur Welt bringen an einem Ort, wo sie niemand kennt. Sie braucht Ruhe. Und eine gute Hebamme. Ich bin gekommen, um euch zu bitten, sie aufzunehmen." Er wollte seinen vollen Beutel nicht herausziehen, es ging nicht um Geld. Entweder sie wären bereit, Isabella aufzunehmen oder nicht. Er blickte die wütende Marie an, die noch immer schimpfte und doch gleichzeitig nur an Isabella dachte.

Da tat Daniel etwas, das ihn selbst überraschte. Der stets zurückhaltende Mann, der immer darauf bedacht war, sich unter Kontrolle zu halten, schlang die Arme um die böse blickende Frau seines Freundes, drückte sie fest an sich und flüsterte: „Werdet ihr sie aufnehmen, Frau Marie? Bis das Kind da ist? Sie braucht eine Freundin, sie ist ganz allein. Sie hat ein besseres Leben verdient. Ein Leben wie die Frau vom Sepp!"

„Ach, geh weg!" Marie löste sich aus der Umarmung, doch Daniel sah, wie ihr die Tränen in die Augen stiegen und war erleichtert. Sepp lachte, er wusste, dass seine resolute Frau bereit war, sich der edlen Dame anzunehmen.

Nach einem Gespräch mit Isabella nahm Marie die junge Frau unter ihre schweren Fittiche. Zu Sepp machte sie einige bissige Bemerkungen über einen Mann, der seine eigene Frau vergewaltigte.

Daniel verbrachte zwei Tage in Batzenhausen, eine Zeit, die ihm unvergesslich blieb. Der Abschied von Isabella war tränenreich. Beide wussten, es war für immer. Sie würden sich nie wieder sehen, ganz gleich, ob Isabella zum Grafen zurückging oder nicht. Als Daniel abfuhr, schwor Sepp, dass er Daniel sofort benachrichtigen würde, sobald Frau von Ronsheim niedergekommen sei, jedoch müsse sie den Brief selbst schreiben.

Noch etwas musste Daniel erledigen. Die Geliebte hatte ihm den Namen eines Notars genannt, eines gewissen Konrad Baumgärtel, Sohn eines guten Bekannten ihres Vaters, den es durch seine Heirat nach Köln verschlagen hatte. Ihm würde sie vertrauen, erklärte sie, als Kinder seien sie gute Freunde gewesen. Isabella hatte Daniel einen Kinderring mit einem kleinen Veilchen in die Hand gedrückt. „Gib's dem Konrad", hatte sie gesagt, „er wird es erkennen und mir durch dich zu Diensten sein." Daniel suchte den Notar auf. Durch ihn würde er mit Isabella in Kontakt bleiben.

Verändert kehrte Daniel von der Reise zurück. Er sprach kaum, verbrachte mehr Zeit mit den Kindern als mit den Erwachsenen und blieb viele Stunden oben am Berg, wo er in den Felsen kletterte. Jossel beobachtete Daniel, sah, wie er stets den Weg zur Burgruine einschlug. Eines Tages folgte er ihm. Er erschrak, als er seinen Freund auf dem Boden liegen sah. Er näherte sich ihm, sah, dass Daniel weinte. Da schlich Jossel zurück, hoffte, Daniel hätte ihn nicht bemerkt. Woher kommt diese Trauer, diese Verzweiflung, fragte sich Jossel. Was könnte er für den Freund tun? Fürs erste entschied er, dass er ihn am besten allein lassen sollte. Es drängte Jossel, mit einem Schadchen zu sprechen. Er selbst war in seiner Ehe glücklich geworden und glaubte, dass Daniel eine gute Frau fehlte. Hatte der Ewige nicht befohlen, der Mensch solle nicht allein sein? Als Paare waren die Geschöpfe in die Arche gegangen!

Der ersehnte Brief aus Batzenhausen ließ auf sich warten. Als die Nachricht im Juni schließlich eintraf, war Daniel bestürzt. Er erhielt ein Schreiben eines kurfürstlichen Beamten. Dieser teilte ihm mit, dass der Schreiber in Bonn die Geburt eines Jungen namens Simon am Sterbebett der Mutter, Isabella von Ronsheim, auf deren Wunsch registriert habe. Ebenfalls auf ihren Wunsch sei das Kind nun bei Pflegeeltern in Batzenhausen. Mitteilung über den Tod der gnädigen Frau, doch nicht über die Geburt, hätte er weiterhin auf ausdrücklichen Wunsch der Verstorbenen mit derselben Post ihrer edlen Frau Mutter gemacht. Diesem Briefe hätte er seinen eigenen Bericht zugefügt: die edle Frau sei auf der Durchreise aus Hamburg in Bonn das Opfer eines unbekannten Fiebers geworden. Weder dem Arzt noch dem Wirt der Herberge „Rheinburg" könnte irgendwelche Schuld zugesprochen werden.

Daniel verlor seine Fassung. Isabella war tot! Er hatte seit Monaten mit dem Gedanken gelebt, sie nicht wiederzusehen, doch nicht, dass sie sterben würde! Und nun war sie tot und lag einsam in einem fernen Grab, weil sie sein Kind geboren hatte, Simon, seinen Sohn. Oben in der Ruine betete er. Simon hatte sie das Kind genannt. In den herrlichen Tagen in Batzenhausen hatte er ihr einmal erzählt, dass es bei Juden Tradition sei, ein Kind nach einem Verstorbenen zu nennen. Löw ben Simon, sein Tate, hatte seinem Enkel den Namen gegeben.

Daniel blieb der Siedlung sieben Tage fern. Schiwe konnte er um die Geliebte nicht sitzen, aber er trauerte um sie auf eigene Weise: er wanderte mit einer Gruppe Schnorrer auf den Judenwegen. Das zeigte ihm seine Lage, die eines Juden, der außerhalb der Gesellschaft lebte, der zum Räuber und Dieb geworden war. An Simon dachte er ebenfalls, seinen Sohn, dem er sich nie zu erkennen geben würde. Für den er nur aus der Ferne sorgen konnte.

Noch einmal suchte Daniel den Notar Baumgärtel auf, um etliche wichtige Angelegenheiten mit ihm zu besprechen. Er schwor sich, dass weder Sepp noch Simon jemals Not leiden sollten, wenn er, der Chawruse Balebos, es vermeiden konnte.

24

Am ersten Tag der Herbstmesse im Jahr 1665 schlenderte Daniel durch Leipzig, um festzustellen, wer anwesend war. Er kam von Elias Silvas Residenz. Der Hoffaktor wurde von der Stadtbehörde gut versorgt. Wie schon oft vorher hatte er dem Textilhändler Daniel Löw, der mit seinen Kompagnons Leibl und Adam reiste, einen Auftrag vermittelt. Diesmal wollte Silva wissen, was auf der Messe an feinem Tischporzellan angeboten wurde. Wenn bekannt geworden wäre, dass ein Hoffaktor sich dafür interessierte, wären die Preise sofort gestiegen.

Daniel hatte den fast zwanzig Jahre älteren Holländer, dessen spanische Herkunft ihm durch Bart und vornehme Kleidung anzusehen war, vor Jahren auf der Messe kennen gelernt, kurz nachdem jener nach Franken umgezogen war. Großzügig hatte sich Elias Silva damals dem jungen Mann gegenüber gezeigt, der seine Frau und das wertvolle Geschenk für die Markgräfin gerettet hatte. Der Hoffaktor hatte der kleinen Siedlung silberne Kidduschbecher, einen Torazeiger und ein goldbesticktes Tuch für das Vorleserpult geschenkt. Auf der Messe hatte er Daniel damals zu sich gerufen und ihm einen Auftrag für englische Wollstoffe gegeben, aus denen Bettdecken für die markgräfliche Familie genäht werden sollten. Dieser Auftrag brachte den Kaufleuten der Hebelein-Siedlung Gewinn und Ansehen. Es war der erste koschere Auftrag, den Leibl als Zwischenhändler ausführte.

Die Beziehung zwischen Elias Silva und Daniel blieb jedoch förmlich. Der Hoffaktor schätzte die stille Art des hochgewachsenen, gut aussehenden jungen Mannes. Er verabscheute Schmeicheleien, und Daniel schmeichelte nie. Aber Silva brachte deutlich zum Ausdruck, dass er und seine Gattin keinen gesellschaftlichen Umgang mit einem Mann niederen Standes pflegen würden. Daniel nahm das erleichtert zur Kenntnis, denn eine nähere Bekanntschaft hätte möglicherweise die Aufmerksamkeit der Obrigkeit auf die Chawrusse gelenkt oder den Neid der Hofleute erregt. Außerdem fühlte er sich nie ganz wohl in Judiths Gegenwart. Sie liebte es, spöttisch zu sein. Das schüchterte ihn ein. Daniel wusste, dass der Markgraf dem Hoffaktor das Wohnrecht in der Residenzstadt verweigert hatte. Zu Judiths Ärger war es dem Ehepaar mit seinen drei Kindern vorerst nur erlaubt, sich in einer nahen Kleinstadt anzusiedeln.

Dennoch waren die Silvas bei den Herrschaften gern gesehen. Der Markgraf schätzte die Klugheit des Hoffaktors, und Judiths ausgesuchter Geschmack beeindruckte die eitle Markgräfin. Im Laufe ihrer Jahre bei Hofe hatten sich beide Silvas gut etabliert. Judith hatte es sogar geschafft, neben ihrem Mann als Hoffaktorin eingeschrieben zu werden. Und selbstverständlich war Silva Vorsitzender der jüdischen Gemeinde des Ortes geworden. Das Ehepaar führte ein herrschaftliches Haus mit großer jüdischer Dienerschaft, ihre Einladungen waren hoch geschätzt, sie gingen allerdings nie an den Verwalter der Hebelein-Judensiedlung.

Als Hoffaktor besuchte Elias Silva regelmäßig die Messen. Wie viele andere fränkische Juden reisten auch die Männer der Chawrusse nach Leipzig. Bei ihrem ersten Besuch hatte sich Daniel darüber gewundert, dass so viele Kaufleute die mühselige und teure Reise zu den drei jährlichen Messen auf sich nahmen. Er schätzte, dass mindestens ein Fünftel der Besucher Juden waren. Das erstaunte ihn, denn Juden besaßen kein Wohnrecht in Leipzig. Sie mussten nicht nur die mitgeführten Waren, sondern auch sich selbst und jeden ihrer Dienstboten versteuern. Leibl, Daniel und Adam hatten als Kaufleute je zehn Taler Leibzoll zu zahlen. Für die Diener Esra und Moritz wurde nur die Hälfte berechnet. Auch Mendel und Herschel zahlten weniger, denn sie zählten mit den Taschenspielern, Seiltänzern und Gauklern als Künstler, die zur Belustigung beitrugen. Jede Art Handel war ihnen strengstens verboten. Die angereisten Rabbiner und Vorbeter brauchten auch nicht zu zahlen. Und natürlich wurde von den privilegierten Hoffaktoren kein Leibzoll erhoben. Von ihnen erwartete der Stadtrat die goldenen Eier, die großen Aufträge für die Höfe ihrer Herren. Ihre Anwesenheit erhöhte das Prestige der Messe.

Daniel verstand sehr bald, warum die Messen so viele Juden anzogen: sie waren ein wichtiger Nachrichtenumschlagplatz. Dort erfuhr man das Neueste über die politische Lage in vielen Ländern, konnte sich informieren, welche Obrigkeit ihre Judenschutzvorschriften geändert hatte oder dies plante, war in der Lage festzustellen, in welchem Land Nachfrage nach bestimmten Gütern bestand. Außerdem konnten Wechsel arrangiert werden. Dazu kamen die verwandtschaftlichen Beziehungen, der Austausch über die Mischpoche, selbst Ehen kamen nach Absprache zwischen Familienvätern auf der Messe zustande. Die Chawrusse erkannte, dass die Messen auch großartige Gelegenheiten waren, um festzustellen, wo etwas zu holen war und oft auch wie.

Viele der jüdischen Messebesucher sprachen diesmal von dem neuen Messias. Seit Monaten schon sorgte er für Euphorie. Aus Smyrna war die Nachricht gekommen, dass ein Mann namens Sabbatai Zwi prophezeite, die Juden im Jahr 1666 aus der Diaspora zurück ins Heilige Land zu führen. Selbst kühle Kaufleute waren von der Welle der Hoffnung erfasst worden. Sie sehnten sich danach, der Enge des Ghettos zu entfliehen. Etliche Männer hatten sich bereits zur Reise ins Heilige Land bereit gemacht. Von den Rabbinern teilten allerdings nur wenige die beschwingten Gefühle. Die meisten von ihnen versuchten, die Aufregung, die sich in allen Gemeinden verbreitete, zu dämpfen. Auf seinem Rundgang durch die Stadt hatte Daniel einen Bekannten aus der Oberpfalz getroffen. Gemeinsam gingen die beiden in eine der Herbergen, wo das Thema hitzig besprochen wurde.

Ein greiser Rabbiner, eine würdige Gestalt mit wallendem Bart und kurzsichtigen, aber schönen dunklen Augen, sprach ruhig zu den Versammelten: „Der Ewige, gepriesen sei Er, hat kein Zeichen gegeben von seinem Messias! Seht euch doch um!" Er zitierte die Propheten, um zu beweisen, dass die Zeit des Messias noch nicht gekommen sei, und warnte vor Gauklern und Betrügern. „Nur das Wort eines Mannes haben wir, das und die glühende, blinde Verehrung seiner Anhänger!"

„Doch, Rabbi, es gibt Zeichen!", unterbrach jemand den Rabbiner. „Der Prophet Nathan, der große Kabbalist, hat er nicht prophezeit den Tag, an dem der Messias kommen wird – und ist er nicht erschienen genau an diesem Tag? Hat Nathan ihn nicht in Gasa als Messias angekündigt?"

Zu seinem Erstaunen sah Daniel, dass es Moritz war, der den Rabbiner unterbrochen hatte. Natürlich wusste er, dass Moritz einige Jahre die Talmudschule in Fürth besucht hatte. Eine fromme Familie hatte es ihm ermöglicht, ehe der Familienvater gestorben und Moritz als Jugendlicher wieder auf sich gestellt war. Daniel fühlte ein merkwürdiges Unbehagen. Warum hatte Moritz nicht im Kreis der Chawrusse erwähnt, dass er sich mit der Kabbala beschäftigte? Sie waren alle gut befreundet, jeder kannte die Schwächen und Stärken des anderen! Aber Menschen sind unergründlich. Immer gibt es etwas, das man nicht versteht – das einen befremdet.

Daniel wurde aus seinen Gedanken gerissen, da ihn sein Bekannter am Arm fasste, er wollte gehen. Gemeinsam verließen sie die Versammlung. Als sie sich trennten, fragte er, ob Daniel noch mit Silva Geschäfte machte, der sei doch in Schwierigkeiten.

„Schwierigkeiten?" Daniel blieb überrascht stehen.

„Na ja, wie alle Münzjuden. Du weißt schon, was sie sagen – außen Silber, innen Silva. Außerdem haben's die Leute ungern, wenn die Münzen zu leicht sind. Der muss aufpassen. Man sagt ihm nach, dass er den Landesherrn zu großem Luxus verleitet, damit er selbst gut verdient! Er ist im Volk recht unbeliebt."

Daniel nickte. Übliche Anschuldigungen, natürlich. Was die Münzen betraf, so kannte er die Methode, die mancher Landesherr benutzte, um Silber zu sparen, nämlich das Metall vom Rand abkratzen zu lassen. Die Bevölkerung machte selbstverständlich die Geldjuden dafür verantwortlich. Er fragte sich, ob er den Hoffaktor über das Gerücht aufklären sollte, entschied sich aber dagegen. Er stand nicht auf gutem Fuß mit ihm. Wenn es sich ergab, würde er es Judith erzählen.

Er brauchte nicht lange zu warten. Die schöne Judith, wie sie hinter ihrem Rücken allgemein bekannt war, empfing Daniel zwei Tage später in den vornehmen Zimmern, in denen sie in Leipzig mit ihrem Gatten residierte, und nahm seinen Bericht entgegen. Sie war es, die für Haushaltslieferungen an den Hof verantwortlich war und wegen des Porzellangeschirrs eine Entscheidung treffen musste. Judith war ungeduldig, denn ihr wichtigster Auftrag, den sie selber erledigen musste, betraf etwas anderes. Die Markgräfin benötigte eine Ausstattung für einen Hofball in Wien, die beanspruchte Judiths ganze Aufmerksamkeit. Deshalb hörte sie nur halb zu, als Daniel anfing, ihr von den Gerüchten zu erzählen.

„Judith, man sagt, die Position eines Hoffaktors ist immer prekär. Es ist ratsam, Vermögen gut anzulegen, ich meine, einen Teil davon unters Volk zu streuen. Gerüchte über ungerechten Reichtum sind sehr schädlich."

Sie war plötzlich ganz Ohr, brauste auf, empört über die Anmaßung. „Wie ist das zu verstehen? Denkst du, wir sind unbeliebt und müssen uns Freunde kaufen?"

„Nein. Nur etwas abgeben vom dem, was ihr habt."

Silva hatte im vorigen Jahr mit einigem Geld der Chawrusse Korn gekauft. Da die Ernte dieses Jahr schlecht ausgefallen war, hatten sowohl der Hofjude als auch die Chawrusse gut daran verdient. Deshalb konnten Daniel und seine Leute einen Schnorrer als angeblichen Diener in die Siedlung aufnehmen und den Sohn des Moritz in die Talmudschule schicken. Derartige Mizwen betrachteten Juden als selbstverständlich.

Daniel blickte Judith fest in die Augen. „Du weißt, wie leicht Gerüchte aufkommen können", sagte er ernst. „An deiner Stelle würde ich die Versorgung der Armen in eurer Stadt nicht allein der Kirche und der jüdischen Gemeinde überlassen."

„Du nimmst dir zu viel heraus!", fauchte Judith. „Gerüchte? Ha, wenn es welche gibt, so kannst du sicher sein, dass sie niemand glauben wird!" Sie stand auf und rauschte aus dem Zimmer, ohne sich zu verabschieden. Daniel blickte ihr nach und musste unwillkürlich an Isabella denken. Isabella – wie sanft und nachgiebig war sie gewesen! Vielleicht zu sanft. Niemals hätte sie es niemals fertig gebracht, mit Kaufleuten zu feilschen wie Judith, die zwar von allen geachtet, aber auch gefürchtet wurde. Judith trotzte dem Leben.

Nach dieser Begegnung war die Verbindung zwischen den Silvas und Daniel abgebrochen.

Es wurde ein eisiger und trauriger Winter. Moritz, der lustige ehemalige Schnorrer, hatte seine Bewunderung für den falschen Messias noch verstärkt, er war dieser Bewegung ganz verfallen. Den Winter verbrachte er mit Beten und Fasten. Spät in der Nacht vor jenem Tag, den der angebliche Messias als seinen Ankunftstag in der Türkei bekannt gegeben hatte, vernahm Daniel laute Schreie aus Moritz' Wohnung. Er rannte hin und fand Moritz blutüberströmt am Boden liegen, während Chawa, seine Frau, und die beiden kleinen Kinder in einer Ecke kauerten. Das jüngste Mädchen schrie laut vor Angst. „Er lässt sich nichts sagen!", flüsterte Chawa völlig aufgelöst. „Wollte nicht aufhören! Blutig gepeitscht hat er sich! Weil er möchte, dass der Messias schnell kommen soll!"

Unter Schluchzen erklärte Moritz, er würde sich aufmachen und dem Messias ins Heilige Land folgen, der sei bereits auf einem Schiff unterwegs. Er wolle packen, erklärte er, Daniel solle die Frau und die Kinder wegschaffen.

„Ich denke, ihr kommt zu mir", entschied Daniel. Er nahm die Kleine auf den Arm und trug sie in seine Kammer, wo sich die zwei verstörten Kinder eng an ihre Mame gedrückt schlafen legten. Er ging wieder zu Moritz, der sich in seinen Gebetsschal gehüllt hatte und erneut betete. Daniel blieb einige Zeit bei ihm, bis Moritz vor Erschöpfung einschlief. Danach legte Daniel sich in der Küche schlafen. Dort hatten sie öfters Arme beherbergt.

In der Nacht fiel hoher Schnee, der jeden Laut dämpfte. Daniel, steif und frierend, stand auf, um sich zu waschen. Es war noch dunkel, er stolperte über etwas, das vor der Küche lag, bückte sich und fasste einen kalten Körper an. Moritz hatte sich im Schnee gewälzt, war liegen geblieben und in der Nacht erfroren.

Am ersten Trauertag nach dem Kaddisch, das Moritz' ältester Sohn betete, erschien unerwartet Judith Silva. Sie hörte die Stimmen, wartete, bis die Gebete verklungen waren, dann öffnete sie leise die Tür. Daniel erblickte sie und trat erschrocken auf sie zu. Das war nicht die stolze Judith, die ihn mit erhobenem Kopf in Leipzig hatte abblitzen lassen! Das war eine hilflose, traurige Frau, auch wenn sie wie immer in Begleitung erschien. Ihre beiden jüdischen Diener mussten sie heute halb stützen, halb tragen.

Sie zitterte dermaßen, dass es einige Zeit dauerte, ehe sie sprechen konnte. Sie schluckte die Suppe, die ihr eine der Frauen brachte. Die Diener hatten bereits erklärt, dass die Kutsche stecken geblieben war und sie über eine Stunde laufen mussten. Es dauerte einige Zeit, bis Judith und ihre Begleiter sich erholten. Judith, von den Frauen umringt, sagte nach einer Weile, sie müsse mit Daniel allein sprechen. Er nahm ihren Arm, denn sie schien noch immer schwach zu sein, und führte sie in seine Kammer. Dort ließ sie sich auf einer kleinen Bank nieder, und er setzte sich aufs Bett. Er betrachtete sie mit Interesse, fand, dass sie trotz ihrer Blässe sehr schön war. Im Gegenteil, der Kummer, was immer dieser war, schien sie weniger unnahbar gemacht zu haben, er bemerkte etwas Weiches in ihren dunklen Augen.

Ihre Stimme jedoch war fast leblos, als sie zu erzählen begann. Der Markgraf sei vor zwei Wochen krank geworden. Da habe sein Arzt einen zweiten Mediziner aus Fürth kommen lassen. Vorgestern habe sich dann das Gerücht verbreitet, er sei gestorben. „Da hat es nicht lange gedauert und die selbsternannten Schergen des Nachfolgers standen bei uns!", schluchzte Judith. „Zwei Soldaten und ein Offizier. Sie haben Elias verhaftet! Er war völlig fassungslos. Zu mir sagten sie, sie würden alles verpfänden, unser Haus, unser Vermögen. Elias solle der Prozess gemacht werden. Angeblich wegen Betruges und Diebstahls." Sie schluckte, sah Daniel nicht an. „Ich weiß, du hast mich gewarnt. Elias soll minderwertiges Edelmetall für die Münzen verwendet haben, wird behauptet. Das sind gemeine Lügen."

„Er kann die Verleumdung widerlegen?"

Judith schüttelte den Kopf. Vor Tränen konnte sie nicht weitersprechen. Erst nach einer Weile brach es aus ihr heraus,

„Nein, er kann es nicht mehr. Er ist tot. Man hat ihn gefoltert – er hat es nicht überstanden. Er war krank."

„Judith!" Daniel legte seine Arme um ihre Schultern, wollte sie trösten, er bemitleidete sie zutiefst. Erst Moritz, nun diese Katastrophe! Was würde es für die Juden im Land bedeuten? Der Fall eines Hofjuden war für alle Juden schlimm. Er nahm an, dass Judith gekommen war, um Zuflucht für sich und die Kinder zu suchen.

„Du möchtest bei uns bleiben, Judith?"

Sie versuchte trotz ihrer Tränen zu lächeln. „Daniel, der Markgraf lebt! Das heißt, ich bin nun für den Posten verantwortlich. Ich bin die Hoffaktorin. Du verstehst nicht, warum ich kommen musste? Ich – ich werde nicht allein fertig mit allem. Ich brauche Unterstützung. Ich brauche einen Mann. Daniel, ich brauche dich. Ich bin gekommen, um dich zu bitten, mich zu heiraten."

25

Amtsherr Wessels ging dem Besucher entgegen, geschmeichelt, dass der Hoffaktor des Markgrafen ihn an diesem trüben Neujahrstag 1670 selbst aufsuchte. Die Anklagen gegen den verstorbenen Hoffaktor Silva hatten sich als falsch erwiesen, der Markgraf hatte ihn kurz nach seinem Tod rehabilitiert. Daniel Löw heiratete die verwitwete Judith und wurde im August 1668, ein Jahr nach seiner Eheschließung, als Hoffaktor in eigenem Namen bestätigt. Inzwischen war er zwei Jahre im Amt und hatte sich einen guten Namen gemacht. Er war klug, scharfsinnig, auf Gewinn bedacht, gleichzeitig zuverlässig und ehrlich. Und wie jeder Hofjude besaß er Einfluss.

„Herr Löw! Es ist uns eine Ehre!", begrüßte ihn der Amtsherr. In dem stattlichen, gut gekleideten Mann erkannte Wessels nicht den schüchternen Jüngling, der einst die Abgaben der Neusteiner Juden in sein Kontor gebracht hatte. Daniel erinnerte sich hingegen genau an seinen letzten Besuch in diesen Räumen. War er nicht im Vorzimmer abgefertigt worden und hatte lange warten müssen, bis der Amtsherr die Quittung unterschrieben hatte? Ich bin ihm zu Dank verpflichtet, sagte er sich grimmig, ich hätte die Prozession nicht gesehen, wäre vielleicht nie zur Kirche gegangen, wo ich erfuhr, dass Hebelein in der Gegend lebte. Wessels ist alt geworden, dachte Daniel. Seine Perücke sitzt nicht mehr fest, sicher fehlen ihm die eigenen Haare darunter. Wie zittrig er ist und sein Gesicht so fahl.

Laut sagte er, „Ich bin heute hier in meiner Kapazität als Parnes in Walberg."

Wessels wusste, es ging um die Ausdehnung des Waldfriedhofs, der neben den Ländereien des Herrn von Seckeling lag und auch von anderen jüdischen Gemeinden benutzt wurde. Gleichzeitig hoffte der Amtsherr jedoch, bei dem Hoffaktor eine Anleihe machen zu können. Eine schlechte Ernte und eine schwere Blatternepidemie, die seine Untertanen geschüttelt hatte, sowie die gewachsenen Ansprüche seines Haushaltes hatten die Kasse des Herrn von Seckeling stark belastet. Verbindlich lächelnd begann er die Verhandlung.

Die Chawrusse hatte die Nachricht von Daniels Hochzeit mit gemischten Gefühlen aufgenommen. Sie freuten sich und waren stolz, dass Daniel in die Oberschicht aufgerückt war, aber sie waren auch traurig, dass sie ihren Vorsteher verloren hatten. Im Laufe der Jahre hatte sich einiges geändert. Obwohl sie weiter als Gemeinschaft lebten und arbeiteten, mussten sie keine dunklen Geschäfte mehr machen. Adam und Leibl waren dank ihrer Beziehungen und Sachkenntnis wirkliche Textilhändler geworden. Jossel hatte inzwischen drei Söhne und war weiterhin Rabbiner der kleinen Gemeinde. Moritz' Sohn konnte den Schutzbrief seines Vaters übernehmen. Dass Schlomo Frumm billig und gut schneiderte, hatte sich in den Landgemeinden der Umgebung herumgesprochen. Endlich hatte er vom Fürstbischof einen Schutzbrief für Fürth bekommen und konnte nun sein Schneiderhandwerk ausführen. Die Kunstfertigkeit seines Bruders für bestimmte Werkzeuge war weiterhin sehr gefragt, aber das blieb nach wie vor geheim. Die Musiker Herschel und Mendel waren selten ohne Engagement, immer gab es Anlässe, zu denen sie gerufen wurden. Esra, den der Tod seines Freundes Moritz hart getroffen hatte, war lange Zeit Daniels Assistent gewesen. Seit dessen Heirat wickelte er die Siedlungsgeschäfte ab. Hebelein, noch immer der Siedlung gut gesinnt und heimlich stolz darauf, dass sein ehemaliger Judenvorsteher nun beim Markgrafen zum Hoffaktor aufgerückt war, hatte Esra einen Schutzbrief verliehen.

Durch den festen Wohnsitz und die Gewinne der ersten Zeit konnten wir uns etablieren, dachte Daniel. Selbst das Stehlen war nur erfolgreich, weil wir einen Wohnort hatten. Aber die vielen Heimatlosen haben noch immer ein schweres Schicksal. Trotz der hohen Strafen gab es immer mehr Gauner. Der Hoffaktor selbst hätte niemals gewagt, von der Residenz allein nach Walberg zu reiten, die begleitenden Soldaten waren bitter nötig. Es gab immer mehr fahrendes Volk, auch unter den Juden. Wehmütig dachte Daniel an die Begegnung vor Walberg. Er war an einer Gruppe vorbeigeritten, die am Wegesrand ihr Lager aufgeschlagen hatte, Juden und Zigeuner. Er hatte gerade noch sein Pferd zügeln können, als eine Frau auf ihn zutorkelte. Ihr Mund war zahnlos, das Gesicht geschwollen: Lisa. Von Jakob hatte er gehört, dass sie seit dem Tod ihrer Mutter auf der Straße umherzog. Daniel hatte gestockt. Es war entsetzlich, die einfältige Frau in diesem schlimmen Zustand zu sehen. Er hatte aus der Kindheit gute Erinnerungen an sie. Anders als die meisten im Dorf war sie immer freundlich zu ihm gewesen. Er hatte sich über den Kopf des Pferdes gebeugt und ihr einen Dukaten gereicht. Sie hatte ihn verwundert angesehen und ihn nicht erkannt. Traurig war er weitergeritten.

Wessels goss dem Hoffaktor ein Glas Wein ein. Gerade wollte er die Verhandlungen beginnen, als Daniel ihm zuvorkam. Der Amtsherr ärgerte sich darüber, verbarg dies aber.

„Ich möchte einen weiteren Antrag stellen, Herr Wessels", begann Daniel, „für eine Armenherberge neben dem Friedhof."

Der Amtsherr ließ mit der Antwort warten. „Warum?", fragte er nach einer Weile, „wir brauchen nicht noch mehr Fahrende!"

„Sie sind schon da, Amtsherr! Hat man Ihnen nichts von ihren Lagern gemeldet? Die Wilderer? Ich sah ein Reh am Spieß braten, als ich nach Walberg ritt!"

Wessels lachte trocken. „Ich dachte, Juden essen kein Wild?"

„Es waren keine Juden, Euer Ehren. In der Herberge würden auch andere unterkommen. Mehr als Suppe und Grütze können wir vielleicht nicht geben – aber einige Nächte im Trocknen und etwas Pflege."

„Ausgeschlossen", sagte Wessels scharf. „In einer Judenherberge können nur Juden aufgenommen werden."

Natürlich, das hätte sich Daniel denken können. Es wunderte ihn nicht, dass der edle Herr sich nicht vorstellen konnte, wie sich auf der Straße täglich derartige Begegnungen zwischen Juden und Christen abspielten und gegen alle Regeln verstießen. Juden durften zwar nicht in die Freudenhäuser, weder Männer als Kunden noch Frauen als Prostituierte, aber auf der Straße würde Lisa nicht fragen, und auch Riwka hatte nie gefragt, ob sie sich einem Juden oder einem Christen hingab. Zu seinem eigenen Erstaunen hörte sich Daniel laut fragen: „Warum erschwert jede Obrigkeit das Leben unseres Volkes? Man gewährt uns keine Bürgerrechte, obwohl wir seit Jahrhunderten in diesen Ländern leben. Wir kennen kein anderes Zuhause."

Wessels benetzte seine Lippen mit Wein. Er wusste nicht, wie er darauf antworten sollte. „Herr Hoffaktor, Sie kennen das Gesetz. Juden können sich nur unter dem Schutz des Kaisers oder seiner Vertreter hier niederlassen. Gesetzlich sind Juden die Kammerdiener des Kaisers!"

Daniel ließ nicht locker. „Soll das heißen, diese Knechte dürfen nicht auf eigene Rechnung arbeiten, und alles, was sie schaffen, gehört dem Kaiser? Ja, ich kenne das Gesetz. Ich frage, warum es noch angewendet wird. Es ist längst veraltet. Es sollte einst dem Schutz der Juden dienen – aber es ist uns zum Verhängnis geworden, Amtsherr. Juden sind in ihren Verdienstmöglichkeiten so stark eingeschränkt. Wären sie Bürger wie andere, würden sie viel beitragen können."

„Der Herr Hoffaktor vergisst, dass Juden in viele dunkle Geschäfte verwickelt sind", sagte Wessels abweisend. „Es gäbe nicht so viele Diebe, wenn Juden nicht so gute Hehlerdienste verrichteten!" Beinahe hätte er gesagt, Juden sind Wucherer. Aber er sprach mit einem Wucherjuden! Dessen Hilfe er brauchte. Er verschluckte die Worte.

Sie starrten sich an wie zwei Kampfhähne. Daniel antwortete gedehnt: „Der Amtsherr möge bitte überlegen, was zuerst da war, das Ei oder das Huhn. In diesem Fall ist die Antwort leicht: die Gesetze verbaten es den Christen lange Zeit, Zinsen zu nehmen und zwangen Juden, Geldgeschäfte zu machen, weil ihnen viele andere Erwerbsmöglichkeiten versperrt waren. Juden sind gezwungen, Lebenskünstler zu sein. Überlegen Sie sich, Herr Wessels, wie es sein würde, wenn Juden dieselben Rechte wie andere Kaufleute hätten."

„Selbstverständlich denke ich daran", entgegnete Wessels. „Ich denke, Juden wären eine zu große Konkurrenz." Dem Amtsherrn gefiel das Gespräch nicht.

„Konkurrenz macht erfinderisch und verbilligt die Ware." Daniel erinnerte sich an ein anderes Gespräch mit einem der Hofherren, der vergeblich versucht hatte, die Bauern zu überzeugen, andere Methoden anzuwenden. „Knappheit treibt die Preise in die Höhe. Man sollte vielleicht versuchen, etwas anderes als Gerste und Rüben anzupflanzen. Das Land könnte bessere Ernten erzielen. Vielleicht …"

Daniel brach ab. Das ging ihn nichts an. Was wusste ein Jude vom Ackerbau? Neuerung war ein wunder Punkt. Landbesitzer und Bauern klammerten sich an alte Methoden. Er war kaum erstaunt, als der Amtsherr sich in seinen Sessel zurücklehnte und die Unterhaltung in die Richtung einer Kreditaufnahme lenkte. Gut, darauf verstand er sich. Über alles andere war nichts zu diskutieren. Wessels beobachtete den Hofjuden durch halb geschlossene Lider. Nein, sie würden niemals beliebt sein, diese Juden. Zu klug. Zu ausgeschlossen aus der normalen Gesellschaft. Der Groll der Bauern auf diese Menschen war immer präsent. Wessel war sich sicher, dass es in schlechten Zeiten auch hier wieder zu einem Pogrom kommen könnte. Es brauchte nur eine Ernte schlecht auszufallen, und schon hatte man einen Sündenbock in nächster Nähe!

Nach mehreren Stunden einigten sich die beiden Männer. Eine Armenherberge zu errichten, genehmigte der Amtsherr zwar nicht. Aber der Waldfriedhof durfte ausgedehnt werden, den Toten wurde ein Recht für ewige Zeiten eingeräumt. Im Gegenzug forderte der Hofjude nur den halben Zinssatz für die Anleihe. Daniel hatte bereits Vorkehrungen dafür getroffen, er hatte inzwischen gute Geschäftsverbindungen mit Finanziers in Frankfurt und Wien. Er verabschiedete sich, entließ seine Begleiter und ritt allein zu Jakob. Daniel hatte einer betrüblichen Pflicht nachzukommen. Auch David war dem falschen Messias gefolgt. Es war nicht verwunderlich, er war erbittert über sein entstelltes Gesicht, hatte ständig unter Schmerzen gelitten. Wie viele andere ersehnte er das Kommen des Messias, des Erlösers. In Sabbatai Zwi, dachte er, käme er.

Kurz nach Moritz' Tod hatte sich die Nachricht verbreitet, dass sich Sabbatai Zwi im Februar 1666 eingeschifft habe, um ins Gelobte Land zu segeln. Jedoch war sein Schiff in türkischen Gewässern festgehalten und er selbst in den Kerker geworfen worden. Konfrontiert mit der Wahl zwischen Tod oder Konversion, hatte er sich für den Übertritt zum Islam entschieden.

Wie viele seiner Anhänger hatte sich David geweigert zu glauben, dass der Messias nun Aziz Mehemed Effendi hieß und eine türkische Rente empfing. Er hatte die Hoffnung nicht aufgeben können, hatte sich von seiner Familie verabschiedet und die lange Reise nach Palästina unternommen, um dort den Messias zu erwarten. Als das Schiff anlegte, wurden die Reisenden von einer Bande überfallen und ausgeraubt. David kämpfte sich als Bettler nach Galiläa durch, wo sich eine Schule der Kabbalisten befand, in die er aufgenommen wurde. In Safed führte er ein Leben voller Entbehrung, bis er vor sechs Monaten starb. Die Nachricht von seinem Tod hatte Jakob vor wenigen Tagen erreicht, so dass er und Daniel erst jetzt um David trauern und Schiwe sitzen konnten.

Die Trauertage gaben Daniel viel Zeit zum Nachdenken. Wie immer hatten sich Schnorrer eingefunden, um dem Verstorbenen Respekt zu erweisen und an den Mahlzeiten teilzunehmen. Keiner war aus Faulheit Bettler geworden, alle litten Not. Stolz sagte sich Daniel, dass er aus freier Wahl zum Räuber geworden war. Der Ewige hat seinem Volk nicht geboten, unterwürfig zu leben. Ja, stehlen war verboten, doch stahlen die anderen den Juden nicht die Möglichkeit, anständig zu leben? Er dankte dem Ewigen, dass er, seitdem er mit Judith verheiratet war, nicht mehr stehlen musste, sondern gut leben und sogar einen koscheren Haushalt führen konnte.

Daniel hatte damals nicht gezögert, sondern Judiths erstaunliches Angebot sofort angenommen. Der Markgraf hatte seine Zustimmung zu dieser Ehe gegeben. Die Markgräfin, eine Frau, deren besten Jahre bereits hinter ihr lagen und die gerne junge, gut aussehende Männer um sich hatte, war angenehm überrascht, als Judith ihren zukünftigen Ehemann bei Hofe vorstellte. Der Markgraf, ein Mann, der weniger Wert auf Äußeres legte als auf Fähigkeiten, war zufrieden. Daniel hatte ein gutes Gedächtnis. Vor seiner Begegnung mit dem Herrscher und seinen Ratgebern hatte er Judith vieles gefragt. Als er nun beim Markgrafen eingeführt wurde, kannte er nicht nur die Höhe der Summen, die jährlich für die Erhaltung des Hofes benötigt wurden, mit allen Einzelheiten wie etwa die Vorschriften für die Gänge, die auf der markgräflichen Tafel bei verschiedenen Gelegenheiten zu erscheinen hatten, sondern er wusste auch Bescheid über die markgräflichen Besitztümer, die Anzahl der Höflinge, Soldaten und Offiziere. Judith hatte zu viele feindliche Augen auf sich gerichtet, um sich Fehler leisten zu können. Ihre Ehe durfte kein Fehler sein.

Und wie glücklich er mit Judith geworden war! Sie hatte ihm das Lachen und das Lieben beigebracht, sie war eine Frau aus Fleisch und Blut. Ehrgeizig, selbstbewusst, gierig und gleichzeitig begehrenswert und warmherzig. So eisern sie im Geschäft sein konnte, so großzügig war sie Daniel gegenüber. Ihre und Elias' Kinder, Sara, jetzt zwölf, und die zehnjährigen Zwillinge Baruch und Jonathan, hatten Daniel nach anfänglicher Ablehnung schließlich als Vater akzeptiert. Die ganze Familie liebte die kleine Esther, die Judith ein Jahr nach der Eheschließung mit Daniel zur Welt gebracht hatte. Die schwärmerische jugendliche Liebe, die Daniel für Isabella empfunden hatte, konnte nicht mit der Liebe eines gereiften Mannes verglichen werden, die er nun Judith entgegenbrachte. Meistens herrschten Frieden und Glück in seinem Haus. Daniel und Judith verstanden sich, selbst ihre Auseinandersetzungen brachten sie am Ende nur näher.

Seit langem wusste Daniel, dass Judith ihn ebenfalls zutiefst liebte, ihn schon geliebt hatte, als sie noch Silvas Frau war und sich deswegen schwere Vorwürfe gemacht hatte. Auch er musste zugeben, dass die schöne Hoffaktorin ihn sofort angezogen hatte. Er lächelte, als er sich erinnerte, wie er Judith einmal gefragt hatte, ob sie ihn nur aus Panik genommen hätte. Sie hätte doch so leicht einen anderen wählen können!

Judith hatte gelacht und ihm eine Antwort gegeben, die ihn sprachlos gelassen hatte: „Sicher hätte ich das – aber ich begehrte schon lange den Chawrussenführer Löw." Und als er sie in seine Arme nahm, hatte sie geflüstert: „Du denkst doch nicht, dass ich nicht wusste, wer Mordechai die schönsten Stücke besorgte!" Worauf er entgegnet hatte: „Ach so, du wolltest dir nur die Konkurrenz aus dem Wege schaffen!"

Mordechai war im vergangenen Jahr gestorben. In seinen letzten Lebensjahren hatte er sich den Ruf eines wichtigen Kunstkenners erworben. Dank der guten Arbeit der Chawrusse, dachte Daniel und lächelte etwas sauer über die Ironie. Er hatte Mordechai und seine scheinbar unterwürfige Art nie gemocht. Er hatte mit Judith damals gescherzt, hatte gesagt, er hätte ihr jede Beute gern zur Verfügung gestellt, aber er hatte schließlich eine Vereinbarung mit Mordechai getroffen, und ein Ehrenwort sei ein Wort, selbst unter Ganoven. Mit mehr Ernst hatte er dann zu ihr gesagt, dass die Ehrlichkeit der Hoflieferanten nie gefährdet werden dürfte. Die Hofjuden müssten über jeden Verdacht erhaben sein! Sie garantierten das Leben der übrigen Juden im Land. Judith! Der Gedanke an seine Gattin war erfreulicher als der an den Juwelier und Hehler. Sie hatten wenige Monate nach Elias Silvas Tod ohne viel Aufsehen geheiratet. Daniel war in das Haus des Hoffaktors gezogen und hatte es geschafft, Judith davon zu überzeugen, allen Protz zu vermeiden und bescheidener zu leben. Er hatte auch seinen eigenen Rat befolgt und die Abgaben an die Gemeinde erhöht. Mit den Parnejsim hatte er besprochen, wie man die schlimmste Armut der umherziehenden Juden lindern könnte. Bereits nach einem Jahr hatten die beiden Hoffaktoren etliches erreicht. Sie hatten in Ralensburg ein Hospiz gegründet, in dem Obdachlose untergebracht und verpflegt werden konnten. Daniel hatte weitere Pläne, die er verwirklichen wollte. Judith unterstützte ihn dabei. Der Tod ihres ersten Mannes hatte sie gelehrt, dass keinem Herrscher zu trauen war und dass sich ihr Reichtum über Nacht in Armut verwandeln konnte.

Die Aufgaben eines Hoffaktors waren vielfältig und aufwendig. Sowohl Daniel als auch Judith waren vollauf mit den Angelegenheiten des Markgrafen beschäftigt. Verlangt wurden Warenlieferungen für Herrscher, Hof und Heer sowie die Betreuung des gewinnträchtigen Münzwesens. Judith hatte bereits viel Erfahrung, sie teilte sich mit Daniel die Hoflieferungen und kümmerte sich um die Bedürfnisse der Markgräfin an Luxusartikeln und Kleidung. Aber sie hatte inzwischen gelernt, ihren Verdienst gemäßigt zu halten und auch für die Hofdamen zu sorgen, die im täglichen Umgang das Ohr der Markgräfin hatten. Sie war eben Geschäftsfrau, genau wie ihre Mutter, nur in größerem Stil.

Vorsicht gebot ihnen, sich der Erfahrung anderer im Münzgeschäft zu bedienen, obwohl es ihren eigenen Gewinn schmälerte. Der Sohn einer bekannten Frankfurter Familie wurde als Verwalter eingesetzt und rechnete gewissenhaft mit dem Ehepaar und dem Markgrafen ab.

Auch als Judiths Ehemann vergaß Daniel Isabella nie. Genau so wenig wie seinen Sohn. Die Gedanken an ihn waren schmerzlich, auch wenn der kleine Simon es gut hatte bei Sepp und Marie.

Kurz nach seiner Rückkehr nach Ralensburg folgte Daniel einer Einladung nach Wien, um mit einem Bankier namens Levi ein Wechselgeschäft zu klären. Er fuhr allein. Einer der beiden Hoffaktoren musste für den Markgrafen immer erreichbar sein. Eigentlich war er sogar froh, dass Judith nicht mit ihm reisen konnte, denn er wollte Wien kennen lernen, die Stadt, in der Isabella so schwer gelitten hatte. Er kam am 17. Februar an und wurde von dem Bankier in dessen Haus untergebracht. Abraham Levi, ein würdiger untersetzter Mann von etwa fünfzig Jahren, dem große Klugheit nachgesagt wurde, war Daniel gegenüber unerwartet zurückhaltend. Auch beim Abendessen sprach er nicht viel und antwortete abwesend, als Daniel sich nach der Stadtwohnung des Grafen von Grenzlingen erkundigte.

Am folgenden Tag machte sich Daniel auf, das Haus zu suchen. Aber er kam nicht weit. Eine johlende Menge stürmte durch die Straßen, der Hoffaktor wurde mitgezogen und kam vor dem kaiserlichen Schloss an, wo wilde Aufregung herrschte. Soldaten standen auf dem Paradeplatz, Daniel hörte Trommelwirbel, Trompeten stießen an, dann war es ganz still. Ein prächtig gekleideter Höfling auf einem schneeweißen Pferd rollte ein kaiserliches Schreiben auf und verlas es triumphierend.

Daniel hörte zu, war wie gelähmt. Das konnte unmöglich wahr sein! Kaiser Leopold ließ verkünden, dass alle viertausend Juden die Stadt verlassen müssten! Daniel hatte von Isabella gehört, dass es seit Jahrhunderten eine große jüdische Gemeinde in Wien gab. Ihr Aufenthaltsrecht hatten die Juden mit hohen Steuern und Spenden, mit Krediten und Dienstleistungen erworben. Aber offensichtlich nicht gesichert.

Daniel eilte zu Levis Haus zurück, dort empfing ihn der Bankier in seinem Kontor. „Herr Löw, wir haben seit Wochen die Gerüchte gehört, dass man die Ausweisung plane! Ich habe den

Gerüchten geglaubt und einige Vorkehrungen getroffen. Andere haben dies nicht getan."

„Aber – was ist geschehen?"

Herr Levi ging mit kleinen Schritten auf und ab. „Was soll anderes geschehen sein als das, was immer geschieht, sobald eine Gemeinde sich etabliert hat? Man möchte die Schulden an Juden nicht bezahlen, man beneidet uns um unsere Häuser, ja um unser Leben. Der genaue Anlass? Es gibt keinen. Außer dem, dass unsere äußerst fromme Kaiserin Margarita Teresa den Kaiser sehr stark beeinflusst."

Er machte kehrt, ging zum Fenster und blickte auf die Straße. „Ich bin hier geboren, in diesem Haus, Herr Löw. Mein Vater ..." Er brach ab, fuhr fort: „Die Kaiserin hat einen Beichtvater. Der hat ihr zugeredet, dass an ihrer Fehlgeburt die Juden Schuld seien – sie sei verhext worden." Er wehrte Daniels Fragen mit beiden Händen ab. „Ich weiß, es ist Unsinn! Aber erzählen Sie das dem gewöhnlichen Volk! Die haben ihr Gaudium, und die anderen, die Neider, die werden uns unsere Häuser nehmen, unser Hab und Gut stehlen. Für nichts werden sie unsere Weißwäsche, unser Geschirr, unsere Möbel an sich reißen. Die Bücher, die werden sie uns vielleicht lassen."

„So wie es in Nürnberg war, damals vor fast zweihundert Jahren", sagte Daniel traurig. „Sobald wir etwas geschafft haben, beneidet man uns und stiehlt es! Wir haben nicht gelernt, wie wir es verhindern und uns wehren können."

Levi brach plötzlich auf einem Stuhl zusammen, hielt seine Hände vors Gesicht und flüsterte: „Ich hab all die Gerüchte geglaubt. Deshalb lud ich Sie ein, Herr Löw. Nur dachte ich nicht, es würde so schnell kommen. Ich habe in Frankfurt Geld deponiert." Er versuchte sich zu fassen, blickte Daniel starr an und sagte: „Ich bin so gut wie reisebereit. Ich möchte sie bitten, Herr Löw – ich werde niemandem zur Last fallen, ich habe einige meiner Schäflein ins Trockene gebracht. Sie haben die Erlaubnis für Ihre Reise, den Brief Ihres Herrschers – kann ich mit Ihnen reisen?"

Erschüttert willigte Daniel sofort ein. Zehn Tage später brachen sie auf. Der Bankier hatte sein Geschäft und sein Haus für eine lächerliche Summe verkauft. Der erste Kaufinteressent hatte bereits am Tag nach der Kundgebung vor der Tür gestanden. Die Familie des Bankiers konnte vorübergehend bei Kunden außerhalb Wiens wohnen.

Noch vor der Abreise hatte der Große Kurfürst erklärt, in Berlin seien reiche Wiener Juden willkommen, er könne bis zu fünfzig Familien aufnehmen. Levi nahm es traurig zur Kenntnis. „Nur die Reichen. Der Kurfürst will uns melken. Und was wird mit den weniger Reichen und den ganz Armen?" Eine rhetorische Frage, auf die er keine Antwort erwartete. Sie wussten beide, dass diese Menschen bald zum Heer der Obdachlosen gehören würden. Und sicher würden sie bald an den Toren Berlins anklopfen. Der Markgraf erlaubte der Familie Levi nach langen Verhandlungen, sich in Ralensburg niederzulassen. Er schätzte die Anwesenheit eines reichen Juden vor Ort. Auch in der Stadt Fürth konnten sich einige wohlhabende Wiener Juden ansiedeln.

Als Räuber hatte Daniel mit großem Risiko gelebt. Nun als Hoffaktor war er zwar viel reicher, aber kaum weniger gefährdet als früher. Daniel wusste, es brauchte nur einen neuen Herrscher geben, oder Judith und er könnten dem hochherrschaftlichen Paar plötzlich nicht mehr gefallen, dann wäre es um sie geschehen. Er hatte stets den Fall des brandenburgischen Hofjuden Lippold vor sich, der im vergangenen Jahrhundert unglaublich reich geworden war, nach dem Tode seines Herrn, des Kurfürsten Joachim II., aber bestialisch gefoltert und hingerichtet wurde. Danach ließ der neue Kurfürst alle Juden aus Brandenburg vertreiben, und jetzt sollten sich fünfzig reiche jüdische Familien ansiedeln dürfen.

Nach der Wiener Reise konnte Daniel dem Verlangen nicht mehr widerstehen, wenigstens einmal seinen Sohn zu sehen. Er fuhr nach Bonn, wo er die vornehme Kutsche an einem Gasthaus stehen ließ. Von da aus begab er sich zu einer einfachen Judenherberge. Dort im Hof rollte er am Abend seine Kleidungsstücke im Schmutz, riss etliche Knöpfe ab, bis er mit seinem Aussehen zufrieden war. Die Idee, einem Schnorrer seine Lumpen abzukaufen, hatte er verworfen, er war zu verwöhnt, er hätte den Geruch nicht mehr ertragen. In der Herberge benahm er sich unterwürfig und unauffällig, wie es von einem Schnorrer erwartet wurde. Es dauerte nicht lange, da schnappte er die Unterhaltung zwischen zwei Männern auf, die in der Gaunersprache leise über Masematen sprachen. Daniel gesellte sich nicht zu ihnen. Es war nicht mehr seine Welt. Er hatte Glück gehabt, er war ihr entkommen. Er dachte an das Grauen an jenem dunklen Tag in Emden, als er meinte, es sei um ihn geschehen, an Hannes, der gebrandmarkt, an August und Lopes, die gehängt worden waren.

Nach einer Weile sprach er einen Hausierer an, der ihm die Auskunft gab, die er brauchte: wie er ohne Zahlung des verhassten Leibzolls nach Batzenhausen gelangen konnte. Am frühen

Morgen verließ er Bonn, um seinen siebenjährigen Sohn zu besuchen.

Einige Jahre waren seit seiner letzten Wanderung vergangen. Seine Füße schmerzten, der Rücken war wie gelähmt. Erst am späten Nachmittag erreichte er Batzenhausen. Er lief durch die Dorfstraße an der Kirche vorbei, als eine Horde Jungen einen Bergpfad herabrannte, offensichtlich hatten sie oben den Weinbauern geholfen. Er blieb stehen und beobachtete die Gruppe – vielleicht befand sich Simon unter ihnen. Da sah einer der Jungen den zerlumpten Juden, hob einen Stein auf, warf ihn zielgerichtet auf Daniel und traf ihn am Arm. Der Jude stieß einen Schmerzensschrei aus, der Stein hatte die alte Wunde getroffen. Sofort kam Bewegung in die Gruppe, einige bückten sich nach Steinen, dann rannten alle gröhlend den Pfad hinab.

Das verächtliche Johlen, das Daniel so oft vernommen hatte, erschreckte ihn. Er wollte die Flucht ergreifen. „Saujud", schrie einer der Jungen mit heller Stimme und schleuderte einen Stein gegen Daniels Stirn. Die scharfe Kante riss die Haut auf, Blut tropfte auf die dicken Augenbrauen. Daniel verspürte einen Stich in seinem Herzen und rang nach Luft: In dem Steinewerfer hatte er Simon erkannt, seinen Sohn. Das herzförmige Gesicht erinnerte ihn an Isabella.

Fassungslos wandte Daniel sich ab und ging zügig den Weg zurück, den er gekommen war. Er war zornig und traurig. Konnte er es dem Jungen übel nehmen? Simon war ein Kind wie alle Kinder, wie sollte er einen verdreckten Schnorrer anders als mit Abscheu betrachten! Er plapperte nur nach, was die Erwachsenen sagten.

Keiner der Jungen bemerkte, dass der Mann plötzlich einen festen Gang hatte und sich rascher entfernte, als man es von einem hungernden Bettler vermutete. Sepp jedoch, der die Kinderstimmen gehört hatte und Simon erwartete, trat aus der Scheune, in der er gearbeitet hatte und blickte verwundert dem Juden nach, den er einige Zeit zuvor hatte den Weg entlangschlurfen sehen.

„Was war das für ein Gejohle?", fragte er Simon, der mit lachenden Augen auf ihn zulief.

„Ein Saujud", antwortete Simon, der noch immer einen Stein in der Hand hielt. „Der hat uns angeglotzt, da haben wir Steine geworfen!" Angeglotzt? Warum sollte ein Jude Dorfbuben beobachten? Sepp ahnte, dass es Daniel gewesen war. Daniel, der seinen Sohn sehen wollte und von diesem mit Steinen beworfen wurde. Das tat Sepp weh, denn er vermisste Daniel. Nach ihrem letzten Gespräch waren sie übereingekommen, dass für alle, auch für das Kind, weitere Treffen gefährlich wären. Obrigkeit und Kirche würden das Vergehen einer Christin und eines Juden nicht verjähren lassen. Es war richtig, dachte Sepp, dass Daniel nicht auf den Hof kam. Trotzdem schmerzte es ihn, seinen Freund nicht gesprochen zu haben.

„Komm", sagte er zu Simon, „deine Mutter wartet mit dem Essen." Er legte seinen Arm um den Jungen und drückte ihn leicht. „Weißt du, Simon, Juden sind auch vom Herrgott erschaffen, ohne Grund soll man ihnen kein Leid zufügen."

Simon schritt neben Sepp her. Er blickte zu ihm auf und fragte ernst: „So wie mit den Schwalben?" Vor wenigen Wochen hatten die Jungen ein Schwalbennest ausgeraubt und die Eier zertreten. Marie war wütend gewesen. Sie hatte Simon erklärt, dass der Pfarrer mit ihm schimpfen würde. Es war nicht gut, Kreaturen zu töten, die der Herrgott erschaffen hatte.

„Ja, genau wie mit den Schwalben", antwortete Sepp.

Inzwischen hatte Daniel die Kreuzung erreicht, von der ein Weg nach Bonn und ein Pfad zum Fluss führte. Daniel nahm den Pfad zum Fluss, setzte sich ans Ufer, die Begegnung mit dem Jungen hatte ihn erschüttert. Das Blut tropfte noch, er riss einen Lappen ab, hielt ihn ins Wasser und drückte ihn auf die Wunde. Er hatte gesehen, dass Simon dunkelhaarig war wie er selbst. Die zarten Gesichtszüge erinnerten ihn an Isabella.

Bald würde der Junge zur Schule gehen, in eine gute Schule, danach würde er vielleicht eine Universität besuchen. Das und noch mehr würde der Notar Baumgärtel regeln. Trotz der Geburt auf einem Bauernhof würde sich Simon eine gute Existenz aufbauen können. An seinem einundzwanzigsten Geburtstag würde er sein Erbe antreten. Sepp hatte dem Notar sein Wort gegeben, Simon zu erklären, dass er Waise sei, der Sohn eines Freundes. Dieser sei kurz vor Simons Geburt tödlich verunglückt, und die Mutter war im Kindbett gestorben, eine reiche Frau, es sei ihr Vermögen, das Simon erbte. Von seiner Mutter würde er auch den Schmuck erhalten, der schon längst bei dem Notar hinterlegt war.

Daniel kehrte auf den Weg zurück, er ging langsam, in Gedanken versunken. Eine Idee kam ihm, die ihn aufheiterte und ihn veranlasste, schneller zu gehen. Eines könnte er tun! Er könnte seine Geschichte in Jiddisch aufschreiben und an Baumgärtel senden. Dieser oder sein Nachfolger würde nach Daniels Tod entscheiden, ob Simon das Buch erhalten solle oder nicht. Dem Notar würde im Testament eine Summe hinterlassen werden für die Verwaltung und Übersetzung des Textes ins Deutsche. Sollte dem Jungen seine jüdische Herkunft schaden können, müsste der Notar das Buch verbrennen.

Daniel beschloss, sofort mit dem Schreiben anzufangen. Der Gedanke erleichterte ihn, spornte ihn an. Leise pfeifend schritt er den Judenweg entlang, seinem Ziel entgegen.

26

Im Sommer 1678 vermählte sich Judiths älteste Tochter Sara mit Nathan, einem Enkel des Braunschweiger Hofjuden Aaron Beer. Kurz nach der Hochzeit reiste Daniel nach Frankfurt zur Messe. Gern hätte er Judith bei sich gehabt, denn sie war mit einigen der wichtigen Finanziers, die er dort treffen würde, länger befreundet als er. Doch es war ihnen nicht möglich, gleichzeitig vom Kontor abwesend zu sein. Vor allem die launische Markgräfin wollte ihre Untergebenen stets in greifbarer Nähe haben.

Daniel hatte etliches in Frankfurt zu erledigen, am wichtigsten war es, einen großen Kredit für seinen Herrn zu beschaffen. Seit der schweren Erkrankung vor fast dreizehn Jahren, der er beinahe erlegen war und die zu Daniels und Judiths Ehe geführt hatte, war der Markgraf extravagant geworden. Er feierte oft, umgab sich von großem Gefolge und beschenkte seine Gattin ebenso wie seine Mätresse mit großzügigen Geschenken. Vor allem aber wollte er sich selbst ein Denkmal setzen und hatte deshalb vor einigen Jahren angefangen, pompöse Bauwerke errichten zu lassen. Daniel bereitete es enorme Sorgen, dass der Markgraf sich all das eigentlich gar nicht leisten konnte. Von der Anleihe, die Daniel diesmal zu beschaffen hatte, wollte sein Herr in der Residenzstadt einen prunkvollen Brunnen aufstellen. Zu Daniels Sorgen kam hinzu, dass der Markgraf sich immer mehr in die Politik verwickelte, auch das war sehr kostspielig.

Daniel hatte in seinen Jahren am Hof viel gelernt. Er wusste, dass die deutschen Fürsten und Markgrafen seit dem Ende des grauenhaften Dreißigjährigen Krieges fortwährend Intrigen einfädelten und diese des öfteren zu Kriegen führten. Für die Finanzjuden bedeutete dies zwar, dass ihre Dienste gebraucht wurden, aber Kredite waren kaum zu niedrigen Zinsen zu erhalten, da nicht genug Geld in Umlauf war. Das ehrgeizige Bestreben des französischen Königs, sein Territorium um Gebiete östlich des Rheins zu erweitern, half keineswegs, Frieden zu stiften. Nun schien der von Frankreich begonnene Krieg gegen Holland bald zu Ende zu gehen, was das Geld eventuell etwas flüssiger machen könnte. In diesem Krieg hatte sich Friedrich Wilhelm, der Große Kurfürst, gegen Frankreich verbündet, und dafür hatte er seine Juden mit ihren Beziehungen gebraucht.

Wir werden nur geduldet, wenn wir gebraucht werden, dachte Daniel grimmig. Sonst sind wir weniger wert als der Dreck an ihren Schuhen.

Am zweiten Tag nach seiner Ankunft in der Frankfurter Judengasse erhielt Daniel einen Eilbrief von Judith. Sie teilte ihm mit, dass ein Herr von Hebelein ihn dringend sprechen wolle. Er sei bereits auf dem Weg nach Frankfurt und bittet den Hoffaktor, ihn im Haus des Patriziers Johann von Backen aufzusuchen. Daniel las den Brief zweimal, ehe er die Hand sinken ließ. Was konnte Isabellas Stiefvater von ihm wollen? Seitdem er sich vor seiner Eheschließung mit Judith förmlich von Hebelein verabschiedet hatte, waren sie einander nicht mehr begegnet. Wahrscheinlich wollte er eine große Anleihe, für die er nicht genügend Gegenwert besaß. Es musste sich um einen Gefallen handeln, dachte Daniel. Denn sonst wäre Hebelein ihm nicht nachgereist, sondern hätte ihn gebeten, auf sein Schloss zu kommen.

Am nächsten Vormittag machte sich Daniel auf den Weg zu Hebelein. Seine Bekannten in der Judengasse hatten ihm beschrieben, wie er zum Römerberg kommen würde, in dessen Nähe der Patrizier von Backen wohnte. Die Straßen waren voller geschäftiger Menschen, die sich zur Messe in der Stadt aufhielten. Immer wieder fragte sich Daniel, was der Ritter wohl von ihm wolle. Mit der Siedlung konnte es nichts zu tun haben, das hätte Hebelein mit Daniels Nachfolger besprochen. Der Hoffaktor meldete sich am Hintereingang, wurde aber zu seinem Erstaunen sofort in das große Kontor des Ratsherrn gebeten, in dessen Mitte ein riesiger dunkler Eichenholztisch stand. Dort wartete Hebelein bereits auf ihn und führte ihn in eine Fensternische zu einem Bänkchen, auf dem er Platz nahm und Daniel einen Sitz anbot.

Daniel erkannte Hebelein kaum wieder, so sehr war er gealtert. Er schien geschrumpft zu sein, ging leicht gebückt, den Beinen fehlte die Stärke, den Augen der entschlossene Ausdruck seiner früheren Jahre.

Nach den höflichen Begrüßungsformeln sagte Hebelein: „Man hört, dem Hoffaktor ist zur Hochzeit seiner Tochter zu gratulieren?"

Daniel verbeugte sich leicht und dankte Hebelein. „Die Tochter meiner Frau, die ich das Glück habe, als meine Tochter angenommen zu haben", fügte er hinzu. „So wie der edle Herr die Frau Tochter der edlen Frau von Hebelein angenommen haben."

Hebelein runzelte die Stirn. „Hatten, hatten. Ja, der Hoffaktor begegnete der Gräfin, ehe sie ..." Er unterbrach sich. Die Stirnfalten blieben, ebenfalls der Ernst in seinen Augen.

Wieder verbeugte sich Daniel. „Ich sah die Frau Gräfin zum ersten Mal, als der edle Herr ihr zum sechzehnten Geburtstag einen Armreif schenkte." Der in sechs Jahren meinem Sohn gehören wird, sagte er sich im Stillen und konnte ein leichtes Lächeln kaum verbergen. Und er schmunzelte auch, weil es der Augenblick gewesen war, in dem er sich in Isabella verliebt hatte.

Hebelein wirkte irritiert. Ob wegen des Lächelns oder der Worte konnte Daniel nicht beurteilen. „Schon gut. Obwohl – ja, es ist im selben Zusammenhang, dass ich Sie ..." Wieder beendete der Ritter den Satz nicht.

Um die peinliche Stille zu überbrücken, fragte Daniel: „Möchte der edle Herr Schmuck besorgt haben – für ein Geschenk?" Im selben Moment schimpfte er sich einen Tollpatsch. Welchen Unsinn sprach er da, für den Kauf eines Geschenks würde man nicht mit dem Hoffaktor des Markgrafen verhandeln!

Trotzdem hatten seine Worte den Zweck erfüllt, er brachte Hebelein erneut zum Sprechen. „Es ist eine verdammt verzwickte Sache. Meine – unsere verstorbene Frau Tochter war, wie Ihm bekannt ist, mit Graf von Grenzlingen verheiratet. Sie verstarb in jungen Jahren an einer bösen Krankheit. Damals war unsere Verbindung mit ihrem Gatten nicht so ...", versuchte er zu erklären. „Unsere Tochter verstarb nicht in Wien, das muss der Herr Hoffaktor wissen, um das alles zu begreifen, sie befand sich auf Reisen. Die Mitteilung von ihrem Tod kam durch einen Dritten." Er schwieg. Als zwei Dienstboten mit vollen Tabletts den Raum betraten, offensichtlich vom Hausherrn geschickt, schien sich Hebelein an seine Rolle als Bittsteller zu erinnern und blickte auf. „Vielleicht einen Cognac?", fragte er. „Etwas Gebäck?"

Daniel nickte. Er benötigte etwas zur Beruhigung seines klopfenden Herzens. Alles hatte er erwartet, nur nicht, dass es um Isabella ging! Er nahm den Cognac entgegen, wusste, dass dieser nicht koscher war, doch wie so oft im Laufe von Verhandlungen, brach er die strenge Regel. Gemessen an dem, was ich mit Isabella getan habe, ist dies nur eine kleine Sünde, sagte er sich wehmütig. Diesmal lächelte er nicht.

Nachdem sich die Dienstboten zurückgezogen hatten, fuhr Hebelein fort. „Die Gräfin wurde auf Wunsch ihrer Mutter im Rheinland begraben. Ihr Gatte bestand nicht darauf, sie in der

Grenzlinger Familiengruft beizusetzen. Selbstverständlich hielt man in Wien aber einen großen feierlichen Gottesdienst ab." Hebelein unterbrach seinen Bericht, stand auf und blickte auf die Straße, mit dem Rücken zu Daniel. „Für meine Frau war es furchtbar, dass ihre Tochter die letzten Stunden hatte allein zubringen müssen, ohne ihre Nächsten! Dazu kam der kalte Antwortbrief des Grafen auf die Todesnachricht, der erschütterte sie."

Nein, schrie Daniel innerlich, nein! Isabella war ohne mich, ihren Liebsten, gestorben, aber nicht allein! Maria und Sepp, zwei Menschen, die sie liebte und von denen sie geliebt wurde, waren bei ihr. Als sie sahen, dass das Fieber die junge Frau verzehrte und sie nicht zu retten sei, hatten sie die Todkranke mit Hilfe des Notars Baumgärtel und des Arztes Ben Levi in die Herberge „Rheinburg" gebracht. Sie waren bei ihr, sie hatten mit ihr gebetet, hatten ihre Augen geschlossen und sie standesgemäß begraben lassen.

Daniel hörte den dumpfen Laut der eintönigen Stimme. „Danach war der Kontakt zwischen unseren Familien sehr förmlich, es musste nur wenig geregelt werden. Als der Graf nach achtzehn Monaten wieder heiratete, ließen wir ihm selbstverständlich unsere Gratulation zukommen. Seine zweite Gattin verunglückte vier Jahre später. Sie war mit dem Grafen ausgeritten – ein unglücklicher Sturz. Natürlich sandten wir ein Kondolenzschreiben. Von einer dritten Ehe war uns bislang nichts bekannt, wir leben zurückgezogen, das weiß der Herr Hoffaktor."

Hebelein atmete tief ein, griff nach dem Cognacglas und führte es zum Mund. „Doch jetzt ist diese Vergangenheit wieder da! Zum ersten: Frau von Hebelein erhielt ein Schreiben." Er schritt zu dem wuchtigen Eichenholztisch, auf dem eine Mappe lag. Er holte sie, setzte sich wieder in die Nische und entnahm der Mappe einen Brief, dessen gebrochenes Siegel auf einen adligen Absender schließen ließ. Ohne weitere Erklärung reichte er Daniel das Schreiben. Offensichtlich fiel es ihm schwer, die richtigen Worte zu finden.

Daniel konnte das Zittern seiner Hand kaum verbergen. Die dünne Handschrift war schwer zu entziffern, außerdem schwammen seine Augen, er musste sich zwingen, ruhig zu bleiben und sich nichts anmerken zu lassen.

Die Zeilen, gerichtet an Frau von Hebelein, waren von einer alten Dame geschrieben, einer Baronin, deren Enkelin die dritte Gattin des Grafen war. Sie bat um Verzeihung, dass sie sich die

Freiheit nahm, über etwas zu schreiben, das für die Empfängerin schmerzhaft sein musste und sicher alte Wunden aufriss.

„Doch ich kann und möchte nicht länger schweigen. Mein Sohn weigert sich, und meine liebe Schwiegertochter tut nur, was mein Otto ihr erlaubt. Mir geht es um meine geliebte Enkelin, gnädige Frau von Hebelein. Meine süße Gabriela, Gräfin von Grenzlingen, war ein fröhliches Kind, aufgeweckt, mit blitzenden Augen und hellem Lachen. Sie heiratete einen Edelmann, die Wahl ihrer Mutter. Sie war glücklich mit dem höheren Stand des Gatten. Elf Monate nach der Hochzeit wurde Gabriela glückliche Mutter einer Tochter. Glücklich? Was schreibe ich? Das Kind ist schon lange wie ausgewechselt. Sie besucht mich selten, nicht weil sie mich nicht liebt, o nein! Sie möchte mir ihr blasses Gesicht, ihre traurigen Augen nicht zeigen. Und vielleicht verbirgt sie noch mehr vor mir und vor allen anderen. Ich darf es gestehen, ich habe ihre Zofe ausgefragt. Zofen sind bekanntlich in die Geheimnisse der Herrschaft eingeweiht. Doch es war nutzlos, ihre Angst war spürbar.

Meine liebe Enkelin schwindet vor meinen alten Augen dahin. Ich bin überzeugt, sie schwebt in Todesgefahr. Ich muss alles tun, was in meinen Kräften steht, um das zu verhindern.

Verehrte Frau von Hebelein, ich habe vor Jahren Gerüchte vernommen über das wollüstige Leben des Grafen. Wenn die auf der Wahrheit beruhen, so mag Gott seine Sünden verzeihen, ich kann es nicht.

Ich flehe Sie an, verehrte Frau von Hebelein, mir die Wahrheit zu sagen über die Ehe Ihrer verstorbenen Frau Tochter. Sie starb angeblich auf Reisen, nachdem sie bereits lange von ihrem Gatten getrennt gelebt hatte. Man flüstert von einer Flucht aus Wien. Warum ist sie geflohen? Hat er, dieser Satyr, sie misshandelt, wie ich befürchte, dass er Gabrielle misshandelt, weil sie ihm keinen Erben geboren hat? Oder weil ihm Misshandlung junger Frauen behagt?

Ich fürchte um das Leben meiner Enkelin. Ich suche händeringend Beweise, um mit Hilfe meines verehrten Beichtvaters diese verruchte Ehe zu annullieren. Ist das eine Sünde? Ich bin bereit, sie auf mich zu nehmen! Verehrte Frau von Hebelein, ich wiederhole: ich flehe Sie an, verraten Sie mir die Wahrheit."

Daniel legte das Schreiben auf den Tisch, starrte an Hebelein vorbei, blickte in die dunkle Vergangenheit. Er sah Isabellas geschundenen Leib, die Striemen an ihrem sanften Rücken, das verkrustete Blut auf ihrer Brust. Satyr hatte die alte Baronin geschrieben. Nein, er war mehr! Dieser Hochwohlgeborene war ein niederträchtiges Schwein.

Wie von weitem hörte er Hebeleins Stimme: „Ich gab Ihnen den Brief zu lesen, um meine Bitte zu verstehen."

Daniel richtete die Augen auf sein Gegenüber. Was will er von mir, fragte sich Daniel. Hat er erfahren, dass Isabella und ich ...

„Wusste Frau von Hebelein von einer Misshandlung ihrer Tochter?", fragte Daniel heiser.

Hebelein bewegte sich, als ob der gepolsterte Stuhl unbequem sei. „Die Ehe ist ein heiliges Sakrament für uns. Sie müssen verstehen, Frau von Hebelein dachte, Bellas Platz sei an der Seite ihres Gatten. Frau von Hebelein war eine gute Mutter, sie ist eine wunderbare Gattin. Von Misshandlung sprach Bella nie."

Bella! Ich habe sie stets Isabella genannt. Für mich wird sie immer Isabella bleiben. Und nein, sie hat der eiskalten Frau, ihrer Mutter, nichts sagen können von den Torturen in ihrem Gemach. Die Ironie, dass er es war, der dieser Frau Baronin ihren Beweis liefern könnte, erboste Daniel. War Misshandlung ein Grund für eine Annullierung der Ehe? Er wusste es nicht, hoffte aber inbrünstig, dass dem so sei, damit das Vorhaben der Baronin gelingen würde. Er wartete, was Hebelein sagen würde, worum er bitten wollte.

Es kam eine weitere Erklärung. „Ich sagte ‚zum ersten'. Denn da ist ein ‚zum zweiten'. Ich erhielt ebenfalls ein Schreiben. Vom Grafen Grenzlingen. Es erreichte mich an dem Tage, da in Ihrem Haus Hochzeit gefeiert wurde, Hoffaktor. Dann reisten Sie nach Frankfurt. Nachdem ich einiges geklärt hatte, reiste ich nach.

Der Graf schrieb, dass es eine unvollendete Sache zwischen ihm und mir gäbe: Isabellas Schmuck. Dieser sei ihm nach dem Tod der Gräfin nicht zugestellt worden. Weil die Gräfin ohne Testament starb, sei er, der Gatte, der rechtmäßige Erbe. Und da wir die Gräfin bestattet hätten, seien wir wohl im Besitz des Schmucks. Nun benötige er den Schmuck, vor allem die Familienerbstücke, aus Gründen, die er nicht zu erklären brauche, er sei in Geldnöten, es sei dringend. Er erwartet die umgehende Sendung des Schmucks, ansonsten würde er selbst einen Boten senden, um ihn abholen zu lassen." Mit leiser Stimme fügte Hebelein hinzu: „Er droht uns. Er schreibt, dass wir Lügengerüchte über ihn verbreitet hätten wegen seiner Ehe. Er spricht von Höllenqualen, von Gerichten und Inquisition. Er ist ein mächtiger Mann am Hof des Kaisers."

Daniel versuchte, seine Gedanken zu ordnen. Offensichtlich kreisten die Gerüchte, die diese Baronin erwähnte, schon lange in

Wien und hatten nach Jahren nun auch den Grafen erreicht. War dabei die Rede gewesen von seiner ersten Ehe mit der schüchternen Braut aus Franken? Griff er deshalb in seiner Wut die Eltern seiner ersten Gattin an? Daniel zwang sich, ruhig zu bleiben und fragte: „Erbstücke? Besaß die Frau Tochter Erbstücke derer von Grenzlingen?"

Hebelein stützte den Kopf auf die rechte Hand, er schien Schmerzen zu haben. „Ich weiß es nicht. Frau von Hebelein erinnert sich nicht daran, dass Bella viel Schmuck trug in den Tagen, während sie hier weilte. Wir nahmen an, dass sie ihn in Wien zurückgelassen hatte." Wieder öffnete er die Mappe. Diesmal zog er mehrere Blätter hervor, die er Daniel zeigte. „Hier, das sind Zeichnungen von wertvollen Schmuckstücken. Isabella erhielt sie von der Mutter vor ihrer Hochzeit, sie stammen von den Ronsheims. Frau von Hebelein hat sie einem Maler beschrieben, einem aus dem fahrenden Volk. Einem Jud." Der Ritter erinnerte sich, dass er mit einem Juden sprach, fuhr trotzdem fort: „Ich ließ einen kommen aus der Siedlung, sagte, ich brauche einen, der zeichnen kann. Sie brachten mir den Mann am folgenden Morgen."

Daniel nickte. Er verstand, was sich zugetragen hatte. Die zwei Musiker, Herschel und Mendel kannten die Umherziehenden, sie würden gewusst haben, ob einer der fahrenden Scholaren, der sich seine Pfennige auf Marktplätzen verdiente, von den Klosterbrüdern gelernt hatte, wie man mit wenigen Strichen ein Gesicht, ein Tier oder eine Landschaft zeichnen konnte. Die beiden hätten auch gewusst, wo sich das fahrende Volk nachts bettete. Der glückliche Zufall, nein die Vorsehung, hatte es gewollt, dass sie einen Scholaren oder vielleicht einen Gaukler, der zeichnen konnte, in der Nähe gefunden hatten. Keinen Juden! Denn sagte das Gebot nicht, du sollst dir kein Bildnis machen?

Daniel betrachtete die Blätter, erinnerte sich an einige der Schmuckstücke, sie schienen in der Tat den Zeichnungen ähnlich zu sein. Er blickte auf, denn Hebelein redete weiter.

„Unsere Tochter starb fern von uns – allein. Wir wussten nichts von ihrer Krankheit. Niemand hat uns um Geld für Bestattung und Grab gebeten. Ein Beamter gab uns nur Mitteilung von ihrem Tod. Wir denken, ihr Schmuck war die Bezahlung. Und wir wissen, derartige Stücke finden oft den Weg zum Jud."

„Zum Jud", nicht „zu jüdischen Juwelieren", nicht einmal „zu den Juden", dachte Daniel erbost. Laut fragte er: „Ich soll den Schmuck suchen lassen?"

Erleichterung schwang in Hebeleins Stimme. „Hoffaktor, Sie kennen sich aus. Sie haben selbst mit Steinen gehandelt."

Nein, dachte Daniel, das habe ich nicht. Es war nur ein Spiel, um dich zu ködern! Laut antwortete er: „Ich werde mein Bestes tun." Da er wusste, dass es in seiner Hand lag, ob der Schmuck wieder auftauchte oder nicht, fragte er etwas atemlos: „Sollte etwas gefunden werden, was dann?"

„Dann werde ich es kaufen."

„Zu welchem Preis? Es könnte vollkommen rechtmäßig in die Hände des neuen Besitzers gekommen sein."

„Zu jedem Preis", versicherte der Ritter.

Die edle Frau hat Angst, dachte Daniel verächtlich. Der Graf muss sie arg bedroht haben. Warum hatte sie damals nicht gefragt, wie Isabella begraben wurde? Sie hat auch nie eine Reise zum Grab unternommen, dem weder Blumen noch Pflege fehlen. Denn dafür sorgt Baumgärtel.

„Auch wenn der Schmuck nicht auffindbar ist", fuhr Hebelein fort, „wäre ich, möchten wir ...", stammelte der alte Ritter. Er beugte sich über den Tisch, ergriff Daniels Hand, vergaß die Förmlichkeit. „Würdest du zum Grafen reisen, Daniel? Ihm erklären, dass wir nichts wissen, ihm sagen, wenn er Geld braucht, könnten wir ihm eine Anleihe besorgen, durch dich. Es würde Grenzlingen Peinlichkeiten ersparen in Wien, wo er bekannt ist."

Daniel sollte den Grafen aufsuchen, den Mann, der Isabella an den Rand des Wahnsinns getrieben hatte, den Mann, durch dessen Missetat er Isabella lieben durfte. Daniels Hand umklammerte das Glas, er hob es, trank einen Schluck.

„Der zweite Teil meiner Bitte betrifft die alte Baronin", fügte Hebelein hinzu. „Der Arzt, der die Gräfin behandelte, war ein Jude." Er griff nach seinem Glas, leckte sich über die Lippen. „Bitte such ihn für mich. Ein Jud, dazu ein Hoffaktor, kann einen jüdischen Arzt sicher finden."

„Wozu?"

„Wegen Bellas Krankheit. Der Graf glaubt, sie hätte sein Kind getragen."

Daniels Glas kippte um. Er rettete den Brief der Baronin, tupfte umständlich die Tropfen ab, während Hebelein nach einem Diener klingelte. Noch ehe dieser erschien, war der Hoffaktor aufgestanden, versicherte dem alten Ritter, nach seiner Rückkehr aus Frankfurt auf jeden Fall bei ihm wieder vorzusprechen. Daniel verabschiedete sich, konnte das Haus nicht schnell genug verlassen.

Simon war gefährdet. Daniel würde es nicht erlauben, dass der Graf, dieser Satyr, seinen Sohn in seine Gewalt bekäme.

In der Judengasse lebten mehrere gute Juweliere. Daniel kannte einen Sepharden, dessen kunstvolle Arbeit ihn über Frankfurt hinaus bekannt gemacht hatte. Ihn beauftragte der Hoffaktor, eine Kopie von einem der Stücke auf den Zeichnungen anzufertigen: eine schwungvolle schmale Krone, mit Perlen besetzt. Isabella hatte diese am Tag ihrer Hochzeit in Bamberg getragen. Daniel versprach dem Mann jede Summe, die er nennen wollte, wenn er alle Arbeit liegen ließ und ihm dieses Stück so schnell wie möglich anfertigte. Der Sepharde murrte, doch der durchdringende Blick des Hoffaktors sowie eine alte Freundschaft mit Judiths erstem Mann bewogen ihn, sich sofort an die Arbeit zu machen.

So kam es, dass Daniel bereits zwei Wochen nach seiner Begegnung mit Hebelein nach Wien reiste. Als Hofjude unterlag er nicht den Einschränkungen anderer Juden, aufgrund seiner Stellung konnte er reisen, wohin er wollte.

Längst hatte der Kaiser in Wien wieder Juden ansiedeln lassen. Er brauchte sie, genau wie die weniger mächtigen Herrscher an anderen Orten sie brauchten. Dank der Empfehlung des alten Herrn Levi fand Daniel eine gute Unterkunft. Sofort nach seiner Ankunft begab er sich zum Stadthaus des Grafen, um seine Karte abzugeben und den vorsichtig formulierten Brief, der Grenzlingen mitteilte, dass er eine Nachricht der Hebeleins überbringe.

Der Hoffaktor fand das Haus verschlossen, die Fenster mit den heruntergezogenen Läden wirkten blind, ein mürrischer alter Diener in verschlissener Uniform hauste im Kellergeschoss. Der Graf sei auf ein kleines Jagdschloss gezogen, gab er unwillig zu, und nach einigem Drängen versprach er, seinem Herrn den Brief zuzustellen.

Daniels Gastgeber wusste, wie schlecht es um Grenzlingen stand. Er sei stark verschuldet durch Glücksspiele und andere kostspielige Laster. Seine Frau sei wenige Tage zuvor zu der Baronin Kunzlerching gezogen, zusammen mit ihrer kränklichen Tochter. Daniel verzog keine Miene, er durfte seine Freude nicht zeigen darüber, dass Gabriela sich nun in der Obhut ihrer Großmutter befand. Vorsichtig erkundigte er sich nach der Höhe der gräflichen Schuldenlast und stellte fest, dass sie hoch, aber nicht unerschwinglich war.

Wie erwartet erhielt Daniel nach einigen Tagen die Nachricht, dass der Graf ihn im Jagschloss erwarte. Daniel erschien mit allem Pomp eines wichtigen Hoffaktors. Die imposante Kutsche mit ihren rassigen Pferden stellte trotz der langen und etwas mühseligen Reise über Land mit ihrem Glanz alles in den Schatten, das sich in Grenzlingens Besitz befand. Die gräfliche Dienerschaft schien deswegen besonders beflissen, sich um das Wohlergehen der Pferde und der Diener des Besuches zu bemühen. Der Graf hingegen empfing seinen Gast weniger huldvoll.

Daniel empfand Grenzlingen gegenüber Abscheu, der nicht nur seiner Erinnerung an Isabella zuzuschreiben war. Der Graf war in fortgeschrittenem Alter zur Karikatur seiner selbst geworden. Für den Juden hatte er seine Perücke nicht aufgesetzt. Kahl war sein Kopf, die blasse Haut hob die aufgedunsenen Gesichtszüge noch hervor. Als Daniel eintrat, stand der Graf nicht auf, sondern blieb auf einer Chaiselongue liegen, seine dicken Beine auf Kissen gebettet. Sein ganzer Körper war aufgedunsen. Neben ihm standen unzählige Fläschlein und Gläser auf einem Tisch. Ein Pfleger stand in seiner Nähe, der wurde mit einem Wink entlassen.

Von Grenzlingen war von einer schlimmen Krankheit befallen. Das erkannte Daniel sofort. Er machte eine Verbeugung und sprach über seinen Auftrag, dem Grafen ein Schmuckstück zu überbringen, dass Herr von Hebelein mit einigen Schwierigkeiten ausfindig machen konnte.

Für die Perlen-Tiara hatte Hebelein einen hohen Preis bezahlt. Aber er wusste nicht, dass Daniel dem sephardischen Juwelier noch viel mehr zahlen musste. Denn der Sepharde wusste seine eigene Arbeit sehr zu schätzen, und außerdem ließ er sich die Eile des Auftrages vergüten. Jedoch betrachtete der Graf kaum das Wertstück, das angeblich in Köln von einer braven Bürgersfrau gekauft und dann widerwillig aber dank eines hohen Preises erneut an Daniel verkauft wurde. Daniel hatte die gut gefälschten Quittungen für diese Vorgänge vorgelegt, doch das hatte lediglich die Wut des Grafen geschürt. Aus einem Grund, den Daniel nicht begriff, hatten gerade diese Beweise, dass der Schmuck wenige Tage nach Isabellas Tod legal von dem Notar verkauft wurde, dem Grafen missfallen.

„Ein Stück! Das wird den Schmaus nicht bezahlen", beschwerte sich Grenzlingen. „Den Rest konnte er bei seiner Hehlerbande nicht finden?"

„Leider nein", teilte ihm Daniel mit. „Der Tod der gnädigen Frau Gräfin liegt sehr lange zurück. Damals wurde der Schmuck versetzt, nur so konnten die Pflege, das Begräbnis und der Grabstein bezahlt werden.

„Pflege! Bah! Ärzte – Betrüger und Halsabschneider!" Er bewegte sich, sein Mund zuckte, offensichtlich schmerzten ihm seine Beine. Während Daniel die Empfehlungen der Hebeleins übermittelte und vorsichtig ihr Angebot einer Anleihe vorbrachte, ging ihm durch den Kopf, dass der Graf nicht mehr lange in dieser Welt sein würde. Die sich weiter schleppende Unterhaltung bestätigte den Eindruck.

„Anleihe? Das kann man selbst erledigen, da braucht ich nicht die Unterstützung aus der Provinz! Eine Summe zur Entschädigung wäre angebracht, für die Frau Tochter, die sich benahm wie die letzte Küchenmagd." Wieder zuckte die Haut um seine geschwollenen Lippen. „Sucht die Fittiche der Frau Mama, nur weil ..." Die rot unterlaufenen Augen richteten sich auf Daniel. „Was weiß die ehrenwerte Frau über die Niederkunft der Tochter?"

Daniel betete innerlich, bat Ihn, den Allmächtigen, um Erleuchtung und Hilfe, denn Seine Wege waren unergründlich. Er holte Atem und fragte: „Was sollte sie wissen, die Frau von Hebelein?"

„Der Jud soll nicht lügen!", schrie der Graf erzürnt. „Versteht er nicht? Wenn es ein Knabe war ..."

Daniel antwortete, dass Frau von Hebelein nichts derartiges über das damalige Befinden ihrer Frau Tochter wisse. Dass es sich wohl um ein Missverständnis handeln müsse.

„Um ein Missverständnis? Bah! Eine Zofe weiß, was es bedeutet, wenn das Mieder nicht mehr richtig zugeschnürt werden kann, wenn ein Weib sich morgens erbricht!" Der Schmerz unterbrach ihn, die Augen funkelten Daniel böse an. „Meine Untergebenen sind mir treu." Er tupfte seine Lippen mit einem Spitzentuch ab, seine Stimme wurde leiser. „Auch wenn ich es erst über ein Jahrzehnt später erfahren habe, und auch nur, weil die Zofe im Sterben lag. Sie hat mir die wahre Ursache des Todes der Gräfin lange Zeit verheimlicht. Heute weiß ich: Das Fieber an dem Isabella starb, war Kindbettfieber!"

Daniel erschrak. Anna, die Zofe, hatte auf dem Totenbett gebeichtet. Isabella hatte sie zurückgeschickt, als sie in die Residenzstadt zog, lange bevor sie mir sagen konnte, dass sie unser Kind trägt, lange bevor wir uns auf die Reise machten. Isabella wusste nicht, dass die Zofe das Geheimnis erraten hatte. Wehmütig dachte Daniel an die Tage und vor allem an die Nächte in den fremden Herbergen. Er hatte sich stets vor die Tür der gnädigen Frau gelegt. Erst wenn die letzte Kerze erloschen und nur Schnarchen im Haus zu hören war, hatte er sich zu Isabella geschlichen und sie behutsam in seine Arme genommen.

„Wenn das Balg lebend geboren wurde und ein Knabe ist, erkenne ich ihn als Sohn an. Versteht er das? Das soll er der Hebelein überbringen." Der Graf griff zum ersten Mal nach der Tiara, aber sie rutschte ihm aus der Hand und fiel Daniel zu Füßen. Er wies auf ein Glas, Daniel beeilte sich, es ihm zu reichen, er trank und schwieg einige Minuten. Als er weitersprach, klang seine Stimme erfrischt. „Bah, drei Gattinnen und ein mickriges Mädchen sind keine Hinterlassenschaft! Mit dem Sohn müsste das Geschlecht der Grenzlingen nicht aussterben."

Daniel war, als ob der Raum sich um ihn drehte. Der Graf hatte ihm keinen Sitz angeboten, er musste sich an einer nahen Stuhllehne festhalten. Endlich verstand er, worum es ging: Der Graf wusste um seine tödliche Krankheit. Er hatte erst vor kurzem erfahren, dass seine erste Gattin schwanger war. Noch war ihm nicht bekannt, ob Isabella das Kind ausgetragen hatte, ob es lebte. Wenn er der Letzte seines Geschlechts war, so war sein Wunsch verständlich, einen Sohn gezeugt zu haben. Auf den Gedanken, dass seine ängstliche Ehefrau einen anderen geliebt haben könnte, kam er nicht. Er hatte Isabellas zurückhaltendes Wesen und ihren Alltag genau gekannt. In Franken hatte sie ein behütetes Leben geführt, niemals hätte die ehrgeizige Frau Mutter einen Liebhaber in der Nähe der Gräfin erlaubt. Das Kind, es konnte nur sein Kind sein!

Deswegen wurde es Daniel schwindlig. „Wie kann der Hochwohlgeborene Herr Graf sicher sein, dass ein Kind von mindestens fünfzehn Jahren sein Sohn ist?", fragte er mit erstickter Stimme.

„Durch den Schmuck, den er bestimmt mitbekommen hat in eine Pflegefamilie." Ein verächtlicher Ton zeigte, wie er Isabella einschätzte. „Die Frau Gräfin wollte mich sicher bestrafen, wollte nicht, dass ich von dem Kind erfahre. Vielleicht hat sie auch ihre Frau Mutter belogen. Auf Reisen sei sie gewesen, sagte man. Oder die Mutter hat eine Pflegemutter unter ihren Leuten gefunden. Für meinen Sohn!" Er fiel in das Kissen zurück, holte Atem. „Wo immer sie starb, dort kann es ein Tagebuch gegeben haben! Die Gräfin führte Tagebuch."

Noch immer sprach er verächtlich, sicher hatte er Isabellas zaghafte Aufzeichnungen gefunden, über ihre Angst und ihren Kummer. Daniel fragte sich, ob sie im Schloss von Hebelein wirklich Tagebuch geführt hatte, verwarf den Gedanken aber sofort. Nein, das wäre zu gefährlich gewesen.

Mit gestärkter Stimme fuhr der Graf fort: „Deswegen trat ich an Hebelein heran. Die Schulden, bah! Mein Geldjud beschafft mir, was ich brauche, um nach Stand zu leben und zu sterben. Ich muss die Frau zwingen, mir meinen Sohn zu geben."

Daniel schloss kurz die Augen. Sein Kopf schwirrte vor Gedanken, vor Bildern. Er dachte an die Stadtresidenz des Grenzlingen, an seine Güter und Ländereien, an seine Verbindungen, an den Pomp und die Zeremonien, die seine Macht bezeugten. All das und mehr könnte Simon erben. Das Erbe seiner Mutter würde genügen, um die Schulden des Grafen zu tilgen. Er würde ein Leben führen können, das sich die meisten erträumten. Welch eine Versuchung: für seinen Sohn die Grafschaft zu erschleichen!

Daniel, noch immer bleich und mitgenommen, bedankte sich für die Audienz und erklärte, er würde seinem Auftraggeber, Herrn von Hebelein, Bericht erstatten. Dann endlich begab er sich rückwärts aus dem Zimmer.

Am folgenden Tag, auf dem Weg zurück nach Franken, hatte Daniel Zeit und Muse, über vieles nachzusinnen. Er dachte an sein Leben, an seine Familie, an die vergängliche Liebe zu Isabella. Aber am meisten dachte er an Simon, von dem niemand in Daniels Umgebung wusste, dass er sein Sohn war. Und es auch niemals wissen durfte. Bald würde Grenzlingen nicht mehr am Leben sein, das grässliche Leiden würde ihn dahinraffen. Er siechte ohne Erben dahin, würde ohne einen Erben sterben. Das geschah dem Wüstling recht, der das Leben anderer zerstört hatte. Nein, Daniel würde Simon keine Lüge leben lassen.

Er hörte das Wiehern der Pferde, merkte, wie der Kutscher sie bändigte, wie der Wagen anhielt. Sie waren an der Herberge am Kreuzweg angekommen. Hier würde er sich erfrischen, ehe sie den Weg nach Hause antraten. Dort würde ihn Judith erwarten, würden sich die Zwillinge freuen, Esther ihm um den Hals fallen. Das Leben eines Gauners hatte sich zum Besten gewendet. Im Gegensatz zu Grenzlingen konnte Daniel mit allem, was er erreicht hatte, zufrieden sein.

GLOSSAR

(aus)baldowern	*(jidd.) (aus)kundschaften*
Baldower	*(jidd.) Kundschafter*
Balebos	*(jidd.) Hausherr*
Barmizwa	*(hebr.) wörtlich „Sohn der Pflicht";*
	Feier der religiösen Mündigkeit eines
	dreizehnjährigen jüdischen Jungen
Bejs Din	*(jidd.) Rabbinatsgericht*
Chanukka	*achttägiges Lichterfest im Winter*
Chosen	*(jidd.) Vorsänger, Kantor*
Chawer	*(hebr.-jidd.) Kamerad*
(plur. Chawerim)	
Chawrusse	*(jidd.-rotwelsch) Bande, Diebesbande*
Chewre Kedische	*(jidd.) Beerdigungsbruderschaft, die den*
	Leichnam auf die Bestattung vorbereitet
Chochem	*(jidd.) Gelehrter*
Ganef	*(jidd.) Dieb*
Goj (plur. Gojim)	*(hebr.-jidd.) Nichtjude*
Hekdesch	*jüdisches Krankenhaus, Hospiz*
	(abgeleitet von Hakodesch, hebr. das Heilige,
	weil es aus mildtätigen Spenden aufrecht-
	erhalten wurde)
Jom Kippur	*Versöhnungstag, höchster jüdischer Feiertag*
Jeschiwe	*(jidd.) Talmudschule*
Jeschiwe-Bocher	*(jidd.) Talmudschüler*
Kaddisch	*(hebr.) Totengebet*
Kehile	*(jidd.) Gemeinde*
Kelef	*(hebr.-jidd.) Hund*
Kiddusch	*(hebr.) wörtlich „Heiligung";*
	am Schabbat und an anderen Festtagen werden
	über einem vollen Becher Wein Toraverse und
	Segensworte gesprochen, um der Heiligkeit des
	Tages zu gedenken
Kieloff	*(rotwelsch)Hund*
koscher	*(hebr.-jidd.) den jüdischen Speisegesetzen*
	entsprechend
Lechajim	*(hebr.) Zum Wohl!*
Mame	*(jidd.) Mutter*
Masemate	*(rotwelsch) Diebesgut*

Mesuse (plur. Mesuses)	*(jidd.) am Türpfosten angebrachte Kapsel, die eine Pergamentrolle enthält, auf der die heiligen Worte des Schma Israel geschrieben sind*
Mikwe	*(hebr.) Ritualbad*
Minjan	*(hebr.) zehn Männer, die eine Betgemeinde bilden*
Mischpoche	*(jidd.) Familie*
Mizwe	*(jidd.) Gebot, gute Tat*
Mohel	*(hebr.) Beschneider der Vorhaut eines jüdischen Jungen*
nebbich	*(jidd.) nun, wenn schon!; was macht das!*
Parnes (plur. Parnejsim)	*(jidd.) Gemeindeältester*
Roscheschone	*(jidd.) jüdisches Neujahrsfest*
Schabbes	*(jidd.) Schabbat*
schächten	*(jidd.) nach den rituellen Vorschriften schlachten*
Schadchen	*(jidd.) Heiratsvermittler*
Schammes	*(jidd.) Synagogendiener*
Schiwe	*(jidd.) Trauertage*
Schma Israel	*(hebr.) „Höre Israel"; Bekenntnis zu dem einen Gott*
Schnorrer	*(jidd.) Bettler*
Schofar	*(hebr.) ausgehöhltes Tier-, meist Widderhorn, in das zum jüdischen Neujahrsfest geblasen wird. Das Hören des Schofartons ist das zentrale Gebot dieses Festes.*
Taharahaus	*Totenhaus, Reinigungshaus*
Tate	*(jidd.) Vater*
Takones	*(jidd.) Gemeinderegeln, Statute*
Tefilen	*(jidd.) Gebetsriemen*
Torazeiger	*Metallstab, dessen Spitze oft die Form einer kleinen Hand mit ausgestrecktem Zeigefinger hat. Er dient zum Lesen der Tora.* *Damit sollen eine Profanierung des Heiligen verhindert und die Schriftrollen vor vorzeitigem Verschleiß geschützt werden.*
Zimes	*(jidd.) mit Honig gesüßte Karotten*

NAOMI BODEMANN | DIRK VOGEL

Augenblicke
Portraits von Juden in Deutschland

Ein Bildband über die Vielfalt jüdischen Lebens heute. Schwarzweiß-Fotografien von Jüdinnen und Juden in Deutschland: von jungen und alten Menschen, neu eingewanderten und alteingesessenen, prominenten und weniger bekannten. Mit Begleittexten und einem Essay von Naomi Bodemann.

ISBN 3-935097-08-5 | 24,80 EUR | 38.40 sFr

MOSSE Mosse Verlag | 10117 Berlin | Jerusalemer Straße 12
Telefon 030 - 499 888 80 | Fax 030 - 499 888 88

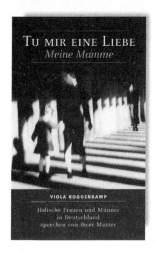

Jüdische Frauen
und Männer sprechen
von ihrer Mutter

Tu mir eine Liebe
Meine Mamme

Viola Roggenkamp ist eine der renommiertesten femini-
stischen Publizistinnen in Deutschland. Als Autorin und
Kolumnistin schreibt sie für die großen Feuilletons.

Sie hat mit 26 jüdischen Töchtern und Söhnen über
die Mutter gesprochen, u.a. mit Stefan Heym, Esther
Dischereit, Wladimir Kaminer, Rachel Salamander,
Stefanie Zweig und Michael Wolffsohn.

*„Ein feinsinniges, diskretes Buch. Es lässt sich für nichts
instrumentalisieren als für den Wunsch zu verstehen, zu
wissen."* DIE ZEIT

„Wunderbare und erschütternde Berichte." DER SPIEGEL

*„Fast schon Pflichtlektüre: die jüdische Geschichte in
Europa in ihrer ganzen Vielfalt."* SFB

ISBN 3-935097-07-7 | **14,80 EUR** | **28.00 sFr**

MOSSE Mosse Verlag | 10117 Berlin | Jerusalemer Straße 12
Telefon 030 - 499 888 80 | Fax 030 - 499 888 88

Jewish Culture Edition

culture maps

Die Kulturkarten
Berlin und Wien

Die Historiker Hermann Simon, Direktor der Stiftung Neue Synagoge Berlin – Centrum Judaicum, und Klaus Lohrmann, Leiter des Instituts für Geschichte der Juden in Österreich, haben mit den Stadtplänen zwei verlässliche Kompasse zum jüdischen Leben in Berlin und Wien vorgelegt.

Mehr als je 100 Orte in den beiden Hauptstädten wurden ausgewählt und thematisch sortiert: koschere Restaurants und Cafés, Synagogen und Friedhöfe, Museen und Denkmäler, Plätze und Parks, Organisationen und Shopping-Adressen.

HERMANN SIMON
Jüdisches Berlin. Kultur-Karte
Panorama-Karte
Deutsche Ausgabe: ISBN 3-935097-09-3
Englische Ausgabe: ISBN 3-935097-01-8
2,60 EUR | sFr 4.50

KLAUS LOHRMANN
Jüdisches Wien. Kultur-Karte
Panorama-Karte
Deutsche Ausgabe: ISBN 3-935097-02-6
Englische Ausgabe: ISBN 3-935097-03-4
2,60 EUR | sFr 4.50

MOSSE   Mosse Verlag | 10117 Berlin | Jerusalemer Straße 12
Telefon 030 - 499 888 80 | Fax 030 - 499 888 88

Jewish Culture Edition

Kultur
Magazin

Jewish Culture Edition

Jüdisches Museum Berlin
ISBN 3-935097-06-9
EUR 7,60 | sFr 14.00

Die Jüdische Pressegesellschaft hat die Tradition der
Jüdischen Illustrierten aufgegriffen und verlegt
Magazine. Sie erscheinen mit monothematischen Inhalten.
Kritisch. Kompetent. Kompakt.

Das illustrierte Magazin spiegelt die lange Entstehungsge-
schichte des Museums wider. Aus unterschiedlichen Per-
spektiven rekonstruieren bekannte Autoren die öffentliche
Debatte um das Museum.
    Namhafte Architekten und Pädagogen erörtern die Kon-
zeption. Bebilderte Reportagen über Ausstellungsstücke
und Interviews mit jüdischen Künstlern runden die kultur-
wissenschaftliche Publikation ab.
    Mit Texten von Norma Drimmer, Michel Friedman, Ken
Gorbey, Salomon Korn, Cilly Kugelmann, Thomas Lackmann,
Daniel Libeskind, Andreas Nachama, Julian Nida-Rümelin,
Hermann Simon u.a.

MOSSE   Mosse Verlag | 10117 Berlin | Jerusalemer Straße 12
         Telefon 030 - 499 888 80 | Fax 030 - 499 888 88

Der jüdische Kalender
5765 | 2004 – 2005

Rabbiner Andreas Nachama
Der jüdische Kalender 5765 | 2004 – 2005
7,50 EUR

MOSSE Mosse Verlag | 10117 Berlin | Jerusalemer Straße 12
Telefon 030 - 499 888 80 | Fax 030 - 499 888 88